Alex Kosh

Baum der Furcht

Enjoy the adventure!
Kosh

Einzelgänger
Buch #5

Magic Dome Books

Baum der Furcht
Einzelgänger Buch 5
Originaltitel: Tree of Fear (Loner Book 5)

Erschienen 2023 bei Magic Dome Books

ISBN: 978-80-7693-271-5

Die Personen und Handlung dieses Buches
sind frei erfunden.
Jede Übereinstimmung mit realen Personen
oder Vorkommnissen wäre zufällig.

Einzelgänger

ein LitRPG-Serie:

Tore des Donners
Der Pfad der Klingen
Allianz der Verfluchten
Wächter des Dungeons
Baum der Furcht

Inhaltsverzeichnis:

Teil 1. Es kann nur einen geben

Kapitel 1 1
Kapitel 2 25
Kapitel 3 46
Kapitel 4 64
Kapitel 5 83
Kapitel 6 98
Kapitel 7 115
Kapitel 8 132
Kapitel 9 146
Kapitel 10 160

Teil 2. Kein Ort für Albträume

Kapitel 1 187
Kapitel 2 204

Kapitel 3 221
Kapitel 4 237
Kapitel 5 253
Kapitel 6 270
Kapitel 7 285
Kapitel 8 304
Kapitel 9 318
Kapitel 10 334

Teil 1

Es kann nur einen geben

Heute geht es darum, dass einige Personen in ihren VR-Pods zu Tode gekommen sind. Was war dafür verantwortlich? Stellen virtuelle Spiele eine Gefahr für das Leben dar? Wie groß ist das Risiko, für ein Abenteuer in den Pods von RussVirtTech mit dem eigenen Leben zu zahlen? Wir haben einen Experten eingeladen, der uns diese Fragen beantworten wird. Er gehört zu dem Entwicklerteam des komplexen Gesundheitsüber-wachungssystems, das in den modernen Pods steckt. Außerdem ist er Beauftragter für Anwendungssicherheit bei RussVirtTech. Ich begrüße Sergei Popow im Studio.

Hallo, Elena. Vielen Dank für die Einladung. Bevor wir loslegen, möchte ich eine Sache klarstellen: Die bekannt gewordenen Todesfälle sind reine Einzelfälle. Alle betroffenen Anwender haben die Sicherheitsmerkmale der Pods manipuliert oder versucht, die Hard- oder Firmware der Pods zu hacken. Unser Gesundheitsüberwachungssystem ist einmalig am Markt. Wir können in Sekundenbruchteilen die unterschiedlichsten Aspekte den Blutkreislauf und die inneren Organe betreffend analysieren.

Normale Medizintechnik hat dafür bisher Monate benötigt — wenn sie überhaupt dazu in der Lage war. Tatsächlich werden speziell angepasste Weiterentwicklungen unserer Technologie von den führenden Kliniken auf der ganzen Welt eingesetzt.

Aber wie kann es dann zu solchen Todesfällen kommen? Warum hat dieses einzigartige System die Menschen nicht geschützt oder eine Warnung ausgelöst? Es stellt sich auch die Frage, wie es gerade in Arktanien, dem gehypten VR-Universum, zu einer Häufung dieser Fälle kommen konnte. In jüngster Vergangenheit gab es dort neun tote Spieler zu beklagen.

Interview in den Primetime-Nachrichten

Spieler A: Ich begreife es einfach nicht. Wieso haben die Entwickler das Inferno so stark gemacht? Ich war gerade dabei, in einer sicheren Zone vor der Stadt an meinem Level zu arbeiten, als urplötzlich ein Portal erschien und kleine Teufelchen mich in Stücke gefetzt haben! Können diese Mobs wirklich überall und jederzeit erscheinen?

Spieler B: Mach mal halblang! Glaubst du Idiot etwa, wir können einfach so mit einem Fingerschnipp ein Portal öffnen? Das ist harte Arbeit! Wir müssen Tage damit verbringen, Spieler zu töten, um genug Seelen für ein winziges Portal zu sammeln.

Spieler C: Du bist ja selber ein Idiot! Du kannst doch nicht einfach herausposaunen, wie das Inferno ein Portal erschafft. Admins, sofort löschen, bitte.

Forumsdiskussion

Habt ihr die fliegenden Särge gesehen?

Natürlich. Die Idee stammt von einer chinesischen Tradition, den Hängenden Särgen der Bo. Aber in Arktanien ist es einfach nur der Aufhänger für ein Event. Wenn du dich traust, kannst du einen der Särge angreifen. Mit ein wenig Glück liegt ein schwacher Mob darin, dem du ein nützliches Gadget abnehmen kannst. Wenn du Pech hast, ist es ein Überboss, der dich im Bruchteil einer Sekunde zum Respawn-Punkt schickt. Angeblich soll die Formation eine geheime Botschaft darstellen, aber niemand hat bisher herausgefunden, welche. Falls doch, hat es niemand verraten.

Du wirst es nicht glauben: Ich habe gesehen, wie ein Spieler aus einem der Särge gekrabbelt ist.

Wieso auch nicht? Bestimmt gibt es Quests, bei denen man in einen Sarg steigen muss.

Ach ja? Aber dieser Spieler war tot.

Was soll das heißen?

Da war doch neulich der Bericht von dem Spieler, der in seinem Pod einen Herzstillstand hatte und gestorben ist. Er hatte es sich mit praktisch jedem großen Clan verscherzt. Sein Bild war öffentlich verteilt worden. Als gestern einer der Särge zerstört wurde, kam der Charakter des toten Spielers heraus!

Das ist doch Bullshit. Noch übler sind bloß die Spinner, die behaupten, sie könnten ihre Kräfte aus dem Spiel in der Wirklichkeit nutzen. Immer war es der Freund eines Bekannten, der es gesehen hat — aber einen echten Beweis gibt es nie.

Aber ich habe es selbst gesehen.

Quatsch mit Soße. Du willst dich nur wichtigmachen.

Unterhaltung in einer Taverne in Katar

Kapitel 1

LIEBEND GERN wäre ich in meinem eigenen Bett oder an einem anderen sicheren Ort aufgewacht. Doch als ich die Augen öffnete, befand ich mich noch immer im Schlamm unter der Brücke — wo ich das Bewusstsein verloren hatte.

„Prima, du bist wach. Ich habe dich wieder zusammengeflickt“, schnaubte Sergei. Seine Alkoholfahne drang streng in meine Nase.

Vorsichtig betastete ich meine Brust. Unter den Fingern spürte ich getrocknetes Blut. Meine Kleidung klebte an der Haut. Keine Spur mehr von den Schmerzen oder der Eisenstange, die sich durch meinen Körper gebohrt hatte.

„Danke, Mann“, krächzte ich. Mühsam setzte ich mich auf.

Was zum Teufel hatte er getan? Und wie hatte er das getan? Wobei ich das bereits wusste. Die Info, die über seinem Kopf angezeigt worden war, lieferte mir alle Antworten. Ich fragte mich, was das bedeutete. War er Freund oder Feind?

„Ein *Danke, Mann* kann man nicht trinken“, gab mein Retter mir einen Wink mit dem Zaunpfahl. „Man kann damit noch nicht einmal den eigenen Kater bekämpfen. Es ist...“

„Schon gut, ich hab verstanden“, unterbrach ich ihn. „Ich trinke allerdings keinen Alkohol.“

Sergei streckte mir die Hand entgegen und half mir auf.

„Du musst auch nichts trinken. Du musst nur zahlen.“

Nun, meinem Lebensretter konnte ich einen solchen Wunsch nicht abschlagen.

„Also dann“, sagte ich zögernd. „Ich gebe einen aus. Wohin sollen wir?“

„Es gibt einen Ort ganz in der Nähe. Dort kehre ich nach dem Training immer auf einen oder zwei Shots ein“, sagte er und rieb sich die Hände.

Er marschierte los. Ich folgte ihm, und kurz darauf erreichten wir eine kleine Kneipe. Ich war etwas besorgt, dass man mich mit all dem Blut und Schlamm abweisen würde, aber unter den ganzen anderen Gestalten fiel ich gar nicht auf. Rasch stellte ich fest, dass Sergei und ich unterschiedliche Vorstellungen davon hatten, was es hieß, einen auszugeben. Ich bestellte mir ein süffiges Kellerbier, das ich mit langsamen Schlucken trank. Das lag allerdings weniger daran, dass ich es genießen wollte, sondern vielmehr an meiner Angst vor einer Lebensmittelvergiftung. Der Trainer dagegen ließ sich eine Zwei-Liter-Flasche Wodka bringen. Er hielt problemlos mit meinem Biergenuss mit. Statt aus einem Schnapsglas trank er direkt aus der Flasche. Jeden Schluck ließ er genüsslich durch die Mundhöhle kreisen, bevor er schluckte.

„Wer waren die Kerle?“, fragte er schließlich.

„Ich habe keine Ahnung“, antwortete ich wahrheitsgemäß. „Ich glaube, sie wollten mich entführen.“

„Ach? Für mich sah das eher nach Mord und Totschlag aus. Immerhin hattest du dieses rostige Eisenrohr im Bauch stecken.“

Ich blickte ihn verlegen an.

„Das war ein Unfall. Ich bin abgestürzt.“

„Das wundert mich nicht“, kicherte Sergei. „Das kommt davon, wenn man mit rosa Bändern übt. Zurück zum Thema: Wieso wollten sie dich entführen?“

Diese Frage konnte ich beantworten. Aber ich wusste noch immer nicht, wer sie waren. Ich fragte mich, ob sie mich für tot hielten. Oder würden sie mich weiter jagen? Falls meine Wohnung überwacht wurde und die geheimnisvollen Fremden herausfanden, dass ich trotz des Unfalls bei guter Gesundheit war, würde das ihr Interesse an mir sicher nur noch mehr anfachen. Tatsächlich saß ich auch deshalb mit Sergio/Sergei hier, weil ich Angst hatte, nach Hause zu gehen. Außerdem schuldete ich ihm wirklich etwas. Immerhin hatte er mir das Leben gerettet. War das genug, um ihm mein Geheimnis anzuvertrauen?

„Wenn sie herausfinden, dass du Heilkräfte besitzt, werden sie auch dich jagen“, stellte ich schließlich fest.

„Wie gut, dass sie das nicht wissen“, nickte Sergei. Dann stutzte er, stand auf und stellte sich ganz dicht neben mich. „Oder war das ein jämmerlicher Erpressungsversuch?“

„Nein!“, rief ich erschrocken. „Ich sagte *auch,* weil ich ebenfalls über magische Kräfte verfüge, Sergio, du Elf auf Level 59.“

Er kam noch ein Stück näher. Würde er mich K. o. schlagen?

„Woher kennst du diesen Namen? Niemand, weder im Fitnessstudio noch sonst wo, kennt ihn. Hast du mir nachspioniert?“

„Wieso sollte ich? Nein, das hat mit den Kräften zu tun“, sagte ich und rückte sicherheitshalber ein Stück zurück. „Arktanien ist nicht auf die virtuelle Realität beschränkt. Es ist auch hier, in unserer Welt. Du und ich sind der lebende Beweis. Kannst du das Spielmenü etwa nicht sehen, wenn du aus dem Pod gestiegen bist?“

Sergei blickte mich skeptisch an.

„Ich dachte, du trinkst nicht. Oder bist du doof in der Birne? Spielmenüs in der echten Welt? So ein Quatsch!“

„Leise!“, zischte ich. In der Kneipe war es zwar laut, aber ich wollte kein Risiko eingehen. „Du bist ganz offensichtlich ein Heiler. Du hast die Göttin Lethara angerufen, als du mich gerettet hast. Wenn ich mich recht erinnere, ist es eine Elfengöttin. Ich diene der Schicksalsgöttin Elenia. Man könnte auch sagen, ich arbeite mit ihr zusammen.“

„Aha.“

Der glatzköpfige Trainer nahm die Flasche und

stürzte den Rest des Wodkas hinunter. Mit einem Schmatzen stellte er die Flasche vor sich ab.

„Prima“, schnaufte Sergei und grinste mich an. „Endlich jemand, der versteht, was ich durchmache. Nur schade, dass du so ein Waschlappen bist.“

Für jemanden, der zwei Liter Schnaps intus hatte, sprach er bemerkenswert klar. Ein Viertel der Flasche hätte mich ins Koma versetzt.

„Noch eine Flasche!“, rief er der Bedienung zu.

„Wirklich? Meinst du nicht, das war genug?“, ermahnte ich ihn zögerlich. „Du unterrichtest Kampfsport. Solltest du nicht ein gutes Vorbild sein? Gesunde Ernährung und so weiter?“

„Nonsens. Das Zeug wirkt nicht auf mich.“ Er klang genervt und ein wenig traurig — als wäre ihm ein großes Unglück widerfahren. „Mein Einstieg ins Spiel begann im Territorium von Giftspinnen. Ich wurde so häufig gebissen, dass ich eine passive Fertigkeit entwickelt habe: Immunität gegen Gift. Als ich Level 50 erreicht habe, stellte ich fest, dass ich im echten Leben nicht mehr betrunken wurde.“

„Das Leben kann grausam sein“, warf ich sarkastisch ein. „Freu dich: Du kannst dich ohne Ende und vor allem ohne Kater besaufen. Du kannst alle Pilze essen, die du findest. Und du musst vermutlich keine Angst mehr vor irgendwelchen Umweltgiften und krebserregenden Substanzen haben.“

„Was nützt das, wenn ich mich nicht mehr über ein Glas Wodka freuen kann? Ich kann keinen Alkohol mehr genießen, weil er nicht mehr auf mich wirkt.“

„Wieso trinkst du überhaupt so viel?“, fragte ich. Für einen Sportler war das ungewöhnlich.

Sergei packte mich an den Schultern und zog mich zu sich heran. Wie durch ein Wunder blieben Flasche und Gläser stehen.

„Ich will dir etwas erzählen. Stell dir vor, du könntest einmal pro Woche eine beliebige Person von einer tödlichen Krankheit heilen. Von jeder Art tödlicher Krankheit.“

„Das ist doch großartig“, krächzte ich in seinem Griff. „Oder etwa nicht?“

„Hast du eine Ahnung, wie viele kranke Menschen es allein in dieser Stadt gibt? Wie viele davon Kinder sind? Sie leiden an Krebs, Lymphomen, Vergreisung, Tollwut, Hirnhautentzündung, AIDS... In ganz Russland sterben Tausende. Und ich? Ich kann jede Woche nur eine Person heilen. Das sind gerade einmal 52 Menschen im ganzen Jahr!“

Er ließ mich los und setzte sich abrupt hin.

„Aber das ist nicht das Schlimmste. Weißt du, was das Schlimmste ist? Das Schlimmste ist, dass ich es bin, der die Wahl treffen muss.“ Sergei griff nach der neuen Flasche, füllte sein Glas und trank es in einem Zug leer. „Ich wache auf und sehe mir Seiten von Wohltätigkeitsorganisationen an. Die Berichte von kranken Kindern, Kindern auf der Krebsstation, in Hospizen und so. Und dann, dann muss ich entscheiden, welches dieser Kinder weiterleben darf. Glaubst du, das ist eine einfache Entscheidung?“

Ich mochte mir die Qualen gar nicht vorstellen.

Allerdings verstand ich immer noch nicht, wieso er trank — denn betrinken konnte er sich ja nicht. Wäre es nicht besser, er würde nach einer Lösung suchen, zum Beispiel seinen Charakter aufleveln?

„Weißt du: Ich habe dich gerettet, ja. Dafür wird in dieser Woche eine andere Person sterben. Möchtest du wissen, wen ich in Betracht gezogen hatte? Hier, dieses fünf Jahre alte Mädchen. Und diesen Jungen. Er..."

„Genug", unterbrach ich ihn. „Das klingt... das ist einfach schrecklich. Wieso hast du mir dann überhaupt geholfen?"

„Ich habe nicht lange überlegt", gab Sergei zu. „Ich habe noch nicht einmal nachgesehen, ob die Wunde wirklich tödlich war. Es gibt Geschichten von Leuten, die aus dem zehnten Stock stürzen und sich dabei bloß einen Finger brechen. Manchen passiert gar nichts."

Ich sah ihn an. „Wieso kannst du die Fähigkeit nur einmal pro Woche einsetzen?"

„Das ist die Abklingzeit für eine so mächtige Heilung."

„Klingt ungewöhnlich lang", murmelte ich. Ich hatte vor einer Weile etwas über die Fertigkeiten von Heilern gelesen. „Hast du in Weisheit investiert?"

„Erst jetzt", gab er beschämt zu. „Seit ich weiß, dass ich die Fähigkeit auch in der echten Welt nutzen kann. Außerdem habe ich eine Quest von der Göttin Lethara erhalten. Bevor ich Level 50 erreicht hatte, habe ich alle Punkte in Stärke und Ausdauer gesteckt."

„Du bist ein Heiler und hast deine Stärke und

Ausdauer verbessert?“, fragte ich.

„Ich bin doch kein Heiler! Das passt überhaupt nicht zu mir.“ Er sah mich entsetzt an. „Ich bin ein Kämpfer. Meine Heilerfertigkeiten habe ich nur verbessert, damit ich mich selbst behandeln konnte. Verdammt, ich muss meinen Charakter ganz neu ausrichten.“

Sergei berichtete von seinen Anfängen im Spiel. Anders als ich hatte er an einem klassischen Schauplatz begonnen, einem kleinen Elfendorf, in dem sich unzählige NPCs tummelten und Hunderte von Spielern sich um die unterschiedlichsten Quests balgten. Als Kampfsporttrainer hatte er sich in der virtuellen Realität für einen Nahkämpfer entschieden und seinen Charakter auf Tank getrimmt. Doch leider mangelte es seiner Gruppe an guten Heilern, sodass er aus reiner Not eine Heilerfertigkeit erlernte. Das war auch bei Soloabenteuern nützlich. Alles lief gut — bis die Göttin Lethara seine Klasse veränderte und ihn zum Göttlichen Heiler machte. Das warf sein Spiel über den Haufen. Niemand wollte einen Heiler in der Gruppe, der über seine eher mediokren Fähigkeiten verfügte. Seine Tage als Tank waren ebenfalls gezählt.

Ich hörte zu, doch dann stutzte ich: „Was soll das heißen, Gruppe?“, fragte ich verwirrt.

Sergei sah mich kurz an, bevor er mit vor Sarkasmus triefender Stimme erklärte, was eine Gruppe war: „Das ist so ein Team, dem man sich anschließt. Gemeinsam mit anderen Spielern erledigt man Quests. Alle profitieren von der gesammelten Erfahrung. Vielleicht solltest du das auch einmal ausprobieren. Es macht viele Dinge einfacher."

„Hat die Göttin dir keine Einschränkungen auferlegt, als du die Quest bekommen hast? Musst du nicht Stillschweigen bewahren und alles alleine erledigen?"

„Was für ein Unsinn! Als Einzelkämpfer hätte ich nicht den Hauch einer Chance, die Samen für die Göttin zu besorgen. Der erste wurde von einem grünen Drachen bewacht. An die einhundert Spieler starben, während ich danach gesucht habe. Himmel, ich habe mehrere Anläufe dafür gebraucht! Der zweite Same..."

„Stopp!", unterbrach ich ihn. „Du kannst mir doch nicht alles über deine Quest erzählen!"

„Hast du den Verstand verloren?" Sergei sah mich an, als sei ich verrückt geworden. „Wir sind hier in der echten Welt. Selbst im Spiel kann ich mit allen darüber reden. Wie hätte ich sonst eine Gruppe zusammenstellen können?"

Langsam zählte ich bis zehn. Auf keinen Fall würde ich eine Göttin verfluchen. Weder in Arktanien noch in der Realität. Das konnte nicht gut enden. Verdammt noch eins! Wieso hatte Elenia mir das Leben so unglaublich schwer gemacht?

„Worum geht es in deiner Quest? Was musst du suchen?", fragte Sergei gespannt.

Ich runzelte die Stirn.

„Äh, das darf ich leider nicht verraten. Es ist eine Zusatzanforderung der Quest. Ich darf dabei auch nicht mit anderen Spielern zusammenarbeiten."

„Ernsthaft? Du musst das ganz allein erledigen?“ Sergei traute seinen Ohren nicht. „Oder willst du es mir nicht sagen? Hör mal, lüg mich nicht an. Los, raus mit der Sprache.“

„Ehrlich. Ich darf nicht darüber sprechen“, versicherte ich ihm. „Wenn ich gegen den Befehl der Göttin verstoße, könnte der Blitz mich treffen. Sogar hier in der echten Welt. Ich habe bereits gesehen, wie es passiert ist.“

„Ich habe ja das Gefühl, du hast zu viel getrunken“, schlussfolgerte Sergei und machte der zweiten Flasche Wodka den Garaus.

„Du verstehst mich einfach nicht“, sagte ich kopfschüttelnd.

Im Laufe des Abends erfuhr ich, dass Sergei sich keine Gedanken über die Zukunft machte. Er lebte rein im Hier und Jetzt. Tatsächlich war er nie auf die Idee gekommen, seine Schmerzeinstellungen zu überprüfen. Ich begann an mir zu zweifeln. Was war mit mir los? Wieso ging ich nicht wie die anderen Spieler mit ihren Leitfäden, Tipps für Einsteiger und Fortgeschrittene usw. vor? Doch gegen Sergei war ich praktisch ein Musterschüler. Zwar verhinderte RussVirtTech, dass zu viele Informationen im Internet zu finden waren, aber in Arktanien selbst gab es jede Menge Hintergrundwissen über die Spielmechanik. Man benötigte dazu nur ein Tablet. War man Mitglied eines Clans, erschloss sich ein noch größerer Wissensschatz. Man konnte herausfinden, wie man gegen bestimmte Mobs kämpfte, wie sich gewisse Quests abschließen ließen und welche Fertigkeiten und Fähigkeiten für die eigene Klasse besonders nützlich waren. Vermutlich sollte ich diesen Gedanken verfolgen und mehr über meinen Charakter und seine Möglichkeiten herausfinden.

„Willst du damit sagen, in unseren Pods steckt ein Modul, das uns langsam in Mutanten verwandelt?“, fragte Sergei, nachdem ich ihn ins Bild gesetzt hatte. Einige Einzelheiten hatte ich natürlich für mich behalten — Hotei und seinen Einfluss auf die echte Welt, meine Abmachung mit den Unaussprechlichen und meine eigenen Fähigkeiten.

„Irgendwie schon“, bestätigte ich.

„Und was passiert, wenn unsere Schmerzeinstellung 100 % erreicht?“

„Ich habe keine Ahnung, aber in etwa 3 % werde ich es wissen“, gab ich zu. „Das kann nicht mehr lange dauern.“

Während ich darüber sprach, hörte ich ein leichtes Zittern in meiner Stimme. Ernsthaft, was würde passieren, wenn meine Schmerzeinstellung 100 % erreichte? Es ging um viel mehr als das Schmerzempfinden. Würde ich dann alle Fähigkeiten aus dem Spiel in der Realität einsetzen können? Vorhin hatte ich den Infokasten mit Sergios Namen und Level gesehen. Würde ein solcher Kasten für alle Spieler angezeigt, sobald die 100 % erreicht waren? Würde ich weitere Informationen zu Spielern erhalten?

Sergei und ich redeten noch eine Weile. Ihm schien es ganz recht zu sein. Irgendwann wollten wir uns auch in Arktanien treffen und einander helfen. Ich hoffte natürlich darauf, dass er mich bei der

Suche nach dem Schwert im Elfenreich unterstützen würde.

Als wir schließlich die Kneipe verließen, überlegte ich, wo ich sicher wäre. Früher oder später musste ich zurück in meine Wohnung, denn dort stand mein VR-Pod.

Während ich grübelte, erhielt ich eine Nachricht von Hotei: „Lächle, und hab keine Angst." Darunter hatte er eine Adresse und zwei Codes notiert. Ich vermutete, dass es eine sichere Wohnung war, und die Codes zur Haustür und zur Wohnungstür gehörten. Vielleicht war es auch ein Bürogebäude. Ich kannte die Straße. Sie war ganz in der Nähe.

„He, wenn du magst, kannst du auf meinem Sofa schlafen", bot Sergei an, der meine Sorgenfalten bemerkt hatte.

Erstaunlicherweise war er nach ganzen vier Litern Wodka fitter als ich nach nur einem Bier. Der Alkoholgeruch drang ihm aus allen Poren. Wenn er den Mund aufmachte, bestand die Gefahr, dass ich eine Alkoholvergiftung bekam. Mir schauderte bei dem Gedanken daran, wie es in seiner Wohnung riechen musste.

„Danke für das Angebot. Aber ich habe einen Ort", versicherte ich ihm. Ich war gespannt, wie sich unsere gemeinsame Zukunft entwickeln würde.

Wir tauschten noch Kontaktdaten hier und im Spiel aus, dann verabschiedeten wir uns voneinander. Meine Müdigkeit überschattete meine Furcht. Ich wollte nur noch ins Bett und schlafen, bevor ich zurück zu den Gremlins musste. Hoteis Adresse stellte sich als Plattenbau mit 20

Geschossen heraus. Hier war meine Anonymität sichergestellt. Das war gut. Ich dankte dem Gott im Stillen für seine Hilfe.

Die Wohnung befand sich im obersten Stockwerk. Sie hatte sogar ihren eigenen Eingang, sodass ich kommen und gehen konnte, ohne dass ich groß beobachtet werden konnte. Sie verfügte über drei Schlafzimmer und einen Balkon. Die Vorratsschränke in der Küche waren zum Bersten gefüllt. Es war genug, damit ich eine oder zwei Wochen hier verbringen konnte, ohne das Haus zu verlassen. Wenn nur mein Pod nicht gewesen wäre! Doch auch daran hatte Hotei gedacht: In einem der Räume stand ein SuperVirt 3000.

Nachdem ich mich davon überzeugt hatte, dass ich allein in der Wohnung war, fiel ich ins Bett. In meinen Träumen sah ich die kranken Kinder, die sterben mussten, weil Sergei mich gerettet hatte. Wie gerädert und schweißgebadet wachte ich am nächsten Morgen auf. Das waren keine angenehmen Träume gewesen! Kein Wunder, dass Sergei versuchte, sie in Alkohol zu ertränken! Ich überlegte, ob ich mit meinen Fähigkeiten etwas für die Menschheit tun konnte. Gab es überhaupt einen praktischen Nutzen der Elektrizitätskontrolle? Gut, ich konnte vielleicht Diebe außer Gefecht setzen oder als menschlicher Defibrillator arbeiten.

Ich musterte meine Reflexion im Flurspiegel. Was mir da entgegenstarrte, war keinesfalls ein Fantasy-Held. Das war überhaupt kein Held. Es war ein gebeugter, müder, dreißig Jahre alter Mann. Die braunen Augen waren tief in die Höhlen versunken.

Das dunkle Haar klebte verschwitzt am Schädel.

Ich fuhr mit der Hand hindurch und ließ es mit ein paar Funken Elektrizität vom Kopf abstehen. Das sah lustig aus. Doch nach einem kurzen Lächeln schämte ich mich. Sergei rettete jede Woche ein Menschenleben. Er schlug keinen Profit daraus. Er verkaufte sich nicht an einen reichen Oligarchen. Er sorgte sich wirklich um die Menschen, die es verdient hatten. Er versuchte, ihnen zu helfen. Ich dagegen? Ich versetzte Leuten einen Stromschlag, hackte Geldautomaten und machte mir eine Igelfrisur. Ein toller Superheld war ich!

Nach einem schnellen Frühstück stieg ich in den Pod. Es war besser, Nägel mit Köpfen zu machen, als hier herumzusitzen und mir *meinen* Kopf darüber zu zerbrechen, ob ich für die Menschheit irgendeinen Wert besaß. Ich staunte, wie perfekt der Pod sich meinem Körper anpasste. Vermutlich hatte die KI die genauen Einstellungen und Daten vom Pod in meiner eigenen Wohnung genommen und kopiert.

Der farbige Korridor führte mich zuverlässig zu den Straßen Arkems. Nachdem ich mich vergewissert hatte, dass keine Gefahren in der unmittelbaren Umgebung lauerten, nahm ich mir die Zeit, meine Charakterwerte zu studieren und den Bogen anzupassen. Fertigkeiten, die ich für mein Spiel nicht benötigte oder denen ich keine besondere Aufmerksamkeit widmete, blendete ich aus. Nachdem ich Level 50 erreicht hatte, war es höchste Zeit, meinen weiteren Aufstieg geplant und ausgewogen anzugehen. Bisher hatte ich noch keine speziellen Fertigkeiten oder Fähigkeiten für meine Klasse, sondern mich auf allgemeine Werte konzentriert. Gut möglich, dass ich als Programmierer mir von Anfang an einen Plan hätte zurechtlegen müssen. Aber dafür fehlte es mir an Input. Die Slider-Klasse war einzigartig. Noch dazu war ich mit einer großen Quest nach der anderen bombardiert worden. Ich hatte einfach keine Zeit gehabt, mir die Nächte in irgendwelchen Foren um die Ohren zu schlagen. Bei der Dynamik, die in Arktanien herrschte, bezweifelte ich außerdem, dass jede Quest in jeder Region der Welt detailliert oder auch nur allgemein beschrieben war.

Mal sehen, was ich in 50 Leveln alles geschafft hatte:

Name: Falk

Level: 50

Erfahrung: 1000/600.000 (Punkte bis zum nächsten Level: 599.000)

Gruppierung: Kaiserreich, Aristokrat

Adelstitel: Graf (10 % Nachlass bei allen Händlern im Kaiserreich, + 10 % Erfahrung für Quests)

Rang: Leutnant (+10 auf ausgeteilten Schaden)

Volk: Mensch

Klasse: Slider

Beruf (2/2):

Glasbläser: 41,2

Mechaniker: 26,5

Volksmerkmale: + 5 % Erfahrung

Klassenmerkmale: Verteidigung gegen

Stromschaden: + 100 %

Attribute (primär):

Stärke: 34,25

Geschicklichkeit: 88,7

Intelligenz: 100,5

Weisheit: 100,2

Ausdauer: 40,0

Verfügbare Attributpunkte: 0

Attribute (sekundär):

Körperlicher Schaden: 44,25

Gesamtschaden: 220

Mana: 1000

Manaregeneration: 36 Sekunden

Gesundheit (Lebenspunkte): 600

Gesundheitsregeneration (Lebenspunkte): 90 Sekunden

Rüstung: 84

Schutz gegen Feuermagie: + 5 %

Schutz gegen Chaosmagie: + 5 %

Verteidigung gegen Stromschaden: 100 %

Fertigkeiten (2/8):

Ausweichen: 25

Beidhändig: 20,2

Einzigartige Merkmale:

Fluch der Göttin Elenia: Du kannst dich keinen Spielergruppen anschließen.

Segen der Göttin Elenia: Du erhältst einen Erfahrungsbonus von 10 %.

Auszeichnungen/Erfolge:

Springmaus-Hammer, Level: Gott

Herzloser Stinktier-Jäger

Von Dämonen geküsst: Du besitzt eine

unerklärliche Verbindung zur Dämonin Lamia.

Was für ein Halunke! (2/5) (Schutz gegen Feuermagie: + 5 %, Schutz gegen Chaosmagie: + 5 %)

Einzelkämpfer (Belohnung für die Bewältigung von Instanzen im Alleingang: + 10 % auf ausgeteilten Schaden, auf Verteidigung und die Regeneration von Gesundheit und Mana)

Einsamer Wolf (dauerhafter Bonus: + 5 % auf ausgeteilten Schaden und auf Verteidigung;

Bonus, wenn sich kein anderer Spieler in 100 m Umkreis befindet: + 10 % auf ausgeteilten Schaden und auf Verteidigung)

Fähigkeiten:

Stromschlag (1)

Blitznetz (2)

Maschinenkontrolle (4)

Laser (1)

Magnetismus (1)

Stählerner Handschlag (1)

Ansehen:

Kelevre: +3800 (Bewunderung)

Kaiserreich: +2150 (freundlich)

Göttin Elenia: +0 (neutral)

Gremlins: +3050 (Bewunderung)

Gabilzkhar-Clan der Gnome: +100 (neutral)

Haustier:

Spin, Stromwolf, Level 32

Dazu profitierte ich noch von einigen Gegenstandsboni, die meine Attribute aufwerteten. Dank Varrs Ring der Weisheit, dem Amulett des Blitzschlags und dem Ring Wächter des Dungeons wurden meine Intelligenz und meine Weisheit insgesamt um den Faktor 1,5 verbessert. Mit meiner sonstigen Elektrozauberer-Ausrüstung erhielt ich außerdem 10 Zusatzpunkte. Das war zwar weniger als durch die beiden Ringe und das Amulett, aber der Schmuck war dafür auch besonders teuer. Ich hatte ihn nur durch reines Glück erhalten. In meinem Inventar steckten noch zwei nicht identifizierte legendäre Artefakte. Eines davon hatte ich für die zweite Stufe der Quest „Pfad der Klingen“ erhalten, das andere vom Präsidenten. Aber da war noch mehr: Mit dem Herz des Schneesturms konnte ich Aishorth Blutstein beschwören. Erwähnenswerte Waffen waren der Dolch Zorn der Asur und die Feurige Peitsche des Aufsehers im siebten Kreis der Hölle, die ich Lamia abgenommen hatte. Nicht zu vergessen der ganze Kleinkram, den ich den besiegten Dämonen und Mobs abgenommen hatte, sowie 20 Fer-Federn, Ork-Amulette, 30 Heiltränke, die von mir selbst angefertigten Kühlschleifen, 10 Brocken Fulgurit, die Perlen des Hohen Schamanen und meine Bergmannbrille. Wobei ich die letzten beiden Dinge nach meiner Abreise aus Kelevre nicht mehr genutzt hatte. Meine wertvollsten Besitztümer waren das Steinschwert der Drachenberge, eine Portal-Schriftrolle und natürlich 85.000 Goldmünzen. Ich war jung, reich und frei! Ich würde Boris bitten, den Dolch, die Peitsche und alle anderen Dinge, für die ich keine Verwendung hatte, zu verkaufen. Wie ich es sah, stand mir eine rosige Zukunft bevor.

Allerdings gab es da noch ein paar Aufgaben, die

ich erledigen musste. Anders als normale Spieler, die alle möglichen kleinen Quests mit niedrigem bis hohem Schwierigkeitsgrad erhielten, waren meine Quests bisher immer komplex gewesen. Mit jeder davon hätte ich ein Buch füllen können! Aber eine war besonders dringend:

Verteidige Arkem

Schritt 2: Verteidige die Stadt mithilfe der Mechanismen der Uralten gegen den Angriff des Infernos.

Darum musste ich mich baldmöglichst kümmern. Aber es gab noch einige weitere Quests, die ich nicht ignorieren durfte:

Allianz der Verfluchten: Göttliches Rezept

Aufgabe: Finde eine Möglichkeit, einen Menschen vorübergehend in einen Gott zu verwandeln.

Grüße vom Nekromanten

Aufgabe: Zerstöre binnen 20 Tagen die Glasrose in Kelevre und melde dich bei der Priesterin Amina (verbleibend: 16 Tage).

Belohnung: keine

Strafe bei Fehlschlag: Abstieg um 10 Level

Pfad der Klingen, Phase 3

Aufgabe: Beschaffe das Holzschwert des Weltenbaums in Ellorien.

Einschränkung: Du musst die Aufgabe in zehn Tagen erledigen.

Belohnung für den Abschluss der dritten Phase: +1.000.000 Erfahrungspunkte, zwei Schriftrollen zum Verbessern der Slider-Fähigkeiten, +500 Punkte Ansehen bei der Göttin Elenia

Meister der Mechanik

Aufgabe: Erreiche vor Ende des Monats Level 3 bei Maschinenkontrolle.

Abgeschlossen!

Erblande

Aufgabe: Besorge die Besitzurkunden für diese Grundstücke aus dem kaiserlichen Kataster.

Pakt mit Aishorth Blutstein

Bedingungen: Du kannst Aishorth Blutstein im Laufe des nächsten Monats drei Mal um Hilfe bitten.

Nach dem dritten Hilferuf oder nach Ablauf des Monats musst du Aishorth Blutstein die große Essenz deines Blutes geben. (Kosten: Abstieg um 20 Level)

Ich hatte mir ganz schön viel aufgehalst. Die größten Probleme waren, dass ich in zehn Tagen zehn Level verlieren würde, denn auf keinen Fall würde ich die Aufgabe erledigen, die mein virtueller Onkel mir aufgetragen hatte, und einen Monat darauf nochmals 20 Level, wenn Aishorth Blutstein ihre Bezahlung einforderte. Auch ohne Mathestudium war mir klar, dass ich keine gute Figur abgeben würde, wenn ich die Quest „Pfad der Klingen“ abschloss. Im Optimalfall würde ich sämtliche Schwerter in meinen Besitz gebracht haben, bevor Aishorth ihren Tribut forderte.

„He, Schlafmütze!“, riss mich eine Frauenstimme aus meinen Gedanken. „Wenn du schon dein Inventar in aller Öffentlichkeit sortierst, solltest du beiseite gehen, statt die Straße zu blockieren.“

„Wo ist das Problem?“, antwortete ich, während ich das Menü schloss. „Ich kann gleichzeitig etwas im Menü nachsehen und auf meine Umgebung achten.“

„Ist das so?“, fragte die junge Frau skeptisch. „Ich stehe schon seit fünf Minuten hier und versuche, deine Aufmerksamkeit zu erwecken.“

Es dauerte einen Augenblick, bevor ich Pinky erkannte. He, immerhin hatte ich 12 Stunden mehr oder weniger ohne Unterbrechung gespielt und gekämpft. Zeit, ihr mehr als nur einen flüchtigen Blick zu widmen. Wenn sie es nicht mitbekam, würde ich sie als niedlich bezeichnen. Ihre dunklen Augen und ihre ganze Statur gefielen mir außerordentlich gut. Ich tippte auf asiatische Vorfahren.

„Wirklich?“, fragte ich ertappt. „Weißt du, ich habe kaum geschlafen. Gestern war so viel los, ich brauche vermutlich mehrere Tage, um mich zu erholen.“

„Schwamm drüber. Worüber wolltest du mit mir reden? Und was ist mit dieser Quest? Mittlerweile haben sich bereits mehrere große Portale aus dem Inferno geöffnet. Horden von Dämonen und Spielern, die sich dem Inferno angeschlossen haben, marschieren auf der Hochebene vor der Stadt auf.

Deine Quest hat nicht vielleicht etwas damit zu tun, hm?“ Sie redete wie ein Wasserfall.

Während sie das tat, blickte ich mich um. Die Straße war wie leer gefegt.

„Wo sind die Gremlins hin?“, fragte ich. „Sollten sie nicht die Verteidigung organisieren?“

„Die meisten sind geflohen, sobald sie das mit den höllischen Heerscharen mitbekommen haben“, schnaubte Pinky. „Aber innerhalb der Mauern warten Tausende von Clan-Spielern darauf, sich an den Dämonen zu messen. Viele von denen haben Clan-Quests erhalten, in denen es darum geht, Dämonen zu töten. Natürlich mischen auch Kleriker aus dem gesamten Kaiserreich und die Gnome mit. Arkem dürfte zum Schauplatz der ersten großen Schlacht zwischen dem Inferno und dem Rest der Welt werden. Das wird episch, wenn du mich fragst! Wobei ich trotz Level 93 möglichst viel Abstand vom Fleischwolf halten werde.“ Dann musterte sie mich eingehend. „Du solltest auch lieber abhauen, bevor dich einer der Krieger versehentlich mit einem Ellbogenstoß umbringt oder ein Dämon dich niedertrampelt, ohne es zu merken.“

„Das Risiko muss ich eingehen“, sagte ich zuversichtlich. „Ich bin mir sicher, dass ich sogar auf Level 50 einen wesentlichen Beitrag zur Verteidigung leisten kann.“

Ich hoffte es zumindest. Dazu musste ich bloß herausfinden, welche Mechanismen der Uralten es in der Nähe der Stadt gab — und wie sie funktionierten. Auf Level 4 der Fähigkeit würden sich hoffentlich ein paar Möglichkeiten über Ein- und Ausschalten sowie

Selbstzerstörung ergeben.

„Wie du meinst“, sagte Pinky mit einem Lächeln. „Dann bleibe ich auch und leiste dir Gesellschaft. Außerdem führt Antibiotic einen Trupp der Unaussprechlichen an. Sie werden dich bestimmt gern unterstützen.“

„Endlich! Ich habe dich überall gesucht“, erklang eine vertraute Stimme, bevor im nächsten Moment eine kleine Gestalt vor uns auf die Straße hüpfte. Ich war wenig überrascht, Prinzessin Ar-Norte zu sehen. Allerdings hätte ich noch eher vermutet, dass sie mit den anderen Gremlins aus der Stadt fliehen würde.

Sie packte mich am Arm und schmiegte sich an mich.

„Mein Held. Du wirst doch Arkem vor den Invasoren beschützen, nicht wahr?“

Was sollte denn dieses Geturtel? War das wieder einer ihrer Tricks? Rasch öffnete ich das Menü und informierte mich über mein Ansehen bei Prinzessin Ar-Norte. *Teufel auch!* Der Wert stand bei +2700 Punkten, versehen mit dem Hinweis „verliebt“. Verdammt. Normalerweise lautete der Status ab 2000 Punkten „freundlich“. Ich wollte ihre Liebe nicht!

„Wie kommst du darauf, dass das in meiner Macht steht?“, fragte ich mit einem Räuspern.

Pinky betrachtete das Geschehen amüsiert.

„Immerhin bist du mein künftiger Gemahl und der Wächter des Wissens der Uralten!“, erklärte Ar-Norte und klimperte mit den Wimpern. „Fa-Rukat persönlich hat es gesagt.“

Seltsam. Den Titel des Wächters sollte ich doch erst bekommen, nachdem ich Arkem verteidigt hatte. Wie hatte sie das gem…? Da erst bemerkte ich es: Sie hatte von mir als ihrem zukünftigen Gemahl gesprochen!

Kapitel 2

„MAL ANGENOMMEN, ich erhalte tatsächlich den Titel *Wächter des Wissens der Uralten,* nachdem ich es irgendwie geschafft habe, die Stadt zu retten“, sagte ich, während ich versuchte, den Gremlin wegzuschieben. „Wieso um alles in der Welt sollte ich dich heiraten? Ich bin doch bei klarem Verstand. Eine solche Abmachung haben wir nie getroffen.“

Ich hatte mich von der klammernden Gremlin-Prinzessin befreit und suchte Zuflucht hinter Pinkys Rücken, aber diese Verräterin machte einfach einen Schritt beiseite.

„Nein, mein Lieber. In eure Romanze mische ich mich nicht ein.“

„Du weißt genau, dass es nur eine Frage der Zeit ist, bis wir für alle Zeit beisammen sind“, verkündete Ar-Norte und zwinkerte mir provokativ zu.

Das Ganze erinnerte mich mehr und mehr an *Gremlins 2 — Die Rückkehr der kleinen Monster.* Wäre der Titel *Wächter des Wissens der Uralten* nicht so wichtig für mich gewesen, hätte ich in diesem Moment meine Portal-Schriftrolle eingesetzt und mich aus dem Staub gemacht. Ich wollte unbedingt Abstand von der grünen Psychopathin gewinnen.

Als hätte sie meine Gedanken gelesen, grinste die Prinzessin mich an: „Portal-Schriftrollen funktionieren momentan nicht. Außerdem zählt die Demokratische Republik der Gremlins auf dich."

„Schon klar", sagte ich genervt. Insgeheim hatte ich gehofft, den Notausgang nehmen zu können, wenn die Sache zu brenzlig wurde, und mich dann mit der dritten Phase der göttlichen Quest zu beschäftigen. „Wohin sind dann all die anderen Gremlins verschwunden?"

„Sie sind ins Chaos gegangen", sagte Ar-Norte. „Sobald die Dinge sich beruhigen, kehren sie zurück. So ist es immer."

„Und wieso bist du nicht in diesem Chaos?"

„Ich kann doch meinen Liebsten nicht allein lassen!", schnurrte sie, und mir wurde übel. Ja, die inneren Werte zählten. Aber wenn die Verpackung so ganz und gar nicht mein Fall war... Außerdem bezweifelte ich noch immer, dass Ar-Norte sich so sehr verändert haben konnte. Es würde mich wundern, wenn ihre Gefühle für mich echt waren! Die Prinzessin hatte schon zu oft versucht, mich hinters Licht zu führen, über den Tisch zu ziehen und sogar umzubringen. Dabei kannten wir uns erst seit wenigen Tagen.

„Ach ja, genau!", lachte ich misstrauisch. „Und weil du mich so sehr liebst, wirst du mir sicher auch verraten, was genau es mit diesem Vertrag mit dem

Inferno auf sich hat, richtig?“

„Was für ein Vertrag?“, fragte sie mit einem warmen Lächeln. „Ich weiß nichts von einem Vertrag.“

„Bullshit! Du hast mir selbst gesagt, dass das Inferno dir ein äußerst attraktives Angebot unterbreitet hat. Du solltest ihnen den Weg in das Gremlin-Reich öffnen“, erinnerte ich sie.

„Als ob ich mein eigenes Volk verraten würde!“, rief Ar-Norte entsetzt. „Ich bin die Tochter des Königs. Meine Sorge gilt allein der Sicherheit der Bürger von Arkem.“

„Ach? Oder ist es vielleicht so, dass die Dämonen jedes Interesse an dir verloren haben, weil du das Steinschwert der Drachenberge nicht mehr besitzt?“, schlussfolgerte ich.

Die Prinzessin plusterte sich auf, sackte dann wieder zusammen und wurde rot wie eine reife Tomate, bevor sie verschämt antwortete: „Ja. Und die Herrscher vertrauen mir auch nicht mehr, die blöden alten Frösche.“

„Dann sind doch nicht alle Gremlins geflohen?“, hakte ich nach. „Gibt es jemanden, der den Kampf gegen das Inferno organisiert?“

„Selbstverständlich. Die gewählten Volksvertreter kümmern sich um die Verteidigung und verteilen die Aufgaben“, erwiderte die Prinzessin unglücklich. „Es kommen immer mehr Kämpfer durch das stationäre Portal, um die Armee des Infernos zu bekämpfen. Aber ich befürchte, die Zahl wird nicht ausreichen.“

„Ein stationäres Portal!“, rief ich begeistert.

„Es ist eine Einbahnstraße“, mischte Pinky sich ein. „Das Inferno hat Zauber gewirkt, damit niemand die unterirdische Stadt verlassen kann. Die Leute können nur hinein. Abreisen kann man erst, wenn das Event vorbei ist.“

Verdammter Mist! Was, wenn die Sache eine Woche dauerte? Immerhin trafen hier Armeen aufeinander! Ich konnte nur hoffen, dass die verborgenen Mechanismen der Uralten so mächtig wie der T-Rex waren und meiner Seite einen schnellen Sieg bescherten! Im schlimmsten Fall konnte ich Aishorth Blutstein beschwören, obwohl ich mir ihre Hilfe lieber für die drei verbliebenen Schwerter aufheben würde. Besser, ich fand heraus, wie diese Mechanismen der Uralten funktionierten!

„Wer hat das Sagen?“, wollte ich wissen und rieb mir die Schläfen, um den pochenden Kopfschmerz zu vertreiben. „Der König, der Zar, der Kaiser, die Große Mutter oder Fa-Rukat?“

Irgendjemand musste mich zu den Mechanismen führen. Je höher der Stand dieser Person in Arkem, desto besser. Das würde die Sache vereinfachen, falls ich unterwegs auf Spieler oder Gremlins traf.

„Nein“, sagte Ar-Norte mit sauertöpfischer Miene. „Es ist der Präsident.“

Das schlug dem Fass den Boden aus!

„Bitte was? Der Kerl, der Arkem an die Dämonen verschachert hat und dich töten wollte?“

„Genau der“, bestätigte die Prinzessin resigniert. „Alle halten ihn für den fähigsten Anführer in dieser verzwickten Lage. Sein Verrat war wahrlich hinterhältig und durchdacht. So viel steht fest. Mein Vater hat versucht, es zu verhindern. Er hat darauf hingewiesen, dass der Präsident es noch nicht einmal geschafft hat, mich umzubringen. Welche Chance hat er da gegen eine Dämonenhorde? Aber niemand hat ihm zugehört." Dann grinste sie selig. „Aber die Große Mutter hat gesagt, dass gewisse Prinzessinnen noch viel gefährlicher als eine ganze Heerschar von Dämonen sein können. Es sei kein Wunder, dass der Präsident keinen Erfolg hatte. Nur, weil er mich nicht aus dem Weg räumen konnte, wäre er kein Versager in taktischen Fragen. Also haben sie ihn zurückgeholt, in einen Käfig gesteckt und ihm befohlen, einen Plan zur Verteidigung auszuarbeiten."

„Ein Käfig?", fragte ich verwirrt.

„Er wollte abdanken und fliehen. Also haben sie ihn in einen goldenen Käfig eingesperrt", bestätigte Pinky. „Mann, das Ding glänzt vielleicht! Er hat da drin sogar ein bequemes Sofa. Eine Konkubine steckt ihm durch die Gitterstäbe leckere Trauben in den Mund. Zu so einem Knastaufenthalt würde ich auch nicht *Nein* sagen."

„Wer ist diese unhöfliche Person?", fragte die Prinzessin mit einem missmutigen Blick in Pinkys Richtung. „Du hast doch nicht etwa eine Geliebte? Ich werde keinerlei Frauen neben mir dulden, die mehr Schrecken verbreiten als ich. Das würde mich in meiner Ehre verletzen. Du musst sie wegschicken!"

Die Elektrozauberin kicherte. Dabei hätte ich nichts dagegen gehabt, wenn sie der Prinzessin einen ordentlichen Stromschlag versetzt hätte.

„Ach, Hoheit, ich würde doch nie wagen, euren zukünftigen Gemahl zu verführen“, sagte Pinky mit mühsam unterdrücktem Lachen. „Dazu habe ich zu viel Respekt vor euch. Ich bin lediglich beauftragt worden, Falk zu schützen und die Dämonen mit meinem schrecklichen Aussehen zu verscheuchen.“

Sofort glätteten sich die Gesichtszüge des Gremlins. „Endlich jemand, der weiß, dass niemand mit der strahlenden Schönheit einer Gremlin-Prinzessin mithalten kann. Du darfst uns begleiten. Aber bedenke: Mein künftiger Gatte ist ein wahrer Held. Niemals würde er seine eigene Sicherheit über die meine stellen. Darum gilt deine erste Sorge von diesem Augenblick an allein mir.“

Wie war das noch mit dem kleinen Finger und der Hand? Wenn ich mich nicht vorsah, würde sie in einer halben Stunde mein Inventar durchwühlen.

Ich blickte mich um. Noch immer war niemand zu sehen. Dass die Gremlins fort waren, konnte ich verstehen. Aber wo waren die Spieler hin? Das war ungewöhnlich. Auch wenn in dieser Straße kein Kampf toben würde, hätte ich den ein oder anderen Plünderer erwartet. Immerhin war es eine ehrwürdige Tradition, in einem RPG in die Häuser der Einheimischen einzudringen und nach verborgenen Reichtümern zu suchen.

„Die Stadt steht unter dem Schutz mehrerer Clans, darunter auch dem der Unaussprechlichen“, erklärte Pinky. „Wir sollen das Eigentum der Bewohner Arkems schützen. Also haben wir die Stadt abgeriegelt, statt jedes einzelne Haus zu bewachen. In der Quest sind so hohe Strafen für Diebstahl und zerstörte Gebäude vorgesehen, dass die Clan-Chefs diesen Ort mit ihrem eigenen Leben verteidigen werden.“

Das musste ich den Gremlins lassen: Sie konnten vorteilhafte Verträge aushandeln. Nicht nur, dass sie andere den Kampf mit den Dämonen ausfechten ließen, nein, sie hatten es auch noch geschafft, diesen Leuten die Bewachung ihres Hab und Guts aufs Auge zu drücken. Ich konnte nur hoffen, dass die Bezahlung dafür fürstlich ausfiel.

Ich wollte mich zum Präsidenten und Fa-Rukat durchschlagen, damit sie mir mehr Informationen über die Mechanismen der Uralten gaben und ich dorthin führten. Aber die Prinzessin bestand darauf, dass sie mir alles zeigen würde. Schließlich würde der Präsident die Möglichkeit nur nutzen, um aus Arkem zu fliehen. Fa-Rukat tat sowieso nie etwas. Mir fehlten die Kraft und die Zeit für Diskussionen, also stimmte ich zu. Ich konnte es kaum erwarten, die Mechanismen endlich zu sehen. Falls es dort Schwierigkeiten gab, konnten wir noch immer nach Hilfe rufen.

„Bist du sicher, dass du weißt, wo die Mechanismen sich befinden?“, hakte ich nach.

„Das weiß doch jeder“, winkte die Prinzessin ab. „In der größten Höhle, ganz in der Nähe der Arena. Komm mit.“

Sie griff nach meiner Hand und zog mich hinter sich her. Pinky folgte uns. Die Schadenfreude stand ihr noch immer ins Gesicht geschrieben. Wir liefen durch die Außenbezirke der Stadt. Straßen und

Gebäude waren gremlinleer. Es war seltsam, diesen sonst so quirligen Ort so verlassen zu sehen. Wie hatten die Gremlins es geschafft, so schnell ihren Kram zu packen? Und was genau war dieses Chaos? Eine Abstraktion? Oder eine Ortsbezeichnung?

Ich fragte die Prinzessin.

„Doch nicht irgendein Chaos. Das Chaos", stellte sie fest. „Das Große Nichts und Alles. Es existiert, und es existiert nicht. Es ist überall und nirgends. Wenn wir Arkem nicht retten, werden die Gremlins sehr, sehr lange Zeit dort sein."

Was scherten mich die Gremlins? Es ging um meine Zeit!

„Das wäre wirklich schade", murmelte ich.

„Um sie musst du dir keine Sorgen machen. Es geht um die Leute in Arktanien", schmunzelte die Prinzessin. „Jeder Gremlin, der ins Chaos gegangen ist, ist überall und nirgendwo zugleich. Das Chaos ist allumfassend und doch sehr greifbar. Jeder Gremlin, der hineingeht, verbirgt ein kleines Stück seiner Identität in einem Mechanismus oder einer Maschine irgendwo in dieser Welt. Das bedeutet Fehlfunktionen, Stillstände oder gar einen Aufstand der Maschinen! Während dieses Krieges wird es sehr viel mehr Abstürze von Luftschiffen, Explosionen von Dampfbussen, Fehlfunktionen von Geräten und gefährliche Waffenstörungen geben. Junge, ist das aufregend!"

Pinky und ich tauschten einen besorgten Blick aus.

„Meinst du das ernst?", hakte ich nach. „Alle Gremlins, die verschwunden sind, sitzen in irgendwelchen Maschinen?“

„Nein, Dummkopf. Die Gremlins sind ins Chaos gegangen“, wiederholte Ar-Norte. „Ich habe das doch gerade erklärt. Aber durch ihre Anwesenheit gewinnt das Chaos mehr Substanz als gewöhnlich.“

„Wer weiß darüber Bescheid?“, fragte Pinky ängstlich. „Das ist eine wirklich wichtige Information.“

„Alle Gremlins, natürlich.“ Die Prinzessin zuckte mit den Schultern. „Die anderen Völker sind nicht klug genug, das zu verstehen. Sie sehen uns mit ebenso großen Augen an wie ihr beide jetzt.“ Dann warf sie einen liebevollen Blick in meine Richtung und korrigierte sich: „Ich meine natürlich, deine großen Augen, du schreckliches Weib. Mein Falk hier versteht genau, was das Chaos ist und welche Verbindung wir dazu haben.“

Pinky nickte verständnisvoll, dann flüsterte sie mir zu: „Ich kann ein paar andere Leute darüber informieren. Wenn die technischen Probleme zu einem globalen Event werden, können wir eine Gruppe bilden, bevor eine Quest zugewiesen wird. So erhalten wir zusätzliche Erfahrungspunkte und mehr Geld, sofern Arkem gerettet wird.“

Ich seufzte. So erledigten normale Menschen schwierige Quests: Sie taten sich zu einer Gruppe zusammen und teilten Anstrengungen und Belohnungen miteinander. Jeder bekam denselben Teil und dann einen Bonus für das, was er zur Aufgabe beigetragen hatte. Als Teil einer großen Quest-Gruppe gab es garantiert Erfahrungspunkte und natürlich die Möglichkeit, den eigenen

Charakter aufzuleveln. Das war vor allem auf niedrigem Level überaus nützlich. Doch leider konnte ich nicht Teil einer Gruppe werden.

Ich sah mir noch einmal die genaue Aufgabenstellung für die Rettung Arkems an. Die Belohnungen waren vermutlich exorbitant, wenn man die damit verbundenen Gefahren bedachte. Doch wie alle anderen Gremlins hatte auch Fa-Rukat versucht, mich über den Tisch zu ziehen. Ein Bonus für die Lösung der technischen Probleme ganz Arktaniens wäre mir lieb gewesen. Aber leider ging das nicht.

„Ja, du solltest eine Nachricht schicken", bestätigte ich. „Aber ich kann bei der Quest nicht helfen. Ich darf mich keinen Spielergruppen anschließen."

„Okay", sagte sie, ohne weitere Fragen zu stellen.

Unterwegs trafen wir ein paar Patrouillen, eine auch von den Unaussprechlichen. Niemand stellte die Anwesenheit der Prinzessin infrage, aber ein paar Mal musste Pinky für mich bürgen. Vermutlich bekam ich absichtlich keinen Passierschein, damit ich nicht ohne Pinky losziehen konnte. Doch obwohl sie bestimmt für ihren Clan spionierte, störte ihre Gegenwart mich nicht. Momentan hatte ich nichts zu verbergen — abgesehen von den Fundorten der Schwerter, die ich selbst nicht kannte.

Über der gesamten Stadt erhob sich eine schwache, durchscheinende Kuppel. Sie erinnerte mich an die Schutzbarriere, die mithilfe der Glasrose über Kelevre errichtet worden war. Wer dieses

Kraftfeld durchqueren wollte, musste das an einem Checkpoint in einem großen Zelt tun. Dort wurden Pinkys Papiere ein weiteres Mal überprüft, bevor wir die Stadt verlassen durften. Vor den Toren befand sich ein Militärlager, in dem es vor Spielern nur so wimmelte. Ich blickte zurück und stellte zwei Dinge fest: Erstens hatte die Kuppel alle Geräusche des Heerlagers in der Stadt unterdrückt. Zweitens konnte man das Innere der Stadt nur schemenhaft erkennen. Hunderte und Aberhunderte von Spielern wuselten durcheinander und erledigten die unterschiedlichsten Aufgaben. Überall wurde gehämmert. Maschinen wummerten. Die Geräusche unzähliger Reittiere erfüllten die Luft. Wie betäubt blickte ich mich um und nahm die Eindrücke auf.

„Ich stelle einen Trupp zusammen, der die nördliche Horde auslöschen soll“, schrie mir ein Mann in voller Rüstung ins Ohr. „Ich brauche 30 Spieler auf Level 80 oder höher.“

„Ich zahle gutes Geld für die Herzen niederer Dämonen! Wirklich gutes Geld!“

„Braucht ihr einen Segen auf Level 3 für eure Gruppe? Kostet nur 3 Goldmünzen!“

Ein Golem schob sich durch die Menge. In dem Korb auf seinem Rücken saß ein Gremlin mit schwarzem Helm und einer fetten Zigarre. Hinter diesem Gespann folgte ein majestätischer Tiger, der mir locker bis zur Schulter ging. Eine blauhäutige Frau ritt darauf.

„Wir sollten weiter“, sagte die Prinzessin stirnrunzelnd.

„Ich dachte, du liebst das Chaos?“, foppte ich

sie. „Da müsste es dir hier doch gefallen."

„Chaos ist nur gut, wenn man es kontrolliert", antwortete sie.

„Wie kann es denn kontrolliertes Chaos geben?", fragte Pinky interessiert.

„So, wie Ordnung auch dann Ordnung ist, wenn man sie nicht kontrolliert", konterte Ar-Norte.

Auf keinen Fall würde ich mich auf philosophische Diskussionen mit einem Gremlin einlassen. Auch Pinky dämmerte, dass man solche Streitgespräche nur verlieren konnte.

„Lasst uns etwas essen, bevor wir zu den Mechanismen der Uralten gehen", sagte die Prinzessin und rieb sich hungrig die Hände.

„Ich dachte, wir haben es eilig?", erinnerte ich sie. Nicht, dass die anderen Spieler auf den Gremlin aufmerksam wurden. „Du hast gesagt, wir haben keine Zeit, den Präsidenten oder Fa-Rukat aufzusuchen, weil wir so schnell zu den... ähm, zu unserem Ziel müssen."

„Genau, wir haben es eilig", stimmte Ar-Norte zu. „Deswegen esse ich jetzt etwas. Ich habe seit gestern nichts zu mir genommen. Ich war viel zu sehr damit beschäftigt, dich zu beschützen, mein Geliebter."

„Aber..."

„Na gut. Wenn du mir einen deiner lieblichen Küsse gibst, werde ich es noch eine Weile ohne Essen aushalten", schmachtete der Gremlin mich an.

„Lasst uns essen!", rief ich voller Begeisterung, währen die Elektrozauberin mir einen amüsierten Blick zuwarf.

Baum der Furcht

Ein riesiges, zweigeschossiges Zelt beherbergte die Kantine des Lagers. Ich hatte noch nie ein Zelt mit zwei Ebenen gesehen. Doch was mir am besten gefiel, war das Zeichen des Brauergottes Radegast über dem Eingang. Hier würde uns niemand belauschen können. Die Prinzessin hatte schon zu viel über die Mechanismen der Uralten geschwätzt.

Sie gab ihre Bestellung auf. Die kleine Mahlzeit bestand aus zehn verschiedenen Gerichten. Pinky stupste mich an.

„Schwamm drüber. Worüber wolltest du mit mir reden, Don Juan? Mach dir keine Hoffnungen: Ich bin nicht der Typ für polyamore Beziehungen."

„Darüber macht man keine Witze", sagte ich gequält. „Ich wollte dich um Rat bitten. Es geht um meine Fähigkeiten. Meine Klasse gehört auch zu den Elektrozauberern, aber ich habe außer allgemeinen Tipps keine anständigen Informationen gefunden. Kannst du mir sagen, wie ich meine Fähigkeiten am besten einsetzen und hochleveln kann?"

„Oha. Das nenne ich mal eine große Bitte", sagte sie und hob mahnend einen Finger. „Leitfäden sind Clan-Interna. Und selbst als Mitglied musst du mit Punkten dafür zahlen. Auf dem freien Markt gibt es nur Zeug, dem ich nicht vertrauen würde. Damit geht dein Build absolut den Bach runter."

„Darum rede ich mit dir", sagte ich und lächelte sie freundlich an.

Pinky strich sich mit dem Daumen über das Kinn und sah mich nachdenklich an. „Ich weiß nicht, wie deine Vereinbarung mit Daddy Rothschild genau aussieht. Aber er hat uns angewiesen, dir auf jede erdenkliche Art zu helfen und dich nicht aus den Augen zu lassen. Ich vermute, es geht um eine besonders seltene Quest. Aber du wirst mir bestimmt keine Details verraten.“

Ich nickte.

„Na gut“, sagte sie entschieden. „Schick mir eine Aufstellung deiner Fähigkeiten und Basisattribute auf mein Tablet. Den Rest darfst du gern für dich behalten. Irgendwelche Leichen in deinem Keller interessieren mich nicht. Ach ja, füge mich zu deiner Freundesliste hinzu.“

Sekunden später war mein Adressbuch um einen Namen reicher. Onkel Boris, Artamon der Schreckliche, Thunderbolt (der Anführer der Rotkappen), Rygmus (der haarige Kurier), Daddy Rothschild, Ne-Tarok, Thram und jetzt Pinky. Neben den Einträgen für Artjom, Daddy Rothschild und den Gremlin Ne-Tarok informierten kleine Symbole mich über ungelesene Nachrichten.

Ich würde sie später lesen, denn im Moment gab es Wichtigeres zu tun. Zum Glück bot das Tablet eine einfache Möglichkeit zum Freigeben von Charakterattributen, zum Beispiel beim Kaufen von Ausrüstung, für die Bewerbung bei einem Clan oder einer Gruppe usw. Es gab auch die Möglichkeit, einzelne Punkte abzuwählen: Titel, Fertigkeiten, Erfolge und Auszeichnungen. Davon machte ich ausgiebig Gebrauch. Ich schickte Pinky meinen Level, alle meine Attribute und meine Elektrozauberer-Fähigkeiten. Das sollte ausreichen, damit sie mir ein paar nützliche Ratschläge geben konnte.

In diesem Moment kamen die Teller und Platten für die Prinzessin. Mit lautem Schmatzen und Schlürfen machte sie sich darüber her. Pinky vertiefte sich in meine Werte. Ihre Stirnfalten wurden immer tiefer.

„Hat dich bisher jemand auf einer Sänfte getragen?“, fragte sie schließlich.

„Was soll das heißen?“, fragte ich überrascht. „Natürlich nicht.“

„Wers glaubt“, schnaubte sie. War das Verachtung? „Du bist auf Level 50, aber du hast keine einzige Angriffsfähigkeit ausgebaut? Noch nicht einmal ein Upgrade? Das ist unmöglich. Seit Level 40 habe ich keine einzige Fähigkeit mehr auf ihrem Basislevel. Du hast hier einen stinknormalen Stromschlag, gar keine magischen Fertigkeiten und ein paar sehr fragwürdige Auszeichnungen. Wieso du all deine Punkte in *Maschinenkontrolle* gesteckt hast, will ich gar nicht wissen. Wozu soll das gut sein?“

Entsetzt starrte ich sie an. Ich Dämlack hatte tatsächlich vergessen, meine wichtigste Slider-Fähigkeit zu verbergen. Allerdings schien Pinky nicht allzu überrascht zu sein.

„Kannst du auch Mechanismen der Uralten kontrollieren?“, fragte ich.

Mir schien, dass der Gremlin etwas langsamer aß und der Unterhaltung mehr Aufmerksamkeit widmete.

„Ich? Wozu? Ich bin doch nicht blöd“, antwortete Pinky. „Ich habe *Maschinenverständnis* aufgelevelt. Damit kann man Schwachpunkte in technischen Geräten finden. Damit kann ich

Gremlins in ihren Mechgolems im Handumdrehen ausschalten. Es gibt doch kaum Mechanismen der Uralten. Außerdem ist ihr Einsatzzweck recht eindimensional. Es sind Mähdrescher, Tunnelvortriebsmaschinen und so Zeug. Alles nicht der Rede wert.“ Sie klopfte mir auf die Schulter, was mich 10 Punkte Gesundheit kostete. „Egal. Zurück zum Thema. Wie hast du es auf Level 50 geschafft, ohne Blitzschlag oder Stromschlag mindestens 1000 Mal zu nutzen?“

„Ich kämpfe nur selten“, rechtfertigte ich mich. „Meist erledige ich Quests.“

„Wie lange hat es gedauert, ohne Kämpfen auf Level 50 zu kommen?“

Dieses Gespräch entwickelte sich in eine gefährliche Richtung. Nach reiflicher Überlegung beantwortete ich ihre Frage, denn für Daddy Rothschild wäre es gewiss kein Problem gewesen, herauszufinden, wann ich meinen Pod gekauft und Arktanien zum ersten Mal besucht hatte.

„Ungefähr 20 Tage.“

„Wie lange?“ Pinky wäre fast vom Stuhl gefallen. „Nur 20 Tage?“

„Es waren extrem ereignisreiche 20 Tage“, verteidigte ich mich. Es wäre mir unmöglich gewesen, das kurz und knapp zu erklären.

„So ereignisreich, dass du deine Angriffsfähigkeiten nicht wirklich einsetzen musstest?“, fragte sie misstrauisch. „Sei ehrlich: Bist du Daddy Rothschilds unehelicher Sohn?“

„Wieso unehelich?“

„Das verleiht dem Ganzen mehr Würze.“ Pinky

griff nach meinem Arm. „Oder weißt du es selbst nicht? Vielleicht hat er nach dir gesucht und dafür gesorgt, dass du eine epische Quest bekommst. Wir sollen seinem verlorenen Sohn helfen, aufzuleveln. Bestimmt hat er ein schlechtes Gewissen."

„Moment mal. Das sind genug Fantastereien. Daddy Rothschild und ich sind gewissermaßen Geschäftspartner. Ich kenne meine leiblichen Eltern. Ich bin meinen Vater wie aus dem Gesicht geschnitten. Wie sind wir überhaupt von Elektrozauberer-Fähigkeiten zu meinen Vorfahren gekommen?"

„Entschuldige. Mir sind die Pferde durchgegangen", gab sie zu. „Na gut. Zu deinen Fähigkeiten: Es gibt generell vier Arten von Elektrozauberern: Nahkämpfer, die elektrischen Strom durch ihre Waffen schicken, also Schwerter, Speere, Ketten; Fernkämpfer, die Kettenblitze, Plasma und Laser einsetzen; Magnetisten, die Magnetfelder manipulieren, und Mechaniker, die mit Maschinen und Mechanismen arbeiten. Wenn man alle vier Bereiche verbessert, bleibt man immer hinter den wahren Möglichkeiten zurück. Die meisten von uns kombinieren eine Hauptrichtung mit einigen weniger weit entwickelten Nebenfertigkeiten. Jedes Hochleveln einer Fähigkeit behindert den Ausbau einer anderen. Wenn du deinen Blitzschlag verbesserst, bleiben dir weniger Punkte und Chancen für andere Dinge. Ich bin wirklich erstaunt, dass du so viele Punkte in die Kontrolle über Mechanismen der Uralten gesteckt hast. Das schränkt dich bei deinen Kampffähigkeiten extrem ein.“

Wenn ich das gewusst hätte! Andererseits hatte ich kaum eine Wahl gehabt, denn die Quest des Kaiserreichs forderte ja genau diese Fähigkeit. Ansonsten hätte ich keine Chance gegen den Wächter gehabt.

„Welche Richtung sollte ich deiner Meinung nach einschlagen?“, fragte ich ungeduldig.

„Du hast zu viel in Geschicklichkeit investiert, als dass noch ein vollwertiger Magier aus dir werden könnte. Schaden und Mana kannst du nicht mehr weit genug steigern. Aber wenn ich deinen Bogen so ansehe, hattest du eh nicht vor, eine Karriere als Magier anzustreben, oder?“, stellte sie fest. Dann fuhr sie fort: „Du hast die Kette gemeistert? Das Shanbiao ist eine seltene und komplizierte Waffe. Sie gewährt dir ein paar Vorteile in Verbindung mit Stromschlag. Mit Magnetismus kannst du die Kette als dritten Arm einsetzen. Wenn du das weiterhin tun willst, solltest du *Blitzschlag* nicht mehr einsetzen. Pass auf, dass du den Angriff nicht versehentlich auf Level 3 verbesserst. *Laser* kann zu *Plasma* ausgebaut werden, aber dafür fehlt es dir an Weisheit. Du solltest den *Stromschlag* aufleveln. Achte darauf, nicht durch zu viel Geschicklichkeit zum Schocker zu werden — das sind Leute, die Stromschläge aus anderen Körperteilen austeilen können. Es reicht völlig, das mit den Händen zu tun. Alles andere ist im Kampf nutzlos. Später bekommst du *Taser.* Damit kannst du Gegner ein paar Sekunden ausschalten. Und *Stromfaust* — super im Nahkampf.“

All das wusste ich bereits. „Wie steht es um *Magnetismus?*“

„Nach dem dritten Upgrade kannst du Schutzfelder untersuchen. Einige Leute versuchen, Magnetismus anstelle von Telekinese einzusetzen, aber der Hauptunterschied besteht in der Aktionsrichtung vor dem fünften Upgrade. Du kannst einem Wurfmesser mehr Wucht verleihen, aber beim Versuch, es in die Luft zu heben, dreht es Pirouetten. Nach dem fünften Upgrade stehen dir einige der Möglichkeiten von Magneto aus X-Men zur Verfügung.“

„Kann ich mit Magnetismus fliegen?“

„Dazu müsstest du enorm viele Punkte in Intelligenz und Weisheit investieren. Außerdem verbraucht das Fliegen Mana im Verhältnis zum Gewicht des Objekts. Du würdest also nicht weit kommen. Es gibt ein paar Dinge, die du noch nicht freigeschaltet hast: Wetterbeeinflussung und die Beschwörung elektrischer Kreaturen. Die sind sehr selten. Aber ich bin kein Fan davon.“

„Was würdest du an meiner Stelle hochleveln? Oder ist das ein Geheimnis?“

„Ich halte nichts von Nahkämpfen. Zu viel Schmerz für meinen Geschmack“, sagte Pinky.

Wenn sie wüsste! Aber wenn ich von meinem Problem mit den Schmerzeinstellungen erzählte, würde sie mir vermutlich nicht glauben. Es hatte seinen Grund, dass ich mich nach Möglichkeit vor jeder Art Kampf drückte.

„Darum habe ich mich sofort für Blitzschlag und Laser entschieden“, erklärte sie. „Meine Waffen sind Kettenblitz, Stromschlagfallen, Laser und Plasma. Ich beherrsche außerdem Stromlasso und Strompfeil, aber die erfordern echtes Können. Zur Verteidigung setze ich Stromschild ein, eine Standardfähigkeit aller Elementarmagier. Es funktioniert wie ein Feuer-, Wasser- oder Erdschild. Richtig interessant wird es ab Level 100. Dann kannst du mehrere Fähigkeiten miteinander kombinieren und deinen Charakter genau an deinen Stil anpassen. Ich möchte es ja mit *Plasmablitz* probieren. Das ist ein mächtiger Angriff! In den Aufzeichnungen steht nichts über die Möglichkeiten, die *Maschinenkontrolle* oder *Kontrolle über die Mechanismen der Uralten* bietet. Obwohl man vermuten darf, dass die Uralten einzigartige, wirklich nützliche Dinge hinterlassen haben. Hast du vielleicht eine Ahnung, was es sein könnte?“, fragte Pinky und starrte mich konzentriert an.

„Absolut nicht“, antwortete ich.

Wer weiß, vielleicht wäre *Maschinenkontrolle* doch noch nützlich? Vor meinem geistigen Auge sah ich bereits uralte Roboter, die alle Kämpfe für mich ausfochten. Ich musste sie lediglich finden und unter meinen Willen zwingen.

Doch bevor ich weiter darüber nachdenken konnte, ertönte ein lauter Alarm im Lager. Eine Systemmeldung erschien:

Die Armee des Infernos beginnt mit der Offensive. Alle Spieler, die Quests zur Verteidigung Arkems angenommen haben, werden aufgefordert, sich dem Heer anzuschließen. Im Erfolgsfall erhalten alle Spieler neben den Questbelohnungen zusätzlich Kriegspunkte, die sie beim Quartiermeister in jedem kaiserlichen Heerlager ausgeben können.

Kapitel 3

„HAST DU EINE AUFFORDERUNG ERHALTEN, dich der Armee anzuschließen?“, fragte Pinky.

„Nein. Wieso?“ Ich hatte ihr doch gerade erst gesagt, dass ich nicht in einer Gruppe arbeiten durfte.

„Hm. Soll ich annehmen?“

Gute Frage. „Wenn ich das richtig verstehe, kannst du beim Annehmen alle anderen Teilnehmer auf der Karte sehen, oder?“, vergewisserte ich mich.

„Genau. Und die anderen Raid-Teilnehmer können mich nicht angreifen. Aber natürlich können sie mich ebenfalls sehen, und ich muss die Befehle des Generals befolgen. Wenn der mich zu einem Versammlungspunkt beordert, muss ich dahin. Andererseits können wir uns frei in der ganzen Gegend bewegen. Ob man uns auch passieren lässt, wenn ich nicht Teil des Raids bin, kann ich nicht garantieren.“

Wie überall gab es Vor- und Nachteile.

„Ich muss mich innerhalb von fünf Minuten entscheiden“, drängte Pinky.

Oh. Zu wissen, wer sich wo befand, und bei Bedarf Leuten aus dem Weg gehen zu können, wäre ein großer Vorteil. Aber falls Pinky abkommandiert wurde, saß ich möglicherweise in der Patsche. Ohne das Steinschwert der Drachenberge war die Prinzessin bei einem Kampf nicht zu gebrauchen. Allein würde ich schnell den Kürzeren ziehen. Andererseits hatte ich Spin. Mal sehen, wie seine Attribute mir helfen konnten:

Spin, Stromwolf, Level 32
Legendäres Haustier
Stärke: 70
Geschicklichkeit: 60
Intelligenz: 52
Mana: 520
Verfügbare Attributpunkte: 0

Attribute: Kann mit seinem ausgeprägten Geruchssinn unsichtbare Wesen in einem Radius von 4,5 m aufspüren.

Fähigkeiten:

Donnerbell (aktiv): Betäubt Gegner mit seinem wütenden Bellen und verursacht Schaden abhängig vom verfügbaren Manavorrat (300 Manapunkte)

Blitzschneller Angriff (aktiv): Verwandelt sich in einen Blitz, stürzt sich auf den Gegner und verursacht Stromschaden (100 Manapunkte)

Ganz schön beeindruckend! Mit seiner Hilfe konnte sich auch niemand in unsichtbarer Gestalt anschleichen und uns belauschen oder von hinten angreifen. Trotzdem, er konnte eine Spielerin auf Level 93 nicht wettmachen.

„Was geschieht, wenn du einen Befehl verweigerst oder den Raid verlässt?“ Ich wusste es wirklich nicht, denn bisher hatte ich keine Möglichkeit gehabt, als Teil einer Gruppe zu agieren.

„Tja. Ich bekomme die zweifelhafte Auszeichnung *Deserteur*. Das schadet meinem Ruf bei der Bürgerschaft und senkt meine Chancen, an großen Raids teilnehmen zu dürfen. Alle NPCs wissen, dass ich vom Schlachtfeld geflohen bin, und behandeln mich entsprechend. Während des laufenden Raids werde ich außerdem für vogelfrei erklärt. Jeder Spieler, der mich tötet, bekommt dafür zusätzliche Kriegspunkte.“

Das klang einleuchtend. Ansonsten würden alle der Armee beitreten, sich die Positionen einprägen, desertieren und die Informationen an die andere Seite verkaufen. Manch einer würde auch einfach nur abhauen, sobald sich eine Niederlage abzeichnete.

„Das ist also eine Einbahnstraße ohne Ausstiegsmöglichkeit“, fasste ich zusammen. „Dann solltest du es lieber sein lassen.“

„Das ist allerdings auch nicht ohne Gefahren“, stellte Pinky fest. „Wir gelten dann als neutrale Spieler. Es gibt Leute, die das ausnutzen und uns eventuell töten, sobald wir die sichere Zone verlassen.“

„Aber die Gefahr besteht immer. Für uns hat höchste Priorität, dass wir uns frei bewegen können.

Also bleiben wir lieber eigenständig. Du kannst aber gern fragen, ob sich jemand aus dem Clan anschließen möchte. Quasi als Verstärkung."

Pinky nickte. „Gute Idee. Daran habe ich auch schon gedacht." Sie zog ihr Tablet hervor und wischte durch die Menüs. Ich war beeindruckt — ihr Gerät sah so viel cooler aus als meines. Ich konnte es kaum erwarten, weit genug aufzusteigen, um mir auch so ein Edelteil leisten zu können.

„Unser Schatzmeister würde wirklich gern mit dir sprechen", sagte sie ein paar Sekunden später. „Er sagt, du liest seine Nachrichten nicht."

„Ich hatte keine Zeit dafür", murmelte ich.

„Dann lies sie jetzt. Es könnte wichtig sein."

Eigentlich hatte ich keine Lust. Aber aus der Nummer kam ich wohl nicht mehr raus.

Natürlich war Daddy Rothschild besorgt, weil ich nicht in meiner Wohnung anzutreffen war. Er hatte gebeten, ihn in der echten Welt anzurufen und ihm meinen Aufenthaltsort mitzuteilen. Klar, sobald ich genug Zeit hatte. Das wäre nicht so bald, denn bisher wusste ich nicht, wer mich angegriffen hatte und für wen die Männer mich hatten entführen sollen. Naumow stand durchaus auf der Liste der Verdächtigen. Vorerst würde ich meinen Aufenthaltsort geheim halten. Aber irgendetwas musste ich antworten, damit er eine Weile Ruhe gab. Vielleicht sollte ich bei ein paar Dingen mit offenen Karten spielen? Wenn Naumow hinter dem Angriff steckte, wusste er sowieso davon. Wenn nicht, konnte er mir eventuell helfen.

„Ich wurde gestern in der Realität angegriffen.

Es war ein Mordversuch. Ich verstecke mich bei Freunden und spiele dort.“ Mal sehen, was er dazu zu sagen hatte.

Artjom hatte sich ebenfalls erkundigt, wie es mir ging. Er versicherte, sich demnächst mit mir zu treffen, und wollte wissen, wo das nächste Schwert war. Auf keinen Fall würde ich im Spiel ein Wort über die Quest der Schicksalsgöttin ausplaudern. Außerdem wollte ich meinen Freund nicht in Gefahr bringen, erst recht nicht im echten Leben. Also erinnerte ich ihn daran, dass ich keine Details preisgeben konnte, und versprach, ihn später anzurufen.

Der dritte Absender war der Gremlin Ne-Tarok. Seine Nachricht war ziemlich ungewöhnlich:

„He, Mann! Ich brauche dringend deine Hilfe.“

Kurz darauf folgte eine weitere: „Mist, du bist offline. Also, ich habe da so eine epische Quest vom Kaiser aller Gremlins erhalten. Ich soll den Krieg beenden und die Gremlins zurück in die Stadt bringen. Kannst du dir das vorstellen? Im Handumdrehen sind alle verschwunden. Irgendetwas mit Chaos.“

Es gab noch eine dritte Nachricht: „He, Mann. Nur so eine Idee. Du kannst doch die Maschinen der Uralten kontrollieren. Kannst du damit vielleicht die Dämonen vertreiben?“

Darauf lohnte es sich, zu antworten:

„Wo bist du?“

„Ah, endlich. Du bist online. Ich stehe an vorderster Front und bereite mich auf den Kampf vor. Ich bin jetzt Teil der Demokratischen Republik der Gremlins. Mir ist die Aufgabe nicht ganz klar, aber ich soll so viel wie möglich für den Sieg der Gremlins über die Dämonen tun. Ach, du hast nicht zufällig ein paar Tausend Goldmünzen für mich? Das wäre eine große Hilfe im Kampf."

„Vergiss es. Komm zur Taverne *Zum Fässchen.* Dann kann ich dir sagen, wie du den Ausgang der Schlacht entscheidend beeinflussen kannst."

„Schon unterwegs. Ich wusste, dass ich auf dich zählen kann."

„Pinky, du kannst aufhören, zu suchen. Ich habe jemanden gefunden, der kommt", sagte ich zufrieden.

Ne-Tarok war ein seltsamer Kerl (nicht zuletzt, weil er freiwillig als Gremlin spielte), aber ich hatte das Gefühl, ihm weitestgehend vertrauen zu können. Tatsächlich hatte ich in der Arena und danach einiges mit ihm durchgemacht. Seine Klasse, Münzzauberer, war ebenfalls interessant. Für jeden Zauber in klingender Münze zahlen zu müssen, war mal etwas ganz Neues. Ich fragte mich, ob Ne-Tarok — sofern er durch die epische Quest seine Fähigkeiten auch in der echten Welt einsetzen konnte — wohl auch dort Geld für seine Magie ausgeben musste. Nutzte ihm das überhaupt etwas? Er war ja auf Flüche spezialisiert. Hier dagegen war er ein wertvoller Verbündeter, zum Beispiel mit *Blutzoll.* Dieser Fluch reduzierte die Gesundheit aller Wesen im Wirkungsbereich auf ein Zehntel des vorherigen Wertes. Das war besonders nützlich gegen Gegner, die mich mit einem Treffer umbringen konnten. In einer solchen Situation spielte es keine

Rolle, ob man 100 oder 10 % seiner Lebenskraft besaß. Doch es war sehr viel leichter, einen starken Mob zu besiegen, der 90 % Gesundheit eingebüßt hatte.

Der Gremlin eilte in die Taverne und blickte sich suchend um.

„Da bist du ja!", rief er lauthals und zog damit viele neugierige Blicke auf sich — und mich. Bisher hatten wir uns bedeckt gehalten.

Ne-Tarok ließ sich direkt neben der Prinzessin auf die Bank fallen und sah Pinky und mich fragend an. „Worum geht es? Puh! Wie gut, dass der Kampf noch nicht begonnen hat! Sonst hätten sie mich kaum gehen lassen. Ich habe den Generälen von meinen Fähigkeiten berichtet. Die großen Clans haben zusammengeschmissen, um in *Schlussverkauf* zu investieren. Das ist eine meiner Fähigkeiten. Sie reduziert die Manakosten für Zauber, die in meiner Nähe gewirkt werden. Ah, die Prinzessin ist auch da", nickte er Ar-Norte zu. „Und wen haben wir da?"

„Ich bin Pinky", sagte Pinky grinsend und versetzte mir einen Rippenstoß. „Clever von dir! Du suchst der Prinzessin einfach einen neuen Gemahl und machst dich aus dem Staub. Das hätte ich dir gar nicht zugetraut!"

Die Idee hätte von mir sein können. Bevor ich weiter darüber nachdenken konnte, warf die Gremlin-Prinzessin mir einen Blick zu, der mich dazu brachte, den Gremlin vorzustellen:

„Das ist mein Freund, Ne-Tarok."

Wobei Pinky seinen Namen ja aus der Infobox

über seinem Kopf ablesen konnte. Doch die Höflichkeit hatte ich bereits mit der Muttermilch aufgesogen. Außerdem wirkte dieser zerlumpte Gremlin so dubios, dass ich sicherstellen wollte, dass niemand ihn für einen dahergelaufenen Bettler hielt.

„Hallo!", grüßte der Gremlin sie freudig. „Weiß sie schon über alles Bescheid? Ist sie eine Freundin von dir?"

Ich zögerte kurz. Wie sollte ich Pinky vorstellen? Eigentlich kannte ich sie nicht. Sie war ein Mitglied der Unaussprechlichen, die gleichzeitig so etwas die Partner und Feinde waren.

„Nein, sie ist keine Freundin", stellte ich klar. „Aber sie weiß Bescheid. Du musst nichts vor ihr geheim halten."

Dieses Zugeständnis fiel mir leicht, da Ne-Tarok kaum etwas wusste.

„Worum geht es?", fragte Pinky misstrauisch.

„Da bin ich mir nicht sicher. Also, Ne-Tarok, wovon sprichst du?"

„Hast du meine Nachricht denn nicht gelesen?", fragte der Zauberer mit einem Augenrollen. „Die Que-he-st. Den Krieg beenden. Alle Gremlins zurückholen. Die große epische Quest, zum Chaos nochmal."

Pinky nickte verständnisvoll.

„Cool! Meinen Glückwunsch!"

„Danke", sagte der Gremlin artig. „Aber ich habe keine Idee, wie ich das anstellen soll. Was ist das Chaos? Warum sind die Gremlins dorthin gegangen? Wie können wir sie hierher holen?"

„Das weißt du nicht?“, fragte ich mit gespieltem Erstaunen. Dann erklärte ich ihm, was ich von der Prinzessin erfahren hatte.

Ne-Tarok sah mich bewundernd an. „Was mich betrifft, ich habe keinerlei Verbindung zu diesem Chaos. Leider. Es hört sich cool an. Andererseits habe ich immer noch nicht verstanden, worum es geht. Die anderen haben sich in Luft aufgelöst, über die ganze Welt verteilt und sich in Maschinen festgesetzt, um sie zu zerstören?“

Ich zuckte mit den Achseln. „So in etwa.“

Mir war eigentlich egal, wo die Gremlins steckten. Ich wollte vor allem herausfinden, was es mit den Mechanismen der Uralten auf sich hatte, den Krieg beenden und ins Elfenreich reisen. Bestimmt lag das Schwert dort nicht einfach so herum. Je mehr Zeit ich dort hatte, desto besser.

„Das heißt, wir müssen die uralten Maschinen finden, einschalten und die Eingeweide der Dämonen über die gesamte Ebene verteilen, die Träume des Infernos wie eine Gallenblase platzen lassen und ihren Plan, die Weltherrschaft an sich zu reißen, durchkreuzen?“, fasste Ne-Tarok gut gelaunt zusammen.

„Äh... ja, genau“, stimmte ich zu. „Aber zuerst müssen wir einen Laden suchen, in dem ich ein paar Klassengegenstände identifizieren lassen kann.“

Pinky wirkte plötzlich viel munterer. „Elektrozauberer-Gegenstände? Darf ich sie sehen?“

Ich und mein loses Mundwerk! Ich musste wirklich lernen, nicht all meine Geheimnisse hinauszuposaunen. In einer Spielwelt musste man immer mit der Gier der anderen rechnen. Schon einmal hatte jemand versucht, mir meinen Besitz mit Gewalt zu nehmen. Einige schnappten einem sogar Schwerter weg, bevor man sie aufheben konnte.

„Na gut", sagte ich widerstrebend.

„Mein Liebling, ich kenne die besten Handwerker in der ganzen Stadt. Einer hat seinen Laden ganz in der Nähe", krähte die Prinzessin, während sie den letzten Bissen ihres 10-Gänge-Menüs verdrückte.

„Mein Liebling?" Ne-Tarok verschluckte sich. „Habe ich etwas verpasst? Neulich wollte sie dich noch umbringen."

„Hass und Liebe trennt nur eine dünne Linie", philosophierte Pinky.

Großartig! Jetzt würden die beiden Komiker mich ständig damit piesacken.

„Sieh an, Frau Kinderschreck kennt sich mit wahren Gefühlen aus", sagte Ar-Norte zustimmend. Ne-Tarok blickte uns nacheinander an und prustete lauthals.

Ich schlug mir die Hände vors Gesicht. Das hier war das reinste Irrenhaus!

Kurz darauf waren wir auf dem Weg zu dem Laden, den die Prinzessin erwähnt hatte. Dort würde ich die legendären Gegenstände identifizieren lassen. Noch waren sie eingepackt, sodass ich noch nicht einmal den Typ kannte. Der Fachmann brachte Licht ins Dunkel. Ich hatte eine Rüstung und passende Handschuhe erhalten:

Leichte Rüstung des Blitzeschleuderers

Typ: legendär
Rüstung: 210
Qualität: 85
Einschränkung: Level 60, Stärke: 50
+ 50 auf Ausdauer
+ 10 % auf Stromschaden
Wahrscheinlichkeit von 20 %, einem angreifenden Gegner einen Stromschlag zu versetzen; die Stärke entspricht der Stärke der Fähigkeit ***Stromschlag***
Widerstandsfähigkeit: 1000/1000

Leichte Panzerhandschuhe des Blitzeschleuderers
Typ: legendär
Rüstung: 50
Qualität: 65
Einschränkung: Level 50, Geschicklichkeit: 50
+ 100 auf Manavorrat
+ 5 % auf Stromschaden
Verdoppelt die Stärke von ***Stromschlag***
Widerstandsfähigkeit: 400/400

Das war genial! Doppelte Stromschlagstärke! Besser als ein fester Wert. Denn so konnte ich die Handschuhe auf jedem Level tragen, und sie wären immer von großem Nutzen! Ich zog sie sofort an. Die Rüstung kam ins Inventar. Dafür musste ich noch ein paar Level aufsteigen. Vielleicht sollte ich Hotei doch für die vielen kleinen Gelegenheiten danken, an mir zu arbeiten. Pinky hatte mir ja ebenfalls bestätigt, dass ich ungewöhnlich schnell aufgelevelt war.

Nachdem ich es ihr vorhin versprochen hatte, zeigte ich ihr, was es mit den Gegenständen auf sich hatte. Sie bot sofort an, mir die Rüstung abzukaufen, aber die wollte ich für mich behalten. Die Handschuhe machten auch Eindruck, passten aber nicht zu ihrem Spielstil. Ich nutzte den Stopp und kaufte noch einige Elixiere und erfuhr mehr darüber, wie ich den epischen Gegenstand wiederherstellen konnte, denn ich vom Präsidenten erhalten hatte. Der Dolch *Zorn der Asur* sah mit gutem Grund ziemlich cool aus. Für die Reparatur benötigte ich die Dienste eines Meisterhandwerkers mit dem nötigen Geschick. Davon gab es in ganz Arktanien nur drei Personen, zwei Spieler und einen Einheimischen. Diese Information hatte ich von Pinky erhalten. Sie wusste es aus den Clan-Unterlagen, denn solche Spezialisten wurden für viel Geld abgeworben.

Als Ne-Tarok hörte, wie viel Geld diese Meister ihres Fachs verlangten, um ihre Dienste exklusiv für einen Clan zu reservieren, beschwerte er sich lauthals: „Ich habe den falschen Beruf ergriffen."

„Wieso? Was machst du denn?", fragte Pinky sarkastisch.

Wir verließen den Laden. Die Prinzessin führte uns zu einem Durchgang, hinter dem angeblich die Mechanismen der Uralten warteten.

„In erster Linie gebe ich Geld aus. Mit dem Verdienen ist es so ein Problem", erklärte der Gremlin mit trauriger Stimme. „Meine Fähigkeiten haben etwas damit zu tun, Geld auszugeben."

„Ein Münzzauberer!", rief Pinky. „Das hätte ich

mir denken können, als du vom *Schlussverkauf* erzählt hast!“

„Du hast von mir gehört?“, fragte Ne-Tarok stolz und wirkte dabei ziemlich kindisch auf mich. Wobei Gremlins immer irgendwie kindisch wirkten.

„Nicht von dir direkt. Aber ich weiß ein wenig über deine Klasse“, nickte Pinky. „Ihr besitzt erstaunliche Fähigkeiten, die aber einen finanziell potenten Clan benötigen. Und laut deinem Infokasten bist du clanlos.“

Der Gremlin wischte diesen Einwand beiseite: „Absichtlich. Ich bin ein einsamer Wolf.“

„Wie interessant. Gibt es mehr solche einsamen Wölfe wie dich?“, wollte Pinky wissen.

So ging es noch eine Weile hin und her, während die Prinzessin den Weg vorgab. Sie verhielt sich für ihre Verhältnisse wirklich gesittet. Dafür hatten Pinky und Ne-Tarok sich zu echten Nervensägen entwickelt. Ich fragte mich, wie viele Spieler wohl bereits an den Mechanismen der Uralten auf uns warteten. Ihr Standort schien ja kein großes Geheimnis zu sein. Ob schon jemand daran herumgepfuscht hatte? Oder war mein Ring *Wächter des Dungeons* das einzige Exemplar? Konnte man wirklich nur damit die Maschinen kontrollieren?

Wir entfernten uns immer weiter von den Gebäuden der Gremlin-Stadt. Die normale Höhlenumgebung war eine wahre Augenweide nach all den verwirrenden Linien der Gremlins. Die Natur war wirklich ein meisterhafter Gestalter. Ich zog ihre Gebilde denen der Gremlins um Längen vor.

Ein paar Male trafen wir auf kleine

Spielergruppen, die die Gegend erkundeten, aber niemand hielt uns auf. Natürlich warfen sie uns neugierige Blicke zu, denn eine Gremlin-Prinzessin sah man nicht alle Tage.

„Jetzt können wir die Höhle mit den Mechanismen betreten“, stellte die Prinzessin fest und blieb vor einem tiefen Canyon stehen.

„Hier?“, fragte Ne-Tarok ungläubig.

Wir blickten in die Tiefe, aber die Finsternis verschluckte alles.

„Eine verborgene Instanz?“, schlug Pinky vor. „Müssen wir springen, damit der Eingang sichtbar wird? So etwas soll es geben.“

„Vielleicht will das Prinzesschen uns auch alle umbringen“, sagte Ne-Tarok lauernd.

„Klar, davon hätte ich viel“, stellte Ar-Norte schnippisch fest. „Du bist so blöd, wie du grün bist. Der Weg zu den Mechanismen führt durch ein instabiles Raumgefüge, das gute zehn Meter unter uns beginnt.“

Pinky und ich tauschten einen besorgten Blick aus.

„Was soll das sein, ein instabiles Raumgefüge?“

„Ha, das weiß ich!“, rief Ne-Tarok. „Das ist der Name, den die Einheimischen für Instanzen verwenden. Instabile Raumgefüge verzerren den Raum und zerstören die Realität. Darum gibt es immer Quests zu geschlossenen Instanzen. Damit lassen sich Löcher im Raum schließen, sodass die Integrität der Welt wiederhergestellt wird.“

„Wie interessant“, stellte Pinky fest und machte sich ein paar Notizen auf ihrem Tablet. „Wieso habe ich noch nie davon gehört?“

Der Gremlin sah sie an. „Vermutlich ist es einfach Teil der Hintergrundgeschichte. Die meisten Leute achten nicht auf solche Berichte.“

Ich hatte mich tatsächlich noch nie für das geschichtliche Wissen oder die Forschung der Einheimischen interessiert, bevor ich in die Welt der Gremlins hineingezogen worden war.

„Welche Verbindung haben Instanzen zu den Gremlins?“, fragte Pinky.

„Ach, Fräulein Kinderschreck! Beim Zerstören der Realität geht sie im Chaos auf“, erklärte die Prinzessin. Offenbar hatte sie einen neuen Lieblingsnamen für Pinky gefunden. „Darum können wir solche instabilen Bereiche instinktiv spüren.“

Pinky warf Ne-Tarok einen bösen Blick zu.

„Sieh mich nicht so an“, plapperte er und schlug die Augen nieder. „Ich spüre gar nichts. Vielleicht gibt es da unten gar keine Instanz.“

„Das gehört zu den Besonderheiten von verborgenen Instanzen“, stellte Pinky fest. „Hier steht, dass der Zugang sich erst im Moment des Sprungs öffnet“, las sie von ihrem Tablet ab. „Wenn wir den Zugang verfehlen, hinterlassen wir einen hässlichen Fleck auf den Felsen im Abgrund. Du kennst nicht zufällig die genaue Position?“

Ar-Norte näherte sich dem Canyon und zeichnete mit der Pfote ein kleines X in den Sand. „Von hier müssen wir springen.“

Ich war skeptisch. Die Prinzessin hatte mich schon so oft hintergangen, dass ich ihr nicht mehr traute. Ich überlegte noch, ob wir es riskieren sollten, als mir siedend heiß etwas einfiel: „Mist! Die Instanz kann man nur als Gruppe betreten."

„Ach ja, du kannst dich keinen Spielergruppen anschließen." Ne-Tarok hatte mein Dilemma erkannt. „Wir können also nicht zusammen zu den Mechanismen der Uralten gelangen."

„Keine Sorge. Die Höhle, in der die Mechanismen der Uralten stehen, ist ein ganz normaler Teil dieser Welt. Lediglich der Weg dorthin führt durch das instabile Raumgefüge", erklärte Ar-Norte irritiert. „Wenn wir unterwegs getrennt werden, treffen wir uns einfach in der Kammer wieder. Worauf wartet ihr noch?"

Nachdem die feine Dame satt war, bestimmte sie wieder, was Zeitverschwendung war und was nicht.

„Dann teilen wir uns auf", beschloss ich. „Die Prinzessin und ich gehen zuerst, dann kommt ihr zwei nach."

Pinky warf Ne-Tarok einen seltsamen Blick zu. „Vielleicht sollte ich lieber alleine...?"

„Fürchtet euch nicht, holde Dame! Euer Prinz garantiert eure Sicherheit." Der Gremlin verbeugte sich theatralisch.

„Pah!", schnaubte Pinky. „Dann darf der Prinz auch vor mir springen. Hopp, hopp!"

Wir diskutierten die Vor- und Nachteile noch ein wenig, bevor wir uns aufmachten. Zuerst würde ich mit der Prinzessin springen. Ich fügte sie und mich zu einer Gruppe hinzu. Das wäre ein guter Test für ihre Ehrlichkeit. Sicherheitshalber notierte ich noch Pinkys Daten in meinem Tablet. So konnten wir uns später finden.

Dann trat ich an den Rand des Canyons.

„Lass uns Händchen halten wie ein Liebespaar“, schlug Ar-Norte vor.

Widerwillig griff ich nach ihrer Hand. Dann fiel mir ein, dass sie so keine Chance hatte, mich allein springen zu lassen, und ich drückte die Hand fester.

Mir war ziemlich mulmig. Ich starrte in den Abgrund, und der Abgrund starrte zurück. Da unten herrschte undurchdringliche Finsternis. Wie tief ging es hinab? 15 Meter? 20? Im Spiel sollte das machbar sein.

„Denk daran, die Einladung in die Instanz rechtzeitig anzunehmen!“, riet Pinky mir, bevor sie mir einen Stoß gab, der mich hinabstürzen ließ.

Ich hatte noch nicht einmal Zeit für einen Schreckensschrei, als eine Systemmeldung aufploppte:

Instanz: Pfad zu den Mechanismen der Uralten

Einschränkungen: maximal 10 Spieler

Bedingungen: Zutritt nur im Abstand von 60 Minuten

Betreten?

„Natürlich!“, bestätigte ich. Sanft landeten wir auf dem Boden einer Höhle. Ich hielt die Hand der Prinzessin nach wie vor fest gepackt. Nicht aus Furcht, nein, ganz bestimmt nicht. Ich wollte sie nur unter Kontrolle behalten.

„Es hat geklappt“, stellte ich überrascht fest.

Vor uns lag ein in den Fels gehauener Tunnel,

der von einem weichen, himmelblauen Licht erfüllt wurde. Es ging vom Moos an den Tunnelwänden aus.

„Hast du etwa gezweifelt?“, wollte Ar-Norte wissen und drückte meine Hand. „Wenn du auf mich hörst, wirst du alles erhalten, was dein Herz begehrt, mein Liebster.“

„Ja, ja“, antwortete ich, während ich die Informationen zur Instanz Revue passieren ließ. Es gab ein Problem: „Moment mal. Wenn der Zugang sich erst in einer Stunde wieder öffnet, was geschieht dann mit Pinky und Ne-Tarok? Stürzen sie etwa in ihren Tod?“ Ich war schockiert. „Hast du das etwa gewusst?“

„Aber sicher“, gab der Gremlin mit einem breiten Grinsen zurück. „Komm schon, Liebling. Wir brauchen Frau Kinderschreck und diesen angeblichen Gremlin nicht. Sie wären uns nur im Weg. Ich allein bin genug für dich. Gemeinsam können wir alles schaffen! Wir retten Arkem. Und dann herrschen wir über alle Gremlins!“

Verdammt! Wenn mein Tablet in der Instanz funktioniert hätte, wäre es möglich gewesen, die beiden zu warnen — oder sie um Entschuldigung zu bitten, denn gewiss waren sie bereits in ihren Tod gesprungen. Ich hatte es gewusst! Der Prinzessin war einfach nicht zu trauen!

Gedankenverloren hörte ich ihrem Geschnatter über unsere gemeinsame Zukunft zu.

Konnte ich sie vielleicht umbringen? Dann musste ich nicht mehr mit einem ihrer Hinterhalte rechnen. Vermutlich würde es mir sogar ein wenig Spaß machen, sie weit weg zu wissen.

Kapitel 4

VERDAMMT! TRAUER, WUT UND SCHMERZ durchzuckten mich. Für hochlevelige Spieler wie Pinky und Ne-Tarok tat der Verlust von Leveln richtig weh. Es gefiel mir überhaupt nicht, dabei eine — wenn auch unfreiwillige — Rolle gespielt zu haben. Zu Ne-Tarok fühlte ich echte Verbundenheit. Ja, er hatte mich einmal an meinen Respawn-Punkt geschickt, aber das war zu meinem Besten gewesen. Doch die Sache mit Pinky war noch schlimmer.

„Können wir zurück?“, fragte ich wütend.

„Nur, wenn du fliegen kannst“, kicherte die Prinzessin. „Es geht hier nur in eine Richtung. Falls wir sterben, versuchen wir es in einer Stunde erneut.“

Ich überlegte kurz, ob ich die Prinzessin aus dem Weg räumen und es auf eigene Faust versuchen sollte. Am Ende der Instanz würde ich die anderen sofort per Tablet kontaktieren und mich entschuldigen.

„Liebling, wir brauchen die anderen nicht. Zu zweit können wir alles schaffen!“, hauchte die Prinzessin mir ins Ohr.

Mit ihr an meiner Seite würde ich auf jeden Fall keinen Bonus dafür bekommen, die Instanz allein zu absolvieren. Dabei waren 10 % mehr Schaden, Verteidigung und Regeneration von Mana und Gesundheitspunkten nicht zu verachten! Wenigstens hatte ich noch meinen Bonus „Einsamer Wolf“, weil keine anderen Spieler bei uns waren. Aber glücklich war ich nicht.

„Du denkst also, wir zwei können die Instanz bewältigen?“, fragte ich mit vor Sarkasmus triefender Stimme.

„Gewiss!“ Der Gremlin nickte zuversichtlich. „Ich bin der Kopf, du hast die Kraft.“

Das war absurd.

„Wenn das so ist, dann haben wir ein echtes Problem“, grummelte ich. In dieser Höhle war es dunkler, denn hier wuchs nur wenig von dem Leuchtmoos. „Wohnen hier auch Gremlins?“

„Nein. Aber viele kleine Spinnen. Die sind aber nur gefährlich, wenn sie in großer Stückzahl aus dem Dunkel angreifen.“

Wie gut, dass Spin bei mir war. In seiner ersten Gestalt konnte er buchstäblich Licht ins Dunkel bringen, als Wolf konnte er unsichtbare Gegner erschnüffeln. Ich musste gut überlegen, wie er mich begleiten sollte, denn sobald ich mich festgelegt hatte, behielt er diese Gestalt 24 Stunden lang bei.

Der Gremlin marschierte munter voran. Eigenartiges Quietschen drang an mein Ohr.

Tatsächlich war der Boden mit einer seltsamen, schmutzfarbenen gelartigen Flüssigkeit bedeckt. Das Zeug klebte auch an den Wänden und schien das Moos zu verdrängen.

„Wo bleibst du denn?“, rief Ar-Norte im Befehlston. „Mir nach, ich war hier schon und kenne den Weg.“

„Allein?“

„Quatsch. Ich hatte meine Leibwache dabei. Kerle in schwerer Rüstung bieten den besten Schutz gegen lästige Mobs.“

Ich blickte skeptisch an meiner Lederrüstung hinab. Bei meiner Schmerzeinstellung wollte ich lieber keine Bekanntschaft mit irgendwelchen Mobs machen — weder groß noch klein. Falls wir auf eine größere Gegnergruppe trafen, war ich hoffnungslos unterbewaffnet. Obwohl... *Blitznetz* konnte auf drei Ziele gleichzeitig geschleudert werden. Immerhin etwas.

Ich eilte der Prinzessin nach.

„Wenn das hier eine Instanz, also ein instabiles Raumgefüge ist, ändern sich die Höhlen doch gewiss ständig. Woher weißt du dann, wo wir lang müssen?“

„Ganz richtig. Das hier ist ein instabiles Raumgefüge, ein Resultat des Chaos. Und mit dem Chaos kennen wir Gremlins uns intuitiv aus.“

Das war interessant.

„Du weißt also immer, wo der Ausgang ist?“

Die Prinzessin warf mir einen hochnäsigen Blick zu. „Natürlich.“

Dann wäre es keine gute Idee, sich ihrer zu entledigen und auf eigene Faust weiterzumachen.

Ohne ortskundigen Führer würde ich mich in diesem Höhlenlabyrinth verirren. Oder, noch schlimmer, von Mobs getötet werden. Ich hoffte nur, sie konnte uns um die ärgsten Gegner herumführen. Also ergab ich mich meinem Schicksal und folgte der Prinzessin, die mich liebte.

Dennoch beschwor ich Spin in Wolfsgestalt als zusätzlichen Schutz. Ich stellte fest, dass es eine Art Gedankenverbindung zwischen mir und meinem Haustier gab. Er spürte genau, was ich wollte. Zum Beispiel knurrte er die Prinzessin an, als ich wieder einmal daran dachte, wie schön es wäre, sie loszuwerden.

„Ich mag diese Töle nicht“, beschwerte der Gremlin sich.

Die *Töle* knurrte und sprühte Funken. Sein weicher Pelz stellte sich an einigen Stellen auf. Das blaue Leuchten von Elektrizität strich darüber hinweg. Seine strahlend blauen Augen ähnelten denen eines sibirischen Huskys, doch die Leuchtkraft glich der von Suchscheinwerfern. Er ließ den Gremlin nicht aus den Augen.

„Er mag dich auch nicht“, versicherte ich ihr.

Dass ich seine Abneigung teilte, verriet ich ihr lieber nicht. Immerhin war sie unsere Chance, unbeschadet durch das Labyrinth zu kommen.

„Geh voran“, seufzte ich schließlich. „Aber nicht zu schnell. Wir haben keine Wache dabei. Ich bin bestimmt kein Ersatz für einen erfahrenen Kämpfer.“

Ehrlich gesagt, war ich nicht einmal sicher, ob ich mein eigenes Leben verteidigen konnte.

„Ich glaube an dich!“ Die Prinzessin grinste

mich zuversichtlich an, bevor sie weiterstiefelte.

Bah! Mit etwas Glück würden die Dämonen sie auffressen! Aber bitte erst nach der Instanz.

„Spin, schütze sie, so gut es geht", bat ich den Wolf. Dann zog ich mein Shanbiao heraus. Eine Waffe war besser als keine Waffe. „Ach ja, und achte auf Spinnen."

Ich tat mich leichter damit, meine Befehle auszusprechen, statt sie in Gedanken zu formulieren. Außerdem wollte ich sichergehen, dass er nicht versehentlich einen Befehl erhielt, die Prinzessin zu beißen. Und ich wollte, dass sie wusste, dass der Wolf sie beschützen würde.

Während wir unterwegs waren, sah ich mir noch einmal die Fertigkeiten an, über die mein Haustier und ich verfügten. Die Vorgehensweise bei Feindkontakt war klar: Spin würde den Gegner mit *Donnerbell* betäuben, ich würde mit *Blitznetz* zuschlagen. Die Prinzessin tat, was sie am besten konnte: Sie nervte mich zu Tode. Apropos Tod. Ich konzentrierte mich auf die Umgebung.

Spin entdeckte die ersten Spinnen. Sein Knurren warnte mich. Sekunden später tauchten mehrere Gegner in meinem Status-Interface auf. Die Mobs waren etwa handtellergroß, schwarz wie Pech, besaßen einen Chitin-Panzer, Sägebeine und Münder mit hässlichen Beißwerkzeugen.

Kleine Gespensterspinne, Level 30

Level 30. Kinderkram.

Ich wies Spin an, *Donnerbell* nicht einzusetzen.

Diese Gegner würde ich auch ohne seine Unterstützung besiegen. Ja, Pinkys Verwunderung über meine Kampfscheu hatte mich getroffen. Ich wollte mich beweisen und zeigen, dass ich durchaus das Zeug zum Kämpfer hatte. Mein erster Blitz traf drei der fünf Spinnen. Jede verlor etwa ein Zehntel ihrer Gesundheitspunkte. Eine sprang mir ins Gesicht wie die fiesen Facehugger aus Alien, aber ich packte mit der Hand zu und versetzte ihr einen heftigen Stromschlag. Dabei hielt ich sie am ausgestreckten Arm vor mich, sodass sie mich weder mit ihren Mandibeln noch mit ihren Beinen erreichen konnte. Natürlich griffen die anderen beiden mich an. Sie bissen in meine Beine, was zum Glück nur wenig Schaden verursachte. Aber mit meiner hohen Schmerzeinstellung tat es höllisch weh. Wie gut, dass Schmerz im Spiel nur kurze Zeit anhielt. Es sei denn, es handelte sich um Verbrennungen oder Gifte...

Spin hatte derweil die anderen beiden Mobs gestellt. Sein Fortschritt wurde oben rechts im Interface angezeigt. Ich war nicht böse, dass er meinen Befehl ignoriert und sich doch in den Kampf eingemischt hatte. Entschlossen rang ich meine Gegner nieder.

„Mein Held!“, rief die Prinzessin mit spöttischem Unterton. „So schlecht kämpfst du gar nicht.“

Ich hatte zwar nicht damit gerechnet, dass sie mit uns kämpfen würde, aber das hieß noch lange nicht, dass ich mich von ihr beleidigen lassen würde. „Jetzt hör mir mal gut zu, du klein...“

„Komm schon, wir müssen weiter“, rief der

Gremlin über die Schulter und ignorierte mich. Ich stieß einen Fluch aus und folgte ihr.

Die nächsten Spinnenmobs waren schon größer, waren aber ebenfalls rasch besiegt. Die Taktik, die Spinnen am Panzer zu packen und mit einem langen Stromstoß zu töten, bewährte sich. Doch bei mittleren und großen Spinnen wurde es brenzlig: *Donnerbell* half zwar gegen mittlere Mobs, aber Spin besaß nicht genug Mana, um es gegen die vielen Gegner einzusetzen. Wir mussten nach dem Kampf immer wieder Pausen einlegen, um unseren Manavorrat aufzustocken. Doch irgendwann reichte auch das nicht mehr. Sogar Ar-Norte musste eingreifen. Erstaunt sah ich, wie sie mit einem Dolch kurzen Prozess mit den Spinnen machte. Es schien sich um ein magisches Artefakt zu handeln, denn bei jedem Treffer leuchtete ein purpurner Blitz auf. Ein paar Stiche genügten, damit die mittleren Spinnenmobs in violetten Flammen verbrannten. Ich keuchte vor Anstrengung, denn mit dem Shanbiao dauerte es viel länger.

Doch wir hatten ein viel größeres Problem: *Donnerbell* wirkte bei den großen Spinnen nicht. Dieser Umstand hätte mich fast mein Gesicht gekostet. Zwar konnte ich den Mob abwehren, aber der eine Angriff hatte mir die Hälfte meiner Gesundheit geraubt. Ich dankte der Göttin, dass wir nur auf wenige dieser großen Spinnen trafen. Mit meiner Kettenwaffe hielt ich sie nach besten Kräften auf Abstand. Trotz ihrer Größe wogen die Biester fast nichts. Wenn ich das Shanbiao mit Magnetismus verstärkte, konnte ich die Mobs 3 bis 6 Meter zurückschleudern. Dann setzte ich mit Blitzen nach, bis sie ihr Leben aushauchten.

Nach den schwarzen Spinnen stießen wir irgendwann auf rote Exemplare. Sie konnten Feuer spucken und aus dem Hinterleib einen Spinnenfaden schießen, der an allem kleben blieb und ein fieses Brennen verursachte. Die Schmerzen waren fast unerträglich! Ich linderte sie mit Heiltränken, doch nach einer Weile war ich so erschöpft, dass ich am liebsten zum Anfang der Instanz zurückgekehrt wäre und mich in die Schlucht gestürzt hätte. Dazu kamen noch die hämischen Kommentare des Gremlins bei jedem Treffer, den ich einsteckte. Seltsamerweise spornte mich das an, mir möglichst keine Blöße zu geben.

Wenigstens führte sie uns zielsicher durch die Instanz. Nach gut 90 Minuten konnten wir den Ausgang sehen.

„Fast geschafft“, stellte sie fest. „Der Ausgang ist auf der anderen Seite dieser Höhle.“

Großartig. Doch leider war die Höhle so lang wie ein Fußballfeld. Die Decke war knapp 20 Meter hoch. Der Boden besaß eine seltsame Schwärze. Ein genauer Blick zeigte, dass sich auf der gesamten Fläche Spinnen in allen erdenklichen Farben und Größen tummelten. Neben schwarzen und roten Exemplaren waren auch grüne, gelbe und rosafarbene darunter. Grün stand oft für Gift. Ich hatte keine Ahnung, welche Merkmale die anderen Mobs haben würden. Doch das Schlimmste war die graue Riesenspinne, die in der Mitte der Höhe saß. Ich schätzte ihre Größe auf mindestens 4 bis 5

Meter.

„Gibt es wirklich keinen anderen Weg?“, stöhnte ich, obwohl ich die Antwort bereits ahnte. Natürlich war der Weg durch eine Instanz stets zufällig, aber am Ende wartete immer ein Boss-Mob. In diesem Fall eben die Stahlspinne auf Level 80.

„Wo denkst du hin.“ Die Prinzessin sah mich verschlagen an. „Aber es gäbe eine einfache Lösung: Wenn du mir das Steinschwert der Drachenberge gibst, mache ich uns den Weg frei und überreiche dir die Mandibeln der Boss-Spinne als Geschenk. Sogar das Schwert gebe ich dir danach zurück. Wirklich wahr!“

Ich betrachtete Ar-Norte argwöhnisch. Hatte sie das hier von langer Hand geplant? Hatte sie mir ihre Liebe vorgespielt und die Instanz ausgewählt, damit sie die Gelegenheit bekam, mir das Steinschwert zu stehlen? Auf keinen Fall würde ich ihr das Artefakt anvertrauen.

„Ich habe es nicht bei mir“, log ich.

„Wie scha-h-ade“, seufzte die Prinzessin. „Dann wirst du das wohl erledigen müssen. Du bist ja ein kluges Köpfchen“, fügte sie sarkastisch hinzu. „Wie sieht unser Plan aus, mein Liebster?“

Unser Plan. Ich sah keine Chance. Diese Ansammlung von Mobs würde uns binnen Sekunden überrennen. Ich sah drei Möglichkeiten: Wir konnten einzelne Spinnen herauslocken und töten. Wir konnten versuchen, uns unbemerkt an ihnen vorbeizuschleichen. Oder wir konnten einen anderen Weg suchen.

„Bist du wirklich ganz sicher, dass es keinen

anderen Weg gibt?“

„Mein Liebster! Ich würde dich doch niemals anlügen“, versicherte der Gremlin mir und riss ungläubig die Augen auf, bis sie ihr aus dem Kopf zu fallen drohten.

Ich glaubte ihr kein Wort. Selbst wenn sie wirklich in mich verliebt war, bestand noch immer die Möglichkeit, dass sie diese Liebe mit unzähligen Stöcken ausdrückte, die sie mir zwischen die Beine warf. Ich nahm mir die Zeit, jeden Winkel der Höhle zu untersuchen, konnte aber keine Tunnel oder Nebengänge entdecken. Bei der Menge an Spinnen sah ich auch keine Möglichkeit, ungesehen vorbeizuschleichen. Wenn wir versuchten, eine Spinne anzulocken, würden ihre Nachbarn mitkommen — und deren Nachbarn, bis die ganze Horde uns überwältigte.

Einzig die Wände und die Höhlendecke schienen spinnenfrei zu sein. Ich beobachtete das Getümmel noch eine Weile. Kein Mob krabbelte an den Wänden hoch. Ich bemerkte auch keine Netze. Ob sie sich vor der Höhe fürchteten? Wenigstens damit hatte ich keine Probleme. Einen Versuch war es wert.

Leider hatte ich keine Kletterausrüstung dabei. Aber ich verfügte über den Magnetismus. Ich hatte irgendwo gelesen, dass häufig Eisenadern im Gestein verliefen.

Vorsichtig untersuchte ich die Wände. Tatsächlich gab es ein paar Punkte, an denen ich Anziehungskraft spürte. Großartig. Aber war wirklich genug Eisen in dem Felsgestein vorhanden, um mich sicher auf die andere Seite zu führen?

„Ar-Norte, hast du eine Möglichkeit, mehr über die Zusammensetzung der Höhlenwände und der Decke herauszufinden?“, fragte ich mit wenig Hoffnung.

Gnome konnten das. Einige Spieler wählten dieses Volk allein aus diesem Grund, denn so konnten sie Herstellungsmaterialien finden, die anderen verborgen blieben. Das war auch der Grund dafür, dass die Gnome quasi das Bergbaumonopol innehatten.

„Wir sind Kinder des Chaos, nicht der Berge“, schnaubte der Gremlin empört. „Das du auch nur glauben kannst, wir hätten etwas mit diesen dreckigen Schlammwühlern gemein! Was nützt uns das überhaupt? Wir sind nicht zum Schürfen hier.“

Widerwillig erklärte ich meinen Plan.

„Ich wusste doch, dass ich das Denken übernehmen muss“, fuhr sie mich an. „So ein dämlicher Plan. Wenn du die Eisenadern nicht sehen kannst, stürzt du auf jeden Fall mitten in das Spinnengewühl. Außerdem bezweifle ich, dass du genug Mana hast.“

„Habe ich doch“, sagte ich. Zumindest besaß ich genug Manatränke für den Weg.

Sie starrte mich eine Weile schweigend an.

„Allerdings... können nicht alle Gnome in das Gestein blicken. Sie nutzen Artefakte dafür. Oft eine Art Brille oder Monokel. Damit würde es gehen.“ Sie kicherte boshaft. „Aber du hast sicherlich nicht daran gedacht, eine Eisensucherbrille zu kaufen, nicht wahr?“

Diese spezielle Art von Brille besaß ich nicht. Vielleicht sollte ich das baldmöglichst nachholen.

Aber ich hatte Thrams Brille in meinem Inventar.

„Ich habe die hier. Leider hilft sie nicht."

Bergmannbrille

Klasse: selten

Eigenschaften: Mit dieser Brille kannst du Minen, Fallen und Sprengladungen bis Level 10 sehen.

Widerstandsfähigkeit: 10/10

Der Gremlin nahm mir die Brille aus der Hand.

„Faszinierend. Ein seltenes Artefakt." Gierig starrte sie die Brille an. „Ich habe eine Idee, mein künftiger Gemahl. Mit der Energie des Chaos kann ich diese Brille vielleicht kaputtmachen."

„Kaputtmachen? Wieso?"

„Ach, Dummerchen. Ich habe doch gesagt, dass das Chaos die Funktionsweise von Maschinen und Artefakten verändern kann. Natürlich wirkt das Chaos auf unvorhersehbare Weise. Doch als echte Prinzessin kann ich das Chaos lenken und versuchen, das Resultat zu beeinflussen. Versprechen kann ich es allerdings nicht."

Wie ich es sah, hatten wir keine andere Möglichkeit. „Na gut. Versuch es."

„Immerhin haben wir drei Versuche", erklärte die Prinzessin. „Ich gebe dem Chaos einen Schubs in die richtige Richtung. Mal sehen, was passiert. Im schlimmsten Fall ist dein Artefakt nur noch Schrott."

„Mach schon", forderte ich sie gleichmütig auf.

Es war nur ein Artefakt. Sein Verlust wäre nicht das Ende der Welt.

Schwungvoll warf Ar-Norte die Brille auf den Boden und stampfte mit dem Fuß darauf herum. Ein violetter Blitz strahlte hervor. Sprünge durchzogen die Gläser. Kein Wunder, dass die Gefahr bestand, Artefakte beim Einsatz von Chaosmagie zu zerstören!

„Sieh nur!“, rief die Prinzessin glücklich und bückte sich nach der Brille. „Es hat funktioniert. Lass mich mal sehen. Hm. Du kannst damit jetzt Kreaturen sehen, die sich unsichtbar machen können. Wie nutzlos!“

Mit diesen Worten warf sie die Brille erneut auf den Boden. Ein weiterer Stampfer folgte. Die Sprünge breiten sich weiter aus. Auch das Gestell bekam Risse. Doch noch hielt alles zusammen.

„Zeigt Beuteverstecke...“

„Stopp!“, rief ich, doch es war zu spät. Dieses Mal warf Ar-Norte die Brille in die Luft und schlug sie dann mit der Hand gegen die Höhlenwand. „Ha! Endlich!“

Mit einem zufriedenen Grunzen reichte sie mir die Brille, völlig verbogen und die Gläser von einem wahren Spinnennetz an Sprüngen durchzogen. Ich fürchtete, das Artefakt würde bei meiner Berührung zu Staub zerfallen, doch so war es nicht.

Bergmannbrille, vom Chaos verändert

Klasse: selten

Eigenschaften: Enthüllt die Geheimnisse der Berge, zeigt sämtliche Mineralien bis zu einer Tiefe von 60 cm an

Baum der Furcht

Widerstandsfähigkeit: 30 Minuten

Was hatte eine Widerstandsfähigkeit in Minuten zu bedeuten? War das die restliche Haltbarkeit der Brille? Auf jeden Fall wusste ich nun, wieso die Chaosmagie der Gremlins nicht überall eingesetzt wurde. Die Resultate waren absolut unvorhersehbar, wirkten nur vorübergehend und zerstörten letztendlich das Artefakt. Außerdem vermutete ich, dass nur bestimmte Gremlins überhaupt einen Einfluss darauf neben konnten.

„Siehst du, mein Liebster? Ohne mich wärst du aufgeschmissen." Die Prinzessin grinste selbstzufrieden. Leider musste ich ihr recht geben — aber nur in Gedanken. Auf keinen Fall würde ich sie in ihrer Überheblichkeit bestärken.

Ich setzte die Brille auf. Auf den Felswänden war ein buntes Farbenmuster überlagert. Neben vielen grauen Strängen, die Eisenadern markierten, gab es auch einige weiße, goldene und gelbe Bereiche. Noch seltener waren grün, rot und gelb funkelnde Punkte — vermutlich einzelne Edelsteine. Hätte ich eine Picke dabei gehabt, hätte ich gern ein paar dieser Kleinode an mich genommen. Doch selbst wenn, blieb nicht die Zeit dafür. Schließlich war ich nicht wirklich Spider-Man. Die Kletterei würde mich eine Weile beschäftigen. Hoffentlich nicht länger als 30 Minuten.

„Und du hast meinen Plan für dumm gehalten", hielt ich Ar-Norte vor.

„Noch sind wir nicht auf der anderen Seite, Liebster", konterte der Gremlin.

Eine Unterstützung war sie nicht gerade. Ich sollte mich lieber beeilen. An der Höhlendecke entdeckte ich jede Menge Eisen. Ob das auch für andere Klassen so gewesen wäre? Lag das nur daran, dass ich ein Elektrozauberer war? Oder gab es in jeder Höhle so viel Eisenerz?

Ich schickte Spin fort. Ar-Norte knüpfte eine Behelfsschlinge, die sie mir um den Rücken legte, bevor sie sich hineinsetzte wie in eine Schaukel.

„Vorwärts!", befahl sie und versetzte mir einen Tritt in die Nieren. Es wäre doch zu schade, wenn sich die Schlinge zufällig am höchsten Punkt der Kuppel, direkt über der Boss-Spinne lösen würde.

Doch so viel Kraft, Mana und Zeit hatte ich nicht. Ich begann, zu klettern, und füllte meinen Manavorrat immer wieder mit Tränken auf.

„He, wäre es nicht witzig, etwas auf die große Spinne zu werfen? Was sie wohl tun würde?", schlug Ar-Norte kichernd vor, als wir uns dem Mob näherten.

Entsetzen packte mich. Sie würde doch nicht...? Dann fiel mir die perfekte Antwort ein: „Keine Ahnung. Vielleicht sollten wir es mit dir probieren?"

„Du hast einen ganz komischen Humor", grummelte die Prinzessin. „Du machst es mir nicht leicht, mit dir zu arbeiten."

Das war fast der Tropfen, der das berühmte Fass zum Überlaufen brachte. Wenn sie fiel, würde sicher auch mein Ansehen bei den Gremlins leiden. Und hoffentlich würde sie mir nicht länger folgen die ein treues Hündchen. Das klang wirklich verlockend.

Irgendwie schaffte ich es bis zur anderen Seite,

ohne dem dunklen Verlangen nachzugeben. Ein langer Gang führte zum Ausgang. Wir hatten die Hälfte der Strecke hinter uns, als eine Systemmeldung anzeigte, dass die Instanz überwunden war. Ich konnte mein Tablet wieder verwenden! Sofort öffnete ich mein Postfach. Pinky ließ der Prinzessin mit alles andere als freundlichen Worten ausrichten, was sie von ihr hielt. Zum Glück machte sie mich nicht dafür verantwortlich. Das Statussymbol neben ihrem und Ne-Taroks Namen zeigte an, dass die beiden keine Verbindung hatten. Vermutlich hatten sie mittlerweile die Instanz betreten.

„Komm schon, die Mechanismen warten!“ Die Prinzessin hüpfte aufgeregt auf der Stelle.

„Geh voran“, seufzte ich und steckte mein Tablet weg.

Am Ende des Ganges befanden sich zwei große, halbtransparente Torflügel, die aus einer Art Rauchglas zu bestehen schienen. Durch ein gewaltiges Fenster konnte man einen Blick auf ganz Arkem werfen. Da war auch das Heerlager vor den Toren der Stadt! Wir mussten uns direkt unter der Decke der riesigen Höhle befinden. Die Spieler unten wirkten wie Ameisen.

Sie errichteten Barrikaden. Es war einfach faszinierend. Wenn man die Schlacht beobachten wollte, war das hier der Logenplatz. Mühsam kehrte ich dem Ausblick auf den Ort, an dem die Truppen des Infernos auf die Verteidiger stoßen würden, den Rücken.

„Wie öffnen wir das Tor?“, fragte ich den

Gremlin.

Durch das Glas waren schemenhaft die Umrisse unzähliger Maschinen zu erkennen, aber keine Details.

„Wenn ich das wüsste, wäre ich wohl kaum aus Arkem geflohen, als der Präsident es auf mich abgesehen hatte", schnaubte Ar-Norte. „Das ist deine Aufgabe, Liebster. Denk immer daran: Ich glaube an dich!"

Mein Blick fiel auf das Bedienfeld rechts neben dem Tor. Es war quadratisch, aber es gab keine Knöpfe. Allerdings war ein sechsfingriger Handumriss darauf eingeätzt. Das war weder eine Gremlin- noch eine Menschenhand. Ich probierte es mit *Kontrolle über die Mechanismen der Uralten,* aber nichts geschah. Was sollte ich tun?

Ich hatte nichts zu verlieren. Entschlossen drückte ich die Handfläche auf das Feld.

Uraltes Blut erkannt

Status: Uraltes Blut, gegenwärtiger Status: mittel; Tor öffnen?

Natürlich wollte ich das.

Das gut 40 Meter breite und etwa 10 Meter hohe Tor erhob sich und verschwand in der Decke. Vor uns lag ein gewaltiger Maschinenraum. Die Technologie darin erinnerte mich an den Wächter. Aber es sah nicht nach Kampfmaschinen aus.

„Endlich!" Die Prinzessin kicherte auf ihre ureigene Art. „Mein Schatz!" Dann warf sie mir einen Blick zu. „Ich meine natürlich: Unser Schatz."

„Sicher meinst du das. Ganz bestimmt“, schmunzelte ich.

„Was ist? Halt da nicht Maulaffen feil!“, fauchte der Gremlin mich an. „Aktiviere die Maschinen und lösche diese widerlichen Dämonen aus!“

Widerlich? Ich dachte an die Dämonin. Im Vergleich mit der Prinzessin war Lamia Miss Universum. Ja, sie war herrschsüchtig und aggressiv, aber meine Güte — diese Kurven.

„Was lässt dich glauben, dass das hier Kampfmaschinen sind?“, wollte ich wissen.

„Was soll das heißen?“ Prinzessin Ar-Norte blickte mich missbilligend an. „Schau sie dir doch an! Riesige Bohrer, rasiermesserscharfe Schwerter, gigantische Arme und Kettensägen. Natürlich ist das eine mechanische Armee!“

Für mich sah es eher nach landwirtschaftlichen Maschinen aus: Pflüge, Mähdrescher, Ernter, Grubber usw. Etwas abseits standen Erd- und Tunnelbohrmaschinen. Die hätte auch die Prinzessin erkennen müssen. Aber auf diesem Auge war sie blind. Ich aktivierte die *Kontrolle über die Mechanismen der Uralten.* Meine Vorahnung wurde bestätigt: Das waren keine Kriegsmaschinen.

„Was essen Gremlins eigentlich“, fragte ich mit gespielter Neugier. „Baut ihr irgendetwas an?“

„Hältst du uns für Barbaren?“, gab der Gremlin hochnäsig zurück. „Natürlich. Wir züchten Pilze. Nichts geht über Pilze!“

Pilze. Das klang einleuchtend. Und es passte zu allem, was ich bisher über dieses Volk erfahren hatte.

„Hast du schon einmal etwas von Getreide, Kartoffeln und solchen Dingen gehört?“, fragte ich.

Die Prinzessin sah mich verdattert an. „Was soll das sein?“

„Nun, die Uralten haben wohl geplant, in diesen Höhlen mit dem Ackerbau zu beginnen. All diese Maschinen sind dafür gedacht. Das Ding da drüben ist eine Heuballenpresse. Die Stacheln hier dienen dazu, die Erde aufzulockern. Mit diesen magischen Klingen kann man vermutlich Felsgestein zermahlen. Die Bohrer sind für den Vortrieb von Tunneln gedacht. Natürlich können diese Maschinen Verletzungen verursachen und sogar Lebewesen töten, aber es sind keinesfalls Kampfmaschinen.“

Der Gremlin starrte mich lange Zeit an. Ihre Augen traten noch weiter aus den Höhlen hervor als normalerweise. Gleich würden sie herausfallen! Bevor das geschah, ließ sie sich auf den Boden plumpsen und begann zu heulen wie ein Schlosshund.

Kapitel 5

EINEN KURZEN AUGENBLICK verspürte ich ein wenig Mitleid für die Prinzessin, doch damit war es schnell vorbei, als sie mich anfauchte: „Was hast du dir dabei gedacht? Wie soll ich Arkem mit diesem... Zeug erobern?“

Oha! Die Dame hatte große Pläne!

„Solltest du die Stadt nicht erst einmal retten? Sonst gibt es nichts, dass du erobern könntest“, beschwichtigte ich sie. „Diese Apparaturen sind gefährlicher, als du denkst.“ Ich hatte eine Idee und prüfte schnell im Status-Interface, ob meine Vermutung zutraf.

„Wir können sie zum Beispiel in die Luft sprengen. Meine Fähigkeit bietet mir alle drei Möglichkeiten: Einschalten, Ausschalten und Selbstzerstörung. Zugegeben, ich habe nicht genug Mana, um alle landwirtschaftlichen Maschinen gleichzeitig in die Luft zu jagen. Aber wir können es nacheinander tun.“

„Wenn ich Arkem nicht regieren kann, soll es auch kein anderer tun“, rief die Prinzessin wie von Sinnen.

Meine Güte, was waren denn das für Anwandlungen? Musste ich etwa den Seelenklempner für einen verkorksten Gremlin spielen?

Ich beschloss, auf Ne-Tarok und Pinky zu warten. Gemeinsam würden wir entscheiden, was zu tun war. In der Zwischenzeit sah ich mir die Mechanismen der Uralten näher an. Rasch wurde mir klar, dass ich keine Ahnung hatte, wozu all die Knöpfe und Hebel dienten. Wer auch immer die Bedienelemente konstruiert hatte, war keinesfalls ein logisch denkender Mensch gewesen. Handelte es sich bei den Uralten vielleicht um die Vorfahren der Gremlins? Oder besaßen sie ebenfalls eine Verbindung zu elementarer Chaosmagie? Die mir bisher bekannten Informationen deuteten nicht darauf hin.

Ich nahm auf dem Fahrersitz einer Maschine Platz, legte die Beine auf das K-förmige Lenkrad, und schnappte mir mein Tablet. Es war an der Zeit, meinen Posteingang aufzuräumen. Ich hätte mich liebend gern mit Artjom getroffen, aber es war zu riskant, meinen Aufenthaltsort in der Realität preiszugeben. Hier in der virtuellen Welt bestand keine Chance auf ein Vieraugengespräch, denn er war mit den Stahlratten in irgendeiner Wüste unterwegs.

Schließlich beließ ich es bei einer unverfänglichen Nachricht: „Lass uns heute Abend skypen. Ich muss dir was erzählen.“

Mein nächstes Problem hieß Daddy Rothschild. Wie konnte ich sicher sein, dass nicht er hinter dem Angriff auf mich steckte? Konnte ich herausfinden, ob es seine Leute gewesen waren? Ich überlegte, ob ich ihn direkt damit konfrontieren sollte. Vielleicht könnte ich in einem Nebensatz fallen lassen, dass die Mächte, die derzeit über mein Schicksal bestimmten, nicht gerade glücklich über diese Einmischung waren.

In diesem Augenblick schickte Daddy Rothschild mir eine Nachricht. Vermutlich hatte er gesehen, dass ich online war. „Du musst dir keine Sorgen machen. Es wäre dumm von mir, dich anzugreifen. Am besten kommst du in mein Haus. Hier kann ich dich beschützen.“

Als ob! Gegen das Feuer hatte er auch nichts tun können. Natürlich wusste ich, dass ein kleiner virtueller Gott seine Finger im Spiel gehabt hatte. Trotzdem: So viel Zuversicht nach einem derartigen Vorfall erschien mir überheblich.

Ich hatte nicht vor, mein Safe House zu verlassen. Mit einem hatte Naumow recht: Er hatte keinen Grund, mich anzugreifen oder gar zu töten. Insofern vertraute ich ihm. Wenn er wollte, würde er mich einladen und mir dann die Daumenschrauben anlegen. Wer, zum Teufel, steckte dann hinter dem Angriff? Vielleicht Lazar von den Stahlratten? Seine Tochter Sophie oder ihr Verlobter Aleksandr? Auch Boris hatte erwähnt, dass sein Vater sich für mich interessierte. Aber der wäre sicherlich diskreter vorgegangen. Während ich mir meine Gedanken machte, stellte ich fest, dass ich mir in erstaunlich kurzer Zeit erstaunlich viele Feinde gemacht hatte, obwohl ich es keineswegs darauf angelegt hatte.

Meine Antwort an Naumow fiel kurz aus: „Danke für das Angebot. Aber ich bin bereits an einem sicheren Ort.“

Kaum hatte ich die Nachricht abgeschickt, als eine Systemmeldung mir das Gegenteil bewies:

Achtung! Die Energieversorgung deines Pods wurde unterbrochen. Die Pufferbatterie reicht noch für 30 Minuten. Beende das Spiel vor Ablauf dieser Zeit.

Ich vergewisserte mich, dass die Prinzessin nicht in der Nähe war, und meldete mich ab. Als ich aus dem Pod gestiegen war, konnte ich sehen, dass der Strom in der Wohnung ausgefallen war. Das Gebäude schien weniger modern ausgestattet zu sein, als ich gedacht hatte.

Doch ein Blick aus dem Fenster zeigte mir, dass auch in den anderen Häusern kein Licht schien. Zwar war es noch nicht ganz dunkel, aber irgendwer hätte bestimmt schon das Licht in der Küche oder im Wohnzimmer eingeschaltet. Vermutlich war der Strom im ganzen Viertel ausgefallen.

Mist! Das konnte bedeuten, dass ich nicht rechtzeitig zur Schlacht um Arkem zurück wäre. Dann würde ich keinen Beitrag leisten können und auch keine Belohnungen bekommen. Dabei war der Titel des Wächters des Wissens der Uralten mir wichtig! Hätte ich das geahnt! Dann hätte ich mir vielleicht ein Notstromaggregat besorgen können.

Ich blickte mich um. In der fremden Wohnung musste ich mich erst orientieren. Verdammt! Wenn der Strom weg war, gab es auch kein Internet. Selbst wenn es im Haus einen Dieselgenerator gegeben hätte, wäre dessen Laufzeit vermutlich auch auf eine halbe Stunde oder eine Stunde begrenzt gewesen. Genug Zeit für den Energieversorger, eine Reparatur vorzunehmen. Ich verfluchte das Pech, das mir so treu war.

Im Newsfeed auf meinem Smartphone las ich, dass der Strom in mehreren Stadtvierteln ausgefallen war. So etwas war in Moskau noch nie geschehen! Natürlich gab es auch hier Stromausfälle, aber die waren immer lokal begrenzt. Dieses Mal musste die Infrastruktur einen heftigen Schlag abbekommen haben.

Verdammt! Ob mein Gönner da war? „Hotei! Bist du hier?"

Immerhin hatte er gesagt, er würde mich im Blick behalten.

Mein Telefon vibrierte, als eine Nachricht einging: „Das Problem wird in 20 Minuten behoben sein. Dein bester Freund H."

Ich konnte nur hoffen, dass er mit dieser Einschätzung richtig lag. Ich streckte mich ein wenig, während ich wartete. Missmutig warf ich einen Blick zur Kaffeemaschine. Eine Tasse des schwarzen Getränks wäre jetzt genau das Richtige. *Hm, ich war doch meine eigene Batterie!* Allerdings wusste ich nicht, ob ich genau die benötigte Menge an Energie liefern konnte. Ich würde es erst einmal mit einem verzichtbaren Küchengerät ausprobieren.

Der Toaster eignete sich perfekt. Wer brauchte heute noch so ein Ding? Wenn er danach hin war, wäre es nicht so schlimm. Tatsächlich schaffte ich es, ohne die Schaltkreise zu zerstören. Wenig später stand eine dampfende, duftende Tasse Kaffee vor mir, die ich auf der verglasten Loggia genoss. Ich dachte über Arktanien nach, über die Mechanismen der Uralten, den Angriff, Sergei und seine schwierige Persönlichkeit. Seine Kräfte hatten sich in der Realität manifestiert. Er konnte Menschenleben retten! Ich dagegen? Ich konnte Einbrüche begehen und Kaffeemaschinen mit Strom versorgen. Mann, war ich ein Held! Ich schämte mich ein wenig.

Wie Hotei versprochen hatte, sprang der Strom nach einer knappen halben Stunde wieder an. Die Fenster waren vom Schein der Lampen erhellt, und auch mein VR-Pod summte fröhlich. Na endlich!

Keine fünf Minuten später lag ich wieder im SuperVirt 3000 und kehrte nach Arktanien zurück.

„Na, ausgeschlafen?“, keifte die Prinzessin mich an. „Du hast dir ja genau den richtigen Zeitpunkt für ein Nickerchen ausgesucht. Direkt vor einer Schlacht!“

„Da kann ich nur zustimmen“, ertönte Pinkys Stimme.

Ich sprang aus der Kabine des Traktors. „Ihr habt es geschafft? Bitte entschuldigt. Ich konnte es nicht verhindern. Die Prinzessin hat mir die Sache mit der Zeitbeschränkung verschwiegen. Wenn ich das gewusst hätte, dann...“

„Schwamm drüber“, unterbrach Pinky meinen Redefluss. „Ich habe ihren Namen schon zwei

Minuten nach unserem ersten Treffen in meine Kill-Liste aufgenommen. Nach diesem Vorfall prangt ein fetter roter Kreis darum.“

„Was für eine Kill-Liste?“, fragte ich.

„Wer mir quer kommt, kommt auf die Liste“, erklärte Pinky. „Wenn ich Zeit habe, suche ich die Person und bringe sie um.“

Sie sagte das, als wäre es die normalste Sache der Welt. Natürlich war mir als Spieler das Konzept vertraut, aber bisher hatte niemand so selig dabei gelächelt.

„Also eine Feindesliste?“

Sie schüttelte den Kopf. „Nein. Feindeslisten sind Listen mit Leuten, die ihre eigene Medizin zu schmecken bekommen. Die Kill-Liste enthält Todesurteile. Ich verwende jede freie Minute, um meine Gerechtigkeit walten zu lassen.“

„Uff. Da trifft man ein nettes Mädel, und dann stellt sie sich als Psychokillerin heraus“, flüsterte Ne-Tarok mir zu. Ich nickte bestätigend. Pinky war mir deutlich zu rachsüchtig.

Im selben Moment zog sie ihr Tablet heraus und sah uns beide an: „Für Leute, die über mich tuscheln, finde ich bestimmt auch noch ein Plätzchen.“

„Ist ja gut!“, rief Ne-Tarok und hob abwehrend die Hände.

Pinky drohte ihm spielerisch mit der Faust. Dann drehte sie den Kopf lächelnd in meine Richtung: „Wenn ich das richtig gesehen habe, sind diese Kampfmaschinen nicht sonderlich gut für den Kampf geeignet, was?“

„Einerseits ja, andererseits... Mit genug Fantasie wird alles zur Waffe. Mit meiner Fähigkeit kann ich ein paar der Mechanismen der Uralten in die Luft sprengen. Wenn wir genug auf einen Haufen stellen, gibt das eine schöne Kettenreaktion."

Nervös leckte ich mir über die Lippen. Ich musste meine Zunge hüten, bevor auch ich auf dieser Liste landete.

„Bei der Größe und Menge dieser Maschinen dürfte das ein großer Feuerball werden", pfiff Ne-Tarok durch die Zähne. „Ich habe 47 Mechanismen gezählt — alle von außergewöhnlich hoher Widerstandsfähigkeit. Wahrscheinlich könnten wir den Feind auch so damit überrollen."

„Du übersiehst des Pudels Kern", stellte Pinky fest. „Wie kriegen wir die Dinger nach unten aufs Schlachtfeld und in die Reihen der Armee des Infernos? Wenn ich das richtig verstanden habe, kannst du sie nicht fernbedienen, richtig? Der ganze Plan besteht also darin, sie explodieren zu lassen?"

„Ich kann sie einschalten und ausschalten, mehr nicht."

„Und er ist der Einzige von uns, der das kann", ergänzte die Prinzessin. „Auf mich reagieren die Maschinen nicht."

Pinky stieg in die Kabine einer riesigen selbstfahrenden Egge. „Falk, schalt das Ding ein."

Ich tat es. Ein leises Brummen drang aus den Tiefen der Maschine. Pinky drückte auf irgendwelche Knöpfe und zog an diversen Hebeln. Ne-Tarok brachte sich mit einem beherzten Sprung in Sicherheit, bevor ein spitzer Zinken genau dort

Funken schlug, wo er gerade noch gestanden hatte.

„Ich habe keine Ahnung, wie das hier funktioniert“, schimpfte Pinky.

Die Prinzessin rümpfte die Nase. „Nicht nur hässlich, sondern auch noch dumm. Lass mich mal.“ Sie sprang in die Kabine und schubste Pinky hinaus. „Wo ist das Problem? Wenn du diesen Hebel mit der linken Hand ziehst, steuerst du die Zinken. Zieh mit der rechten Hand, und du bedienst das linke Hinterrad. Drücke diese Tasten, um das rechte Vorderrad in Bewegung zu setzen. Der Joystick da kontrolliert die Räder links vorn und hinten. Mit den drei Pedalen fährt die Maschine vorwärts. Zum Wenden musst du einfach nur das rechte Pedal treten, während du den blauen Hebel nach vorn drückst, um nach links zu fahren. Wenn du stattdessen den Hebel unter dem Sitz ziehst, geht die Fahrt nach rechts.“

„Ach so!“, rief Pinky und starrte mich entsetzt an. „Das ist ja wirklich einfach. Wo hatte ich nur meine Gedanken?“

„Die Uralten waren ganz schön durchtrieben“, seufzte Ne-Tarok. „Ich kann mir kaum vorstellen, dass die Steuerung wirklich so funktionieren sollte. Das ist doch irre.“

„Vermutlich waren die Maschinen von Anfang an für die Bedienung durch Gremlins gedacht“, warf Pinky ein. „Für einen Menschen sind die Sitze viel zu klein. Wenn man sich Statuen oder Zeichnungen in Büchern ansieht, waren die Asur größer als wir.“

Ar-Norte strahlte über das ganze Gesicht. „Seht ihr? Sogar die Schreckschraube versteht, dass all diese Mechanismen den Gremlins gehören."

„Weswegen auch nur die Gremlins die Apparate problemlos bedienen können", setzte ich hinzu. „Ar-Norte, wie viele Gremlins sind noch in der Stadt? Können wir sie alle hierher bringen, damit sie die Maschinen steuern?"

Die Prinzessin blickte sich um und dachte scharf nach. „Das ist eine großartige Idee!", rief sie schließlich. „Für die Minderbemittelten aus meinem Volk ist das hier zu hoch, aber ich werde alle wahren Gremlins rufen."

„Was für Minderbemittelte?", fragte ich.

„Na, Gremlins, die nicht richtig ticken. Gremlins, die nicht wie andere Gremlins sind." Bei diesen Worten sah sie Ne-Tarok an. „Solche wie er."

Pinky lachte lauthals. „Ich bin also nicht die Einzige, die dich für langsam hält. Dein ganzes Volk ist derselben Meinung!"

Irgendwann musste ich fragen, was die beiden in der Instanz erlebt hatten. Auf jeden Fall hatten sie eine besondere Verbindung zueinander aufgebaut. Ich beneidete Ne-Tarok ein wenig, denn zu mir bewahrte Pinky eine gewisse professionelle Distanz.

„Wenn ein Gremlin jemanden beschuldigt, nicht richtig zu ticken, ist das mehr Kompliment als Beleidigung", erwiderte Ne-Tarok wie aus der Pistole geschossen.

Obwohl die Prinzessin meiner Meinung nach schon irgendwie richtig lag: Es gab nur wenige Spieler, die als Gremlin spielten. Und die meisten von ihnen gehörten eher nicht zu den klugen Köpfen. Andererseits waren sie in jedem Fall geistig stabiler als der Durchschnittsgremlin. Diesen Widerspruch mussten NPCs wie die Prinzessin auf ihre Weise erklären.

„Wohl wahr“, gab Pinky zu. „Genug geplaudert. Wie sieht der Plan aus?“

„Wie jeden Abend, Pinky. Wir versuchen, die Weltherrschaft an uns zu reißen!“ Der Gremlin hielt sich den Bauch vor Lachen.

„Nicht witzig“, fauchte Pinky. „Bei meinem Namen geht es um die Farbe, nicht um eine dämliche Comicfigur. Ich kannte diese Zeichentrickserie gar nicht. Damals war ich noch nicht einmal geboren.“

Der Gremlin zwinkerte. „Aber du wusstest sofort, worauf ich anspiele. Schachmatt!“

„Pah!“ Pinky verdrehte die Augen. „Weißt du was? Vielleicht war ich einfach zu nett. Ich sollte dich doch auf die Kill-Liste setzen.“

Überrascht stellte ich fest, dass Ne-Tarok es geschafft hatte, meine Begleiterin auf Zeit von der bevorstehenden Gefahr abzulenken. Es gab wohl einen Grund dafür, dass er einen Gremlin spielte. Sonst hätte er wohl kaum gewagt, trotz ihrer Liste solche Scherze zu machen. Ich wäre dieses Risiko niemals eingegangen!

„Ich würde mich gern um das Problem kümmern“, versuchte ich, die Truppe einzufangen. „Wir müssen einen Weg finden, all diese Maschinen sicher auf den Boden der Höhle zu bringen. Vielleicht gibt es hier irgendwo einen Aufzug oder ein Portal. Sucht danach! Wer weiß, was die Uralten geplant hatten.“

„Irgendwie wirkt dieser ganze Raum auf mich

wie ein gigantischer Lastenaufzug“, stellte Ne-Tarok fest.

„Du hast recht“, stimmte Pinky zu. „Aber wie funktioniert er?“

Tatsächlich hatte der Raum absolut glatte Wände und einen Boden aus Stahl. Keine Schraube war zu sehen. Von der Decke ging ein warmes Licht aus. So stellte ich mir das Innere eines riesigen Schuhkartons vor — oder eben eines Aufzugs. Leider gab es kein Tastenfeld mit Auf- und Ab-Tastern.

Wir untersuchten sämtliche Wände und auch den Bereich vor der Tür. Irgendwann wurde die erfolglose Suche von einer globalen Systemmeldung unterbrochen:

Achtung, eine wichtige Durchsage: Die Armee des Infernos hat die Stadtgrenzen erreicht. Die Belagerung beginnt in 10 Minuten. Alle Spieler, die eine Aufgabe bei der Verteidigung Arkems angenommen haben, müssen sich umgehend bei den zugewiesenen Einheiten melden. Bei Nichtbeachtung werden sie als Deserteure gebrandmarkt.

„Mist!“, rief Ne-Tarok. „Ich muss sofort los, wenn ich der Bestrafung entgehen will. Aber ich habe keine Lust, mich in den Tod zu stürzen.“ Er wandte sich an die Prinzessin. „Du warst doch schon hier. Wie komme ich hier weg? Du wirst dich wohl kaum jedes Mal umgebracht haben?“

„Natürlich nicht“, sagte die Prinzessin. „Ich hatte einen Fallschirm dabei.“

„Warum hast du das nicht gleich gesagt? Wo

sind sie?“, drängelte er.

„Ich habe keinen dabei“, sagte Ar-Norte überrascht. „Mein liebster, künftiger Gemahl wird eine Lösung finden, davon bin ich überzeugt.“

Jetzt war das auf einmal meine Aufgabe?

„Warte einen Augenblick“, bat ich Ne-Tarok. „Irgendwo muss es doch einen Taster geben.“

„Was soll das heißen, Taster?“, fragte die Prinzessin. „Wer hat denn jemals davon gehört, dass man einen Aufzug mit Tasten oder Knöpfen bedient?“

Ich warf den anderen einen genervten Blick zu. „Normale Leute wie wir“, sagte ich dann.

„Pah. Leute. Menschen.“ Angewidert zog Ar-Norte die Stirn kraus. „Ihr habt keine Ahnung von Maschinen. Bei euch muss immer alles so... so...“, sie rang nach Worten, „symmetrisch sein.“

Pinky blickte sie misstrauisch an. „Was ist denn eurer Meinung nach die richtige Art, einen Aufzug zu bedienen, Hoheit?“

Ar-Norte warf Pinky einen argwöhnischen Blick zu. „Natürlich mithilfe des Bodens.“

Wenn die Maschinen für Gremlins gebaut worden waren, dann war es der Aufzug sicher ebenfalls. Aber wieso hatte die Prinzessin dann nicht bereits gesagt, wie die Bedienung funktionierte? Ich vermutete pure Boshaftigkeit ihrerseits.

„Ich habe nachgesehen. Es gibt kein Bedienfeld auf dem Boden“, sagte Ne-Tarok.

Es wirkte ganz so, als hätten er und Pinky sich gegen die Prinzessin verschworen.

„Minderbemittelt, wusste ich es doch“, schnaubte die Prinzessin verächtlich. „Wer braucht schon ein Bedienfeld? Man muss lediglich an der richtigen Stelle mit dem Fuß aufstampfen."

„Was für ein Quatsch!", rief Ne-Tarok.

„Ach ja?" Ar-Norte warf ihm einen spöttischen Blick zu. „Als ob Tasten an der Wand kein Quatsch wären! Sag mir, Mr. Oberschlau: Wie drückst du eine Taste, wenn du mit vollen Händen in einen Aufzug steigst? Was machst du, wenn jemand anders vor deinem oh so praktischen Bedienfeld steht? Schubst du ihn beiseite? Willst du in einem großen Aufzug wirklich bis ans andere Ende gehen, um da eine Taste zu drücken?"

Das entbehrte nicht einer gewissen Logik.

„Also muss ich einfach nur mit dem Fuß aufstampfen, und der Aufzug setzt sich in Bewegung?"

„Nein, Liebster. Komm schon, du bist gewiss klüger als diese Gestalten", sagte sie und deutete auf Ne-Tarok und Pinky. „Wir sind zu viert. Also müssen wir auch alle stampfen. Frauen mit dem linken Fuß, Männer mit dem rechten. Ganz einfach."

Pinky und ich tauschten erneut einen Blick aus.

„Klar doch", warf Ne-Tarok sarkastisch ein.

„Wie oft stampfe ich, wenn ich ganz nach unten in den ersten Stock will?", wollte ich wissen. „Einmal für den ersten Stock, richtig?"

Die Prinzessin sah mich entgeistert an. „Ganz nach unten ist doch nicht der erste Stock. Ganz unten ist Stockwerk null."

„Ach ja? Wie stampft man denn null Mal auf?", fragte Pinky. Selbst ihre endlos wirkende Geduld war am Ende. „Wieso hast du all das nicht schon vor einer halben Stunde erklärt? Du verschwendest unsere Zeit!“

Die Prinzessin genoss unser Unverständnis eindeutig. Doch mittlerweile konnte ich der verqueren Gremlin-Logik folgen.

„Ich glaube, wir müssen das jeweilige Bein heben, als ob wir stampfen wollten, dürfen es aber nicht tun“, schlug ich vor.

In der nächsten Sekunde fiel die Prinzessin mir um den Hals. „Ich wusste, dass du klug bist.“

„Hört auf zu turteln! Wir müssen los!“, mahnte Ne-Tarok panisch. „Ich will nicht zum Deserteur werden. Ich muss das rechte Bein heben, richtig?“

„Rechts ist richtig“, nickte Pinky. „Auf drei!“

„Wie lange müssen wir die Beine in der Luft halten?“, fragte Ne-Tarok nach ein paar Sekunden. „Wieso geht es nicht los?“

Als hätte der Aufzug seine Nervosität bemerkt, schlossen sich die großen Türen und verschwanden nach unten aus unserem Blickfeld. Die Schwerkraft drückte uns zu Boden. *Bewegte der Aufzug sich etwa nach oben?* Eine Meldung erschien vor meinen Augen:

Die Schlacht beginnt.

Das Schicksal Arkems liegt in deinen Händen. Viel Glück.

Kapitel 6

ICH FLEHTE ALLE GOTTHEITEN ARKTANIENS AN, dass der Aufzug uns nicht an der Erdoberfläche ausspuckte. Damit wäre ich zwar dem Elfenreich ein wenig näher, aber das half mir bei der aktuellen Aufgabe nicht weiter. Ne-Tarok würde zum Deserteur, die Prinzessin könnte ihren Geburtsort nicht verteidigen, und ich würde meiner Belohnung für die Quest *Verteidige Arkem* Lebewohl sagen müssen. Nur Pinky dürfte egal sein, wo die Aufzugfahrt endete.

Mit einem Ruck kamen wir zum Stehen, und ich atmete auf: Vor der Tür lag die Kaverne, in der die Kriegsvorbereitungen auf Hochtouren liefen. Das musste wieder die Gremlin-Logik sein: Der Aufzug bewegte sich abwärts, also wirkte auch die Fliehkraft in diese Richtung. Wenn ich die Prinzessin danach fragen würde, gäbe es nur eine aus ihrer Sicht logische Antwort: „Wir bewegen uns nach unten. Natürlich werden wir in Richtung Boden gedrückt."

Ich behielt meine Gedanken für mich. Mittlerweile vermochte mich kaum mehr etwas zu überraschen. Stampfen statt Bedienfeldern! Ha!

„Ich muss mich bei meinem Oberbefehlshaber melden. Wir hören uns!“, rief Ne-Tarok und rannte los.

Aus einiger Entfernung erreichte uns ein unregelmäßiges Grollen und Wummern, eine wahre Kakophonie. Lichtblitze erhellten die Höhlendecke. Die Schlacht um Arkem war bereits im Gange.

„Also, Prinzessin. Wir brauchen dringend ein paar Fahrer für unsere kleine Flotte“, erinnerte ich Ar-Norte. „Das ist etwas, worum du dich kümmern musst.“

„Sicher“, nickte sie. „Gib mir eine halbe Stunde.“

Dann lief sie in Richtung Stadtzentrum. Pinky und ich blieben unter den wachsamen Blicken einiger Spieler zurück.

„Sollten wir vielleicht die Tür schließen?“, schlug Pinky vor. „Nicht, dass die anderen Spieler zu neugierig werden.“

Das war eine gute Idee, denn immer mehr von den erwähnten Spielern kamen herein und untersuchten die Mechanismen. Einige versuchten sogar, auf den Fahrersitzen Platz zu nehmen. Natürlich schafften sie es nicht, die Motoren anzulassen. Andererseits wäre uns nicht geholfen, wenn sie irgendetwas zerstörten.

„He!“ Pinkys Ruf übertönte den allgemeinen Lärm. „Nimm deine Pfoten da weg! Das gehört nicht dir.“

„Schnauze!“, kam die unhöfliche Antwort. „Laut Info gehören die Teile niemandem. Also kann ich mir nehmen, was ich will.“

Pinky notierte den Namen des Spielers in ihrer Liste. Ich schluckte. Auf diese Weise würde sie wirklich ihre gesamte Zeit in das Abarbeiten der Kill-Liste stecken müssen. Immer mehr Spieler drängten in den Aufzug.

„Wir sollten die Tür auf jeden Fall schließen“, stimmte ich zu. „Wenn ich bloß wüsste, wie das funktioniert.“

Ich ging ins Freie und untersuchte die Wände des Aufzugs, die hier draußen aus Felsgestein waren. Neben der Tür gab es eine Vertiefung für eine Hand mit sechs Fingern. Bestimmt konnte man den Mechanismus nur aktivieren, wenn man über *Uraltes Blut* verfügte. Andererseits konnte ich mich nicht erinnern, die Vertiefung oben bemerkt zu haben.

„Alle raus. Sperrstunde!“, rief ich.

„Schnauze!“

„Hast du mal dein Level gecheckt? Du hast uns gar nichts zu sagen!“

„Wie ihr wollt.“ Ich zuckte mit den Schultern und legte die Hand in die Vertiefung.

„Hast du keine Angst, dass irgendjemand herausfindet, wie der Aufzug oder die Maschinen funktionieren?“, fragte Pinky, während die Tür sich schloss.

„Ich denke nicht, dass außer mir noch jemand dazu in der Lage ist. Die dreißig Typen da drin wissen vermutlich nicht, wie ein Gremlin-Aufzug funktioniert. Und wenn doch: Viel Spaß dabei, herauszufinden, wie oft man stampfen muss — und das synchron zu tun.“

Ein paar Spieler waren durch die sich schließenden Türen in die Höhle gesprungen und kamen drohend auf mich zu. „He, du Noob! Mach sofort die Tür wieder auf!“ Der Sprecher war schlank und trug zwei Schwerter auf dem Rücken. „Oder muss ich dich erst in deine Respawn-Zone schicken?“

Sein Name war Jojo, und auf Level 90 wäre er durchaus in der Lage, seine Drohung wahr zu machen. Er war Mitglied des Erzengel-Clans, von dem ich nur wusste, dass er ziemlich weit oben mitspielte. Ich war wirklich vom Pech verfolgt. Wann immer ich dabei war, einen wertvollen Gegenstand einzusammeln oder eine wichtige Entdeckung zu machen, kam so ein Arschloch, wedelte mit der Macht seines Clans, und versuchte, mir meinen Erfolg streitig zu machen.

„Pass bloß auf!“, knurrte Pinky ihn an (auch, wenn es eher ein Quieken war). „Der gesamte Inhalt des Aufzugs gehört den Unaussprechlichen.“

Verwirrt sah ich sie an. Dem hatte ich nicht zugestimmt.

„Wovon redest du?“, fragte der Kerl und wurde langsamer.

„Du hast schon verstanden. Meine Leute sind gleich hier.“

„Leck mich!“, antwortete er unbeeindruckt. „Ich will wissen, woher ihr das Zeug habt.“ Dann sah er mich an. „Du steckst dahinter, oder? Du hast das

Tor geschlossen.“

Etwa zehn weitere Spieler nahmen hinter Jojo Aufstellung. Langsam bildeten sie einen Kreis um Pinky und mich.

„Du gehörst nicht zu den Unaussprechlichen“, stellte Jojo fest. „Warum kommst du nicht in unseren Clan? Wir zahlen gut für den Zugang zu diesen Maschinen. Und wir helfen dir, auf Level 100 zu kommen.“

„Er steht unter unserem Schutz“, mischte Pinky sich ein.

„Ach, ist das so?“ Jojos Mund verzerrte sich zu einem fiesen Grinsen. Dann sah er wieder zu mir. „Diese Kakerlaken haben dich nicht in ihren Clan eingeladen, aber sie wollen dir die schönen Artefakte wegnehmen? Mit denen würde ich mich an deiner Stelle nicht einlassen.“

Wenn es nach mir gegangen wäre, dann würde ich mich mit niemandem einlassen. Bisher hatte praktisch jeder versucht, mich über den Tisch zu ziehen. Sogar Pinky stellte Besitzansprüche — zumindest vorübergehend.

„Danke für das Angebot. Aber ich habe gewisse Verpflichtungen, denen ich nicht abschwören kann“, erwiderte ich ausweichend. Die Vorzeichen ließen einen Konflikt unausweichlich erscheinen. Daher spielte ich auf Zeit und hoffte, dass die Verstärkung durch die Unaussprechlichen nicht bloß eine Finte von Pinky war. „Wenn deine Freunde zustimmen, den Aufzug zu verlassen und sich von den Maschinen fernzuhalten, mache ich die Tür gern auf. Ihr könnt damit sowieso nichts anfangen.“

Der Schwertkämpfer sah mich nachdenklich an. „Du weißt also, wie die Maschinen funktionieren? Oder besitzt du vielleicht ein Artefakt, mit dem du sie steuern kannst?“

„Wer weiß…“

„Dann begleitest du uns. Die Clanspitze kann dir gewiss ein besseres Angebot machen und deine derzeitigen Verpflichtungen auflösen.“

Pinky ließ einen Blitz vor Jojo in die Erde fahren. „Ich habe gesagt, er steht unter dem Schutz der Unaussprechlichen. Er geht nirgendwo hin. Oder willst du einen Krieg vom Zaun brechen?“

„Einen Krieg? Wegen eines Spielers auf niedrigem Level?“ Jojo sah sie ungläubig an. „Das bezweifele ich! Die Unaussprechlichen liegen bereits mit dem Clan Geist der Jagd im Zwist. Ich glaube kaum, dass ihr an zwei Fronten gleichzeitig kämpfen wollt. Wie dem auch sei: Du störst meine Verhandlungen mit diesem netten Spieler. Besser, wir bringen dich zum Schweigen.“

In diesem Moment erschien ein hochgewachsener Ritter in kohlenschwarzer Rüstung zwischen Pinky und unseren unwillkommenen Besuchern. Er musste *Blinzeln* oder einen anderen Zauber eingesetzt haben.

Antibiotic, Level 121

Daddy Rothschilds Sohn war gekommen! Dann führte er wohl die Truppen der Unaussprechlichen im Kampf um Arkem an.

„Verschwindet“, krächzte er. Seine Stimme klang irgendwie elektronisch. Jetzt war mir auch klar, wieso er normalerweise keinen Ton sagte.

„He, wir wollen keinen Ärger“, sagte Jojo. „Er soll nur unsere Leute raus lassen, dann gehen wir. Immerhin tobt da vorne eine Schlacht!“

„Ihr scheint ja wirklich ganz begierig auf den Kampf gegen die Dämonen zu sein, wenn ihr euch soooo lange hier herumgetrieben habt“, spottete Pinky.

Ohne ein weiteres Wort öffnete ich die Aufzugtüren. Wütende Spieler stürmten hinaus, doch sobald sie Antibiotic und die mittlerweile angekommenen hochleveligen Kämpfer der Unaussprechlichen sahen, verzogen sie sich.

„Was ist das?“, fragte Antibiotic und deutete auf die Aufzuggarage.

Da Pinky sowieso Bescheid wusste, erklärte ich ihm alles über die Maschinen und meine Fähigkeit, sie ein- und auszuschalten sowie die Selbstzerstörung zu aktivieren.

„Praktisch!“, nickte er.

„Die Prinzessin holt einige Gremlins, die das Fahren übernehmen können“, erklärte ich. „Wir müssen nur überlegen, wo die Explosionen am meisten nützen.“

„Das entscheiden wir noch“, stellte der Dunkle Inquisitor fest. Dann winkte er Pinky zu sich. „Wir geben ihr Bescheid.“

Eine weitere Geste machte ein paar seiner Gefolgsleute klar, bei uns zu bleiben. Dann ging er mit den anderen. Die Kommunikation über Gesten klappte erstaunlich gut. Das war bestimmt auch im Kampf nützlich!

„Was hat er?“, fragte ich Pinky, als Daddy

Rothschilds Sohn weit genug weg war. „Wieso spricht er so?“

„Das wirst du besser wissen als ich. Immerhin stehst du unter dem Schutz des Clan-Anführers“, sagte sie. „Ehrlich, er hat gerade mehr gesagt, als ich ihn in meiner ganzen Zeit beim Clan habe reden hören. Keine Ahnung, ob das zu seiner Rolle gehört oder ob er Probleme im Oberstübchen hat.“

Geisteskrank war Antibiotic bestimmt nicht. Dazu war er ein viel zu guter Taktiker. Vielleicht hatte es etwas mit dem schweren Autounfall zu tun? Möglich, dass sein Sprachzentrum dabei geschädigt worden war. Oder er wollte wirklich ein gewisses Image erzeugen. Schließlich nahm er auch nie den Helm ab.

„Wie meintest du das vorhin, dass der ganze Kram den Unaussprechlichen gehören würde?“, fragte ich misstrauisch.

„Meine Güte! Als ob dir jemand etwas wegnehmen will!“ Pinky hob beschwichtigend die Hände. Sie sah mich tadelnd an. „Irgendwie musste ich die Arschgeigen doch stoppen, oder?“

„Du hast ja recht“, gab ich zu. Manchmal war ich einfach eine Mimose. „Hoffentlich haben die Grobmotoriker nichts kaputt gemacht.“

Mittlerweile bewachten vier mir unbekannte Spieler ab Level 100 den Aufzug, während Pinky und ich uns die Maschinen nochmals ansahen. Wo blieb Ar-Norte?

Ich nutzte die Wartezeit und testete meine Kontrolle über die Mechanismen der Uralten. Vielleicht gab es mittlerweile eine neue

Einsatzmöglichkeit? Immerhin hatte ich die Fähigkeit seit dem Kampf gegen den Wächter häufig eingesetzt.

Einsatz der Fähigkeit ***Maschinenkontrolle*** *mit Uralter Kriegsmaschine: mittelgroßer Grubber war zu 60 % erfolgreich.*

Du kannst nun folgende Befehle erteilen:

– Einschalten

– Ausschalten

– Selbstzerstörung

Hm. Wenn 60 % Erfolgsrate drei Befehle bereitstellte, dann sollten 100 % doch fünf Befehle sein, oder? Verflixt! Hing das etwa mit dem Fähigkeitenlevel zusammen? Andererseits hatte ich dort Level 4 erreicht. Und das hier waren lediglich Landmaschinen. Das war seltsam. Auf Level 2 für *Kontrolle über die Mechanismen der Uralten* hatte ich den Wächter kontrolliert. Ein riesiger Golem, der die Gestalt eines T-Rex annehmen konnte, war bestimmt komplexer als ein Traktor. Theoretisch hätte ich also alle Befehle sehen sollen.

„Weißt du zufällig mehr über *Maschinenkontrolle?*“, fragte ich Pinky. „Aus irgendeinem Grund werden nicht alle verfügbaren Optionen angezeigt.“

Wir setzten uns in die Schaufel einer der Maschinen und warteten auf Ar-Norte. Pinky hatte sich eine Weile mit den Bedienelementen der Maschinen befasst, aber letztendlich die Lust verloren, denn keines ihrer Experimente führte zum

Erfolg.

„Wie hoch ist die Erfolgsrate bei der Anwendung?“

„60 %.“

„Komisch“, stellte sie fest. „Ich fasse es nicht, dass du 60 % schaffst. Die Sache ist nämlich die: Zuerst wird dein Fähigkeitenlevel berücksichtigt, dann dein Wissen über die fragliche Technologie. Anhand dieser beiden Parameter entscheidet sich, welche Befehle du nutzen kannst. Wenn das Level zum Beispiel nicht ausreicht, um eine Maschine zu starten, aber du dich gut genug mit Motoren auskennst, kann dein Wissen das niedrige Level kompensieren, sodass der Befehl *Motor starten* trotzdem angezeigt wird. Bei den Mechanismen der Uralten weiß allerdings niemand, wie sie funktionieren. Trotzdem kannst du drei von fünf Befehlen sehen.“

„Ich verstehe. Na ja, dass man die Dinger ein- und ausschalten kann, ist ja wohl klar. Und Selbstzerstörung habe ich bereits benutzt. Heißt das, dass die anderen Befehle nicht angezeigt werden, weil mein Fähigkeitenlevel zu niedrig ist und ich nicht weiß, dass es diese Funktion überhaupt gibt?“

„So wird es wohl sein. Wenn es eine Art Bedienungsanleitung für die Maschinen gäbe, dann könntest du die lesen und vermutlich die anderen Befehle nutzen.“

Sie stutzte. Einen Augenblick später sprangen wir beide auf, um in den Maschinen nach einer Anleitung zu suchen. Leider gab es keine Handschuhfächer oder Bordbücher. Zumindest konnten wir mit unserer menschlichen Logik nichts dergleichen finden.

„Die Gremlins wissen bestimmt, wo so etwas aufbewahrt wird. Wir können sie ja fragen, wenn sie ankommen“, schlug Pinky vor.

„Ja. Gut möglich“, antwortete ich gedankenverloren. „Aber ich kenne einen Gremlin, der vermutlich sehr viel mehr über die Technologie der Uralten weiß als der Rest. Ich würde gerne nach ihm suchen und ihn fragen.“

Pinky blinzelte mich misstrauisch an.

„Du hast ja viele Bekanntschaften unter den Gremlins. Wie kommt das? Die meisten Spieler gehen ihnen nach Möglichkeit aus dem Weg.“

„Ich weiß genau, warum das so ist“, nickte ich. „Es hat sich einfach so ergeben. Ich bin auch nicht glücklich darüber. Am besten bleibst du hier, falls die Prinzessin zurückkehrt. Aber ich brauche jemanden, damit ich in die Stadt gelassen werde.“

„Kein Problem. Die Jungs begleiten dich“, sagte sie.

Ich wollte Fa-Rukat suchen. Doch vorher würde ich mit dem Präsidenten sprechen. Von dem wusste ich wenigstens, wo er war: In einem goldenen Käfig auf dem zentralen Platz der Stadt. Außerdem hatte ich einen besseren Draht zu ihm als zu Thrams altem Kumpel. Na gut, der Präsident bot auch bessere Quest-Belohnungen als Senator Fa-Rukat.

Zwei Spieler der Unaussprechlichen waren meine Eskorte: ein Magier in grünem Gewand und ein muskulöser Barbar mit einer Zweihandaxt. Sie waren ziemlich wortkarg, aber das war mir nur recht.

Flotten Schrittes näherten wir uns dem Checkpoint und betraten Arkem. Zum Glück hatte ich mir den Stadtplan einigermaßen eingeprägt. Wir erreichten den Käfig kurze Zeit später. Wobei Käfig untertrieben war. Das Gefängnis hatte die Ausmaße eines Zimmers und war mit einem bequemen Sessel und einem kleinen Tisch ausgestattet. Auf einem großen Bildschirm tobte Schlachtgetümmel.

„Holla! Ist das etwa live?“, fragte ich überrascht.

Der Präsident blickte auf und winkte mir zu. „Schön, dass du mich besuchen kommst. Wie kann ich dir helfen?“

Eine Seidenrobe spannte über dem Bierbauch des grünen Mannes. Er hatte sich in den Sessel gefläzt und wurde von einem aufgetakelten Gremlin mit Obst gefüttert. Es wirkte fast, als würde er sich einen alten Kriegsfilm ansehen.

„Du könntest mir ein paar Fragen beantworten“, sagte ich, während ich einen Blick auf den Bildschirm warf. Gerade rannte die Dämonenhorde gegen einen Wall aus Spielern an. Sofort wurden die Mobs von Hunderten Verteidigungszaubern zurückgedrängt. Die Kamera bewegte sich über das ganze Schlachtfeld und fing dabei besonders epische Momente ein. Der Kameramann hätte bestimmt sofort einen Job in Hollywood bekommen. Hunderte von Pyromanten ließen einen Meteoritenhagel auf eine Horde rothäutiger Gorillas mit langen Krallen und vier Augen niedergehen. Ritter bildeten einen Schildwall und wichen Schritt für Schritt vor dämonischen Reitern auf sich windenden Würmern zurück. Tausende von Pfeilen pfiffen durch die Luft, den geflügelten Bestien entgegen, die sich unter der Höhlendecke tummelten. Mir war klar, dass ich keine Sekunde in diesem Tumult überleben würde.

„Immerhin hast du mich getötet, als ich dich darum gebeten habe“, sagte der Gremlin. „Da kann ich mir zumindest anhören, was du zu sagen hast.“

„Woher stammen die Bilder“, wollte ich wissen. „Wie funktioniert das?“

„Das ist ein Artefakt der Uralten, das sich in der Haupthöhle befindet“, klärte er mich auf. „Wir nennen es das *Allsehende Auge.* Als Oberbefehlshaber kann ich damit die Schlacht verfolgen.“

Ich blickte mich um. „Wen befehligst du? Und wie erteilst du die Befehle?“

„Ach, du kennst doch den alten Spruch: Ein guter Chef kann gut delegieren“, antwortete der Präsident mit einem Hauch Sarkasmus. „Also habe ich die gesamte Verantwortung abgegeben.“

„An wen?“

Er wedelte mit der Hand in Richtung Schlachtfeld: „Du weißt schon, an die da draußen. Die Kämpfer.“

„Und deshalb haben sie dich zum Oberbefehlshaber ernannt?“, fragte ich kichernd. „Damit du deine Verantwortung delegierst?“

Der Präsident runzelte die Stirn. „Nein. Ich bin der Oberbefehlshaber, damit sie jemandem die Schuld geben können, falls wir verlieren. Das ist alles, wozu ich gut bin.“ Er nahm sich eine Weintraube und stopfte sich mehrere Beeren in den Mund. „Also, was willst du wissen?“

„Wo finde ich Fa-Rukat? Ich habe ein paar Fragen die uralte Technologie betreffend."

Der Gremlin hielt sich den Bauch vor Lachen. „Unser hochgeschätzter Senator gehörte zu den ersten, die geflohen sind. Du weißt vermutlich schon, wohin."

„Ja. Die meisten Gremlins sind ins Chaos gegangen", sagte ich ungeduldig. „Sie verbergen sich an allen möglichen Orten dieser Welt und verbreiten dabei das Chaos in Form von Störungen und Funktionsfehlern."

Meine beiden Begleiter versuchten, den Eindruck zu erwecken, nicht zu lauschen, aber ich konnte an ihren Augen ablesen, dass sie sich jedes einzelne Wort meiner Unterhaltung genau merkten.

„Wie kommst du darauf, dass sie in dieser Welt sind?" Der Präsident klang überrascht. „Sie könnten überall im Multiversum sein. Das Chaos ist allgegenwärtig."

„Schon gut. Fa-Rukat ist nicht hier. Vielleicht kannst du mir mehr über die Maschinen in der Kammer über der Haupthöhle verraten?"

„Die uralten Kampfmaschinen?", vergewisserte der Präsident sich. „Tja, bisher hat niemand die Türen dort oben öffnen können. Du hast es also geschafft? Sehr gut!"

„Genau. Aber es sind keine Kampfmaschinen. Die Mechanismen sind eher etwas für Friedenszeiten."

„Ach ja, Frieden", seufzte der Gremlin. „Doch auch Mechanismen der Uralten, die für friedliche Zwecke konstruiert wurden, bieten normalerweise den Bedienern Schutz. Jede dieser Maschinen verfügt über einen Schutzmodus. Das ist einfach so.“

„Wirklich jede?“, fragte ich skeptisch. „Das mag ich kaum glauben.“

„So ist es aber. Gebildete Wesen wissen das“, stellte der Präsident fest.

Mit gebildeten Wesen meinte er gewiss die Gremlins. Aber dann hätte doch auch die Prinzessin das wissen müssen! Wieso hatte sie nichts gesagt? Hatte sie es einfach vergessen, weil sich die Kampfmaschinen nicht als solche entpuppt hatten?

„Was passiert, wenn man diesen Modus aktiviert?“, hakte ich nach.

„Keine Ahnung. Ich habe das noch nie gesehen. Ich weiß nur, dass es diesen Modus gibt“, sagte der Gremlin. Dann beugte er sich eifrig vor. „Sieh nur, unsere Flanken werden verstärkt! Und da! Ein höherer Dämon greift in den Kampf ein. Es wird spannend. Du musst jetzt gehen. Ich habe zu tun.“

Mit offenem Mund starrte ich ihn an. Auf dem Bildschirm ging es zur Sache. Dieser Kampf war nur etwas für Spieler auf einem hohen Level. Wer nur auf mittlerem Level war, befand sich nicht an der Front, sondern bekämpfte Dämonen, die es irgendwie durch die Elite geschafft hatten, oder griff mit Fernkampfwaffen an.

„Gehen wir“, entschied ich. „Mehr Informationen erhalte ich hier nicht.“

„Wir müssen unseren Leuten von diesem Artefakt berichten“, sagte der Magier. „So ein Kameraauge wäre eine große Hilfe im Hauptquartier und für die Taktik.“

Dem konnte ich nur zustimmen. Allerdings bezweifelte ich, dass die gebildeten Wesen uns niederen Menschen freiwillig Zugang gewähren würden.

Auf dem Rückweg kreisten meine Gedanken wie wild. Konnte ich das Erfahrene zu meinem Vorteil einsetzen? Würde allein die Kenntnis, dass es einen Schutzmodus gab, ausreichen, um einen weiteren Befehl anzuzeigen? Jetzt wünschte ich mir, ich hätte mich länger mit dem Wächter unterhalten können. Natürlich hätte ich auch nichts gegen einen riesigen Golem einzuwenden gehabt, der mich beschützte.

Die Straßen der Stadt waren leer. Wir begegneten keinem einzigen Spieler. Trotzdem verlief der Weg nicht ereignislos. Wie aus dem Nichts traf ein Pfeil den Magier und hüllte ihn in ein Flammenmeer ein. Der Barbar versetzte mir sofort einen Stoß, der mich 10 Meter über die Straße taumeln ließ, bis ich unsanft von einer Hauswand gestoppt wurde und dabei 100 Punkte Schaden erlitt. So fühlte sich das also an, wenn man gegen einen deutlich überlegenen Spieler kämpfte! Mehr Pfeile gingen nieder, aber der Barbar schuf mit seiner Axt eine Art Schutzfeld. Es musste Magie im Spiel gewesen sein, denn einen Lidschlag später verschwand er und stand auf dem Dach eines Gebäudes. Seine Axt traf auf ein unsichtbares Hindernis. Mit einem lauten Klirren wurde ein bisher unsichtbarer Gegner sichtbar. Verdammt! Wo ein Gegner war, gab es vermutlich noch weitere.

Ein scharfer Schmerz durchzuckte meinen Rumpf:

Dir wurden 500 Punkte Schaden von Vomit Mole auf Level 89 zugefügt.

„Spin!“, rief ich und wich aus. Ich besaß nur noch etwa 100 Punkte Gesundheit. Jeder Treffer eines hochleveligen Spielers würde mir den Garaus machen. Das wollte ich verhindern.

Kapitel 7

DOCH WIE SICH HERAUSSTELLTE, hatte mein Angreifer nicht vor, mich umzubringen.

„Jemand möchte mit dir reden“, sagte eine Stimme neben mir. Dann tauchte der Spieler auf: Er war gekleidet wie ein typischer Ninja und hielt mir ein langes Krummschwert an die Kehle. Einzig die Steampunk-Brille passte nicht zu seinem Aussehen.

„Ich bevorzuge zwar, selbst über meine Termine zu entscheiden, aber wenn du mich so höflich bittest“, stimmte ich zu.

Hätte ich mich gewehrt, wäre ich vermutlich an meinem Respawn-Punkt wieder aufgewacht. Und das hätte den Verlust der so mühsam gesammelten Erfahrungspunkte bedeutet.

Spin hatte sich mittlerweile materialisiert und knurrte den Spieler leise an.

„Ruf das Vieh zurück“, herrschte der Ninja mich an.

Ich schickte einen mentalen Befehl an Spin. Mit

seinem *Donnerbell* hätte er gegen diesen mächtigen Gegner keine Chance gehabt. Ganz zu schweigen davon, dass mir das Pech an den Pfoten klebte.

Doch bevor wir auch nur einen Schritt gemacht hatten, brachen fette grüne Ranken aus dem Boden hervor und umklammerten den Ninja. Sofort befahl ich Spin, Vomit Mole mit *Donnerbell* anzugreifen. Ich selbst griff nach dem Schwert des Gegners und schickte einen Stromschlag hindurch. Doch es nutzte nichts. Wie ein Kreisel wirbelte der Ninja um die eigene Achse, zerfetzte die Ranken und vermied es gerade so, mir dabei sein Schwert in den Leib zu rammen. Ich sprang außer Reichweite und trank im Weglaufen einen Heiltrank.

Hinter der nächsten Gebäudeecke wagte ich einen vorsichtigen Blick zurück. Der Magier war zäher als gedacht. Der Pfeil hatte ihn nicht ausgeschaltet. Mit seinem Krummschwert säbelte der Ninja sich den Weg zum Magier frei. Ich fürchtete um das Leben meines Beschützers. Dann wäre es auch um mich geschehen. Also fasste ich meinen Mut zusammen und fiel dem Ninja mit meinem Wolf in den Rücken.

Meine Kette wickelte sich um die Beine des Mannes. Dann raste ein Stromschlag hindurch. Auch dieses Mal fügte ich ihm nur wenig Schaden zu, aber es reichte als Ablenkung. Spin setzte mit *Blitzschneller Angriff* hinterher. Das verursachte etwa 100 Punkte Blitzschaden. Das Gute an Stromangriffen war, dass die Wahrscheinlichkeit bestand, den Gegner außer Gefecht zu setzen. Und tatsächlich hatten wir Glück. Der kurze Augenblick der Lähmung reichte dem Magier, um die Oberhand zu gewinnen. Ein grüner Strahl aus seinem Stab traf den Ninja.

Der brach endgültig zusammen und ließ dabei ein kleines Artefakt fallen. Ohne einen weiteren Blick rannte der Magier zu mir, packte meine Hand und zog mich mit sich.

„Schnell. Wahrscheinlich lauern hier noch mehr von ihnen."

Das konnte ich mir kaum vorstellen, denn dann hätten die Gefährten des Ninjas doch bestimmt angegriffen. Aber ich hatte keine Chance zum Diskutieren. Außerdem war der Barbar noch nicht zu uns gestoßen. Gut möglich, dass sein Gegner noch lebte. Oder hatten die beiden sich gegenseitig ausgeschaltet?

Ein paar Pfeile setzten meinem Grübeln ein Ende. Zum Glück schirmte der Körper des Magiers mich größtenteils ab. Doch der Treffer, den ich abbekam, reichte aus, um mich an den Rand des Todes zu bringen. Bevor der Bogenschütze seine nächste Salve abfeuern konnte, tauchten mehrere Spieler der Unaussprechlichen auf.

„Wer war das?", fragte eine Spielerin.

„Söldner. Keine Clan-Zugehörigkeit", antwortete der Magier, während er einen Heiltrank trank. „Ich vermute, die Erzengel haben sie geschickt."

„Das stimmt wahrscheinlich", sagte ich. „Sie wollten mich nicht töten, sondern zu einer ‚Unterhaltung' mitnehmen."

„Klar", schmunzelte der Magier. „Du und diese Mechanismen werden dem Clan, mit dem du zusammenarbeitest, Ruhm einbringen. Wenn du ein Mitglied der Unaussprechlichen wärest, könnten die anderen Clans dich nicht so einfach mitnehmen."

Das stimmte. Bei einem Clanaustritt musste man 24 Stunden warten, bevor man sich einem anderen Clan anschließen konnte. So wurde vermieden, dass Spieler Clan-Hopping betrieben und Geheimnisse ausplauderten.

„Denkst du wirklich, sie hätten keinen Kidnappingversuch unternommen, wenn ich zum Clan gehören würde?"

„Ja. Wahrscheinlich hätten sie dich getötet, damit wir nicht von deiner Hilfe profitieren. Wenn du beitrittst, können wir dich noch besser beschützen."

Ich zuckte mit den Achseln.

„Moment Mal. Bist du vielleicht nicht gut genug für unseren Clan?", fragte ein Spieler entsetzt. „Wenn die Chefs dich nicht haben wollen, warum sind wir dann überhaupt hier und beschützen dich?"

„Nein, so ist das nicht. Ich habe das Angebot ausgeschlagen." Jetzt sahen mich noch mehr von ihnen misstrauisch an.

„Lasst ihn in Ruhe", sagte der Magier steif. „Das hat schon seine Richtigkeit." Er war die Gelassenheit in Person. Das passte perfekt zu seinem Spitznamen ChillMal. „Durchkämmt die Stadt. Findet heraus, wer uns angegriffen hat. Ich bringe unseren Schützling ins Lager."

Ich mochte den Magier immer mehr.

Der Weg zum Checkpoint und Aufzug verlief ohne weitere Zwischenfälle. Dort warteten bereits Dutzende von Gremlins. Sie kletterten auf den

Maschinen herum, untersuchten jeden Quadratzentimeter der Technologie der Uralten und wirkten insgesamt höchst zufrieden. Sie alle trugen eine Art Rüstung, die aus zusammengestückeltem Eisenschrott bestand. Einer nutzte ein großes Zahnrad als Brustpanzer, ein anderer ein Küchensieb als Helm, ein dritter hielt einen Bogen ohne Sehne in der Hand. Die Dämonen würden kurzen Prozess mit ihnen machen. Einige sahen so aus, als würden sie sich jeden Moment auf ihre Waffenbrüder und -schwestern stürzen.

Ein wenig abseits der Gremlins und des nach wie vor von den Unaussprechlichen bewachten Aufzugs hatten sich mehrere Spieler versammelt, die das Geschehen beobachteten. Die Anwesenheit meines Gönner-Clans reichte jedoch, um sie auf Abstand zu halten.

„Genau zur rechten Zeit!“, rief Pinky fröhlich. „Die Grünlinge sind kurz davor, die Maschinen zu zerlegen.“

Genau. Gremlins liebten alte Technologie. Sie verehrten solche Dinge als Heiligtümer. Das Problem war, dass auch Heiligtümer in ihre Einzelteile zerlegt und genauestens untersucht wurden.

„He, Finger weg!“, rief ich.

Ich rechnete nicht wirklich damit, dass sie auf mich hören würden, aber zu meiner Überraschung sprang die Meute wie ein Gremlin von den Maschinen und stellte sich in einer unordentlichen Linie auf, bevor sie auf die Knie fiel. Natürlich war es nicht dasselbe Knie. Ein paar der Gremlins machten sogar einen Kotau. „Unser Prinz!“

Ich war baff. Und ich war besorgt: Konnte eine zu große Überraschung mir aufgrund meiner Schmerzeinstellungen in der echten Welt mentalen Schaden zufügen?

Ich bemerkte die Prinzessin und näherte mich ihr. „Reden die etwa mit mir?"

„Natürlich, mein Liebster", säuselte Ar-Norte. „Du bist mein künftiger Prinzgemahl. Sie erweisen dir Ehrerbietung."

Ein Wunder! Eine Dienerschaft aus Gremlins könnte nützlich sein. Doch leider waren sie zu unbeständig, um sich darauf zu verlassen. Hier würde niemand auf mich hören, nur weil ich einen Befehl gab.

Auch ChillMal und die anderen Spieler in der Nähe sahen mich überrascht an.

„Rührt euch", sagte ich und kam mir dabei ziemlich komisch vor. „Prinzessin, wissen alle hier, wie man diese Maschinen bedient?"

„Gewiss", antwortete Ar-Norte zuversichtlich.

Ich musste eine Weile überlegen, was an dem Bild vor mir nicht stimmte. Dann kam dich darauf: „Wo sind die Kampfgolems?"

„An der Front", sagte die Prinzessin mit einer Geste in die Richtung, aus der der Kampfeslärm schallte. „Alle, die nicht ins Chaos gegangen sind, und wissen, wie man kämpft, verteidigen die Stadt mit den Kampfgolems."

Noch einmal betrachtete ich die Gremlins vor mir. „Wer sind dann die?"

„Alte Gremlins, Kinder, Gremlins mit speziellen Bedürfnissen." Die Prinzessin zuckte mit den

Schultern. „Alle, die nicht weggelaufen sind und sich nicht der Armee angeschlossen haben."

Na super! Und mit dieser Truppe sollte ich die Dämonen ausschalten? Ich war mir nicht sicher, dass meine Untergebenen in der Lage wären, die Maschinen bis in die Reihen der Feinde zu steuern.

„Was sagst du? Akzeptierst du das Kommando über deine Armee?", wollte Ar-Norte wissen. Ich glaubte, einen leichten Sarkasmus in der Frage zu hören. Andererseits hörte sich jedes Wort, das ein Gremlin sagte, sarkastisch an.

„Natürlich", sagte ich ein wenig missmutig. Was blieb mir anderes übrig?

Sofort wurde eine Gruppenbeitrittsanfrage vor meinem geistigen Auge angezeigt. Alle Gremlins, die Prinzessin und ich wurden Teil einer Gruppe. Das hatte auch sein Gutes: Keiner von ihnen würde versuchen, mich umzubringen. Zumindest nicht direkt.

„Weißt du schon, wo der Angriff laufen soll?", fragte ich Pinky, während ich die Gremlins zählte. Mit der Prinzessin waren es 63 kleine grüne Soldaten auf Level 60 bis 80. Mir wurde wieder einmal bewusst, wie hoffnungslos unterlegen ich war. „Hast du überhaupt Neuigkeiten von der Front?"

„Momentan sind die Kräfte in etwa gleichverteilt. Bisher sind noch keine Trümpfe ausgespielt worden."

„Trümpfe?"

„Na, besonders starke Spieler oder Artefakte. Beide Seiten halten den Gegner genau im Auge. Jeder lauert auf die beste Gelegenheit, um einen heftigen Treffer zu landen. Wir und diese Maschinen sind so ein Trumpf. Wir werden dem Gegner in die rechte Flanke fallen, sobald wir das Signal erhalten. Es gibt einen Tunnel dorthin. Während du unterwegs warst, hat die Prinzessin uns einen Geheimgang gezeigt. Von dort können wir einen kurzen Tunnel bohren, der uns hinter die Reihen der Dämonen führt."

Ich nickte. Eine der Maschinen sah wirklich aus wie ein gewaltiger Erdbohrer. Die Bohrspitze flimmerte. Sie war bestimmt magisch aufgeladen. Das wäre unsere Eintrittskarte.

„Worauf warten wir noch?", fragte ich und gab den Gremlins einen Wink. „Ich starte die Maschinen!"

Als ich meine Fähigkeit für den ersten Mechanismus nutzte, gab es eine angenehme Überraschung.

Einsatz der Fähigkeit ***Kontrolle über Maschinen der Uralten*** *auf mittelgroßen Mähdrescher zu 80 % erfolgreich*

Du kannst nun folgende Befehle erteilen:

– Einschalten

– Ausschalten

– Selbstzerstörung

– Schutzmodus (Dauer: 20 Minuten)

Holla!

„Pinky, es hat geklappt", rief ich glücklich. „Ich habe eine weitere Option freigeschaltet."

„Welche?"

„Schutzmodus. Ein Gremlin in der Stadt hat mir verraten, dass ein solcher Modus in viele Maschinen der Uralten eingebaut ist.“

„Allein das Wissen darüber reicht, damit du den Befehl nutzen kannst?“, fragte Pinky ungläubig. „Wie seltsam! Was bewirkt der Modus?“

„Ich habe keine Ahnung.“

„Probier es aus“, schlug sie eifrig vor.

Wieso nicht? Ich wartete, bis einer der Gremlins den Mähdrescher aus dem Aufzug gefahren hatte, dann wählte ich den Befehl.

Der Befehl kann nur einmal alle 24 Stunden genutzt werden. Aktivieren?

Oh. Eine Abklingzeit von 24 Stunden für 20 Minuten Nutzdauer? Wir hatten nur 47 Maschinen. Eigentlich war die Fähigkeit zu wertvoll, um einen Test zu machen. Ich steckte in der Zwickmühle.

„Was ist?“, fragte Pinky ungeduldig.

„Die Funktion kann nur einmal täglich für 20 Minuten aktiviert werden. Ich bin mir nicht sicher, ob es eine gute Idee ist, einen Testlauf zu machen.“

Pinky dachte kurz nach. „Du hast recht. Vielleicht wird eine wirklich mächtige Waffe daraus! Wir sollten bis zum richtigen Moment damit warten.“

Währenddessen hatte ich die anderen Maschinen eingeschaltet. In einer langen Reihe fuhren die Gremlins aus dem Aufzug. Das ging nicht ohne Blessuren ab. Einige kollidierten mit anderen Maschinen, eine Schaufel rammte die Türen des Aufzugs, die danach so verformt waren, dass ich von einer größeren Reparatur ausging — wenn der Aufzug sich jemals wieder in Bewegung setzen würde.

„Du Einfaltspinsel von einem Frosch“, kreischte die Prinzessin. „Was machst du denn da?“

„Mein Fehler, Prinzessin“, stammelte der Gremlin. „Die Steuerung funktioniert nicht richtig.“

Wie sich herausstellte, waren die Mechanismen der Uralten nicht im Topzustand. Acht waren nicht mehr fahrtauglich, drei weitere wiesen mehr oder weniger große Schäden auf. Ob es die Spieler gewesen waren, die Gremlins oder einfach nur der Zahn der Zeit? Egal, uns blieben also nur 39 Maschinen.

„Damit ist es beschlossen“, entschied ich. „Wir werden den Schutzmodus nicht testen. Wir brauchen jede dieser Maschinen. Hoffentlich ist der Modus nicht einfach eine weitere Form der Selbstzerstörung.“

Wir quetschten uns auf die fahrtüchtigen Maschinen und fuhren in Richtung Geheimgang. Die Prinzessin, Pinky und ich fuhren auf dem Mähdrescher an der Spitze mit. Es war die größte Maschine von allen. Auf den Maschinen rechts und links von uns hatten der Magier und zwei weitere Unaussprechliche Platz genommen. Ich schickte Ne-Tarok eine Nachricht und informierte ihn über unsere Pläne, damit er zu uns stoßen konnte. Immerhin hatte auch er eine Quest zu erledigen. Gemeinsam mit uns wuchsen seine Chancen. Leider konnte ich ihn nicht in unsere Gruppe aufnehmen.

Nach einer Weile erreichten wir den Punkt, den

Pinky auf einer Karte markiert hatte. Langsam arbeiteten wir uns durch den Tunnel vor. Hin und wieder rumste es ordentlich, denn die Gremlins waren nicht in der Lage oder willens, geradeaus zu fahren.

„Hier ist es“, stellte Ar-Norte fest und zeigte auf die Wand. „Wir sollten nicht länger als 15 Minuten benötigen, um den Tunnel zu bauen. Auf der anderen Seite sind wir durch Lavaausläufer und Felsstaub vor den Dämonen verborgen.“

Wir versammelten uns in einem improvisierten Lager und warteten auf den Befehl des Hauptquartiers. Die Prinzessin verschwand für eine Weile und kam dann mit einem Arm voller lilafarbener Pilze zurück.

„Bist du hungrig, Liebling? Ich habe dir etwas zu essen gemacht.“

Gewöhnliche Giftpilze
Auswirkung:
+100 auf ein zufälliges Attribut
–100 auf ein zufälliges Attribut
Wahrscheinlichkeit, zwei Stunden lang zu halluzinieren und Emanationen des Chaos zu sehen

„Vielen Dank, sehr lieb von dir. Aber ich habe keinen Hunger“, sagte ich.

„Mehr für mich“, erwiderte die Prinzessin und stopfte sich sämtliche Pilze in den Mund.

War das für die Gremlins eine normale Mahlzeit?

„Willst du wirklich keinen Pilz?“, fragte sie

kauend und hielt mir eine Gabel entgegen. „Mund auf!"

„Vielleicht solltest du dich lieber um dein Volk kümmern? Da drüben scheint es Streit zu geben", sagte ich, glücklich über die Ablenkung.

Sofort lief Ar-Norte los. Ich seufzte erleichtert. Ich musste mir schleunigst etwas überlegen. Ja, sie war nützlicher, als ich gedacht hatte. Aber mein Nervenkostüm war nicht dafür gemacht. Allein ihre Versuche, mich zu küssen. Ich war bestimmt nicht fremdenfeindlich, aber das? Okay, vielleicht war ich Gremlins gegenüber doch ein wenig fremdenfeindlich eingestellt.

„Was ist los mit dir? Du guckst so komisch", wollte Pinky wissen.

„Ich denke darüber nach, wie ich die Avancen einer gewissen Gremlin-Dame abwehren kann", sagte ich.

„Wo ist das Problem?" Sie lachte. „Das ist ein Spiel. Sie reagiert ausschließlich auf deinen Status. Im echten Leben ist es nicht einfach, die Gefühle einer anderen Person zu beeinflussen. Aber hier reicht es aus, dieses eine Attribut zu ändern."

Ich schüttelte den Kopf. „Leider ist es komplizierter. Willst du wissen, wieso sie mich liebt? Weil ich sie hereingelegt habe."

„Logisch. Sie ist ein Gremlin."

„Ja. Hast du eine Idee, wie ich im Ansehen bei ihr sinken kann?"

Pinky dachte einen Moment nach.

„Du solltest vielleicht etwas Nettes für sie tun? Wenn du Glück hast, stehen Gremlins auf Machos.

Sei einfach liebevoll und freundlich. Schenk ihr Blumen. So etwas eben."

Was sollte ich tun? Nett zur Prinzessin sein? Das klang wie ein Albtraum.

„Auf keinen Fall", widersprach ich. „Vielleicht sollte ich meinen Ruf beim Volk der Gremlins ruinieren. Das hilft bestimmt auch."

„Möglich", stimmte Pinky zu. „Du könntest den Dämonen helfen, Arkem zu erobern. Dann wären die Gremlins bestimmt sauer auf dich."

Ich schmunzelte. „Die Prinzessin geht mir zwar auf die Nerven, aber das würde ich nie tun."

Etwa 20 Minuten später kam ein atemloser Ne-Tarok durch den Tunnel gerannt. Er sah aus, als hätte er untrainiert einen Marathon hinter sich gebracht.

„Sie haben dich wirklich gehen lassen?"

„Ich habe getan, was ich konnte. Meine Güte, habe ich ein Geld für Zauber ausgegeben! In der echten Welt könnte man dafür bestimmt eine Privatinsel im Pazifik kaufen, komplett mit einer Luxusvilla und dem nötigen Wasserflugzeug."

Ich wies Ne-Tarok einen Platz auf einer der Maschinen in meiner Nähe zu.

„Sieh an, Mr. Minderbemittelt", begrüßte der Gremlin mit dem Küchensieb auf den Kopf ihn, bevor er Ne-Tarok einen ebensolchen Helm in die Hand drückte. „Komm, du kannst dich mir anschließen."

Ne-Tarok seufzte, nahm das Sieb und setzte es auf. „Was tut man nicht alles für die Quest!"

„Wir brechen in 20 Minute auf", rief Pinky in die Runde. „An dieser Flanke sind Hohe Dämonen im

Einsatz. Wir werden von hinten angreifen und versuchen, sie auszuschalten."

Setzte Antibiotic wirklich so viel Vertrauen in unseren Plan? Oder waren wir nur Kanonenfutter und eine willkommene Ablenkung? Immerhin waren Hohe Dämonen mindestens auf Level 100.

„Schaltet den Bohrer ein!", befahl die Prinzessin. Die Maschine vor mir bebte, als der Bohrer zum Leben erwachte.

Nachdem er einige Meter in der Wand verschwunden war, schlossen wir uns mit den anderen Maschinen an. Wie von der Prinzessin vorhergesagt, dauerte es nur 15 Minuten. Der Bohrer verschwand nach unten. Vor uns erstreckte sich die gewaltige Armee des Infernos. Zum Glück waren sie ein gutes Stück entfernt. Stalagmiten behinderten die Sicht auf den Tunnelausgang. Einige Gremlins sorgten mit Gesteinsstaub für Nebel. Ich konnte nur hoffen, dass aus der Ferne keine verdächtigen Bewegungen zu sehen waren.

Wir stellten alle 39 Maschinen in einer langen Reihe ab.

„So, jetzt warten wir auf das Signal zum Angriff." Pinky hopste ungeduldig auf und ab.

„Genau", nickte ich.

So hatte ich mir meine Rolle in einer großen Schlacht nicht vorgestellt. Andererseits verfügten von den Anwesenden nur die Unaussprechlichen über echte Kampferfahrung. Auf die Gremlins würde ich nicht zählen können. Gegen die Mobs wirkten die 39 Mechanismen der Uralten nur wie ein Tropfen im Ozean.

Ich stieg von der Maschine. „Ich darf mich nicht an den Kämpfen beteiligen. Wenn ich sterbe, kann niemand den Maschinen Befehle erteilen."

„Wie wahr, mein Liebster", stimmte die Prinzessin mir zu. „Ich habe auch nicht vor, zu sterben. Überlassen wir das dem Pöbel." Mit diesen Worten nickte sie in Richtung der anderen Gremlins.

Es hätte mir durchaus gefallen, Ar-Norte in den Kampf zu schicken.

„Ich kämpfe!", rief Ne-Tarok entschlossen. „Das wird ein Riesenspaß!"

Pinky und die Unaussprechlichen würden bei mir bleiben, denn sie waren zu meinem Schutz abgestellt. Wir kletterten ein Stück den Hang hinauf, während die Maschinen in einer Staub- und Sandwolke losfuhren. Einer der Gremlins hatte ein Radio entdeckt und spielte Musik mit voller Lautstärke. Damit war jede Chance auf einen Überraschungsangriff dahin. Ich hatte nicht gewusst, dass die Uralten Soundanlagen in die Landmaschinen eingebaut hatten. Eine Mischung aus House-Musik und Blechinstrumenten erfüllte die Höhle. Der Komponist war ganz sicher taub gewesen.

„Hier." Die Prinzessin reichte mir ein Fernglas.

Ich bedankte mich. Ein weiteres nützliches Utensil, an das ich nicht gedacht hatte. Wieso eigentlich nicht? Ein Fernglas kostete nicht viel und nahm kaum Platz im Inventar ein.

Damit konnte ich sehen, dass die Uralten natürlich keine Radios verbaut hatten. Der verrückte Gremlin hatte eine Boombox dabei, ein Relikt aus den 1980er-Jahren unserer Realität. Wie geplant, fuhren die Maschinen mit großem Abstand auf das Schlachtfeld zu. Wir wollten Zusammenstöße oder Kettenreaktionen bei einer Selbstzerstörung vermeiden.

Obwohl die Dämonen den Angriff bemerkten, behielt die Armee die Stoßrichtung bei. Nur eine kleine Gruppe von vielleicht 100 oder 200 Dämonen löste sich und hielt auf die Gremlins zu. Es schienen keine höheren Dämonen dabei zu sein. Doch auch dieser Trupp war ein unheimlicher Anblick. Die mächtigen gehörnten Bestien erinnerten an Zentauren, wobei die Unterleiber dann doch eher von Nashörnern zu stammen schienen. Rote Muskelstränge zeigten ihre Kraft. Die Kiefer waren lang und mit Krokodilszähnen bestückt. Im Fernglas wurde die genaue Bezeichnung angezeigt: *Krokosaurus, Level 90*

Ich beobachtete und wartete auf den Augenblick, in dem die beiden Gruppen einander erreichen würden. Überraschenderweise machten die Gremlins kurzen Prozess mit den Dämonen. Wie ein Rammbock pflügten sie durch die Horde der Mobs. Die Mechanismen der Uralten waren viel zu wuchtig für die Krokosaurus. Die Schaufeln, Messer und Zinken der Landmaschinen verursachten gewaltigen Schaden. Da die Gremlins und ich Teil einer Gruppe waren, konnte ich genau verfolgen, wie viele Dämonen starben. Die Maschinen waren wirklich effektiv! Ein Krokosaurus nach dem anderen gab den Löffel ab, und die Maschinen waren unbeschadet.

„Wir hätten mitfahren sollen“, rief Pinky. „Das ist ja so cool!“

Schon löste sich eine weitere Gruppe von Dämonen aus der Streitmacht. Dieses Mal handelte es sich ausschließlich um höhere Dämonen. Sie waren größer als unsere Maschinen. An den Enden ihrer vier Gliedmaßen prangten extrem lange, tiefschwarze Klauen. Der erste Mob griff aus 3 Meter Entfernung mit der Klaue an. Die Kabine, in der der Gremlin gesessen hatte, wurde von der Maschine gefetzt. Wie ein gefällter Riese blieb die Maschine stehen. Dann zermalmten die Dämonen weitere Maschinen.

„Jag die fahrerlosen Maschinen in die Luft“, kreischte die Prinzessin direkt neben meinem Ohr.

Wieso in die Luft jagen? Ich wollte wissen, was der Schutzmodus tat. Ich nahm die zuerst ausgefallene Maschine ins Visier und schickte den Befehl:

Schutzmodus aktivieren.

Kapitel 8

DIE LANDMASCHINE STAND einen Moment lang bewegungslos da, dann bildete sich am Heck ein stählerner Schwanz. Die Räder lösten sich auf und wurden durch kurze, mächtige Beine ersetzt. An der Frontpartie wuchs eine Art Dornenschild. Das Ergebnis erinnerte mich ein wenig an einen Styracosaurus. Ich hielt den Atem an, als der Schwanz nach vorn peitschte und dem Dämon einen Hieb versetzte, sodass er nach hinten geworfen wurde. Die Maschine setzte hinterher und spießte den Mob auf ihrem gewaltigen Bughorn auf.

„Ha!“, rief die Prinzessin begeistert und klatschte in die Hände. „Verwandle sie alle! Wir werden es ihnen zeigen!“

Zum Glück verspürte ich noch immer einen starken Widerwillen dagegen, die Befehle der Prinzessin ungefragt umzusetzen. Der Schutzmodus war so mächtig, dass es überhaupt keinen Sinn ergab, alle Maschinen gleichzeitig zu verwandeln.

Fünf davon sollten mehr als ausreichen. Ich gab den Befehl, und wenig später standen verschiedene Dinosaurier-Maschinen-Zwitter auf der Ebene. Um welche Art Saurier es sich genau handelte, konnte ich nicht erkennen. Doch sie alle waren riesig und verfügten über nadelspitze Zähne, lange Klauen und eine starke Panzerung. Jetzt wurde der Jäger zum Gejagten! Die Konstrukte der Uralten machten kurzen Prozess mit den Dämonen. Ich erhielt einen winzigen Anteil der Erfahrung, die es als Belohnung für den Tod der höheren Dämonen gab. Das lag daran, dass die Erfahrungspunkte unter der gesamten Gruppe aufgeteilt wurden. Hätte ich die Hälfte erhalten, wäre ich für jeden der Mobs vermutlich ein- oder zweimal aufgelevelt. So dauerte es ein paar Minuten, bevor der stetige Strom an Erfahrungspunkten mich auf Level 51 brachte. Ich war zufrieden.

Leider gab es auch ein paar Verluste zu beklagen. Am Ende des Gefechts standen uns die fünf Dino-Maschinen und 30 unverwandelte Maschinen zur Verfügung. Vier Fahrer waren gestorben. Ihre Maschinen waren so stark beschädigt, dass der Schutzmodus nicht mehr zur Verfügung stand. Selbstzerstörung wäre eine Option gewesen, aber das Kampfgetümmel war so dicht, dass ich dabei neben Dämonen auch unsere Leute und andere Maschinen erwischt hätte.

„Wenn wir 100 oder 200 von den Dingern hätten, würden wir den Clan Geist der Jagd ruckzuck in die Schranken weisen und auf Platz eins der Rangliste klettern“, stellte der Magier ehrfürchtig fest.

Träum weiter. Die Mechanismen der Uralten waren so konstruiert, dass sie nur von NPCs bedient werden konnten. Außerdem war nur ein Spieler mit speziellen Fertigkeiten in der Lage, sie zu aktivieren — und selbst dafür musste man erst die passende Quest erhalten. Wenn ich mir das Gemetzel so ansah, war das eine weise Entscheidung der Entwickler.

„Ich habe Nachricht von Antibiotic erhalten", sagte Pinky und sah von ihrem Tablet auf. „Er ist sauer auf dich, weil du ihm nicht vorher gesagt hast, was die uralten Maschinen leisten können."

Natürlich beobachteten sie uns. Auch ohne das Allsehende Auge war das kein Problem. „Ich wusste es ja selbst nicht."

„Wir sollen die Dämonenhorde so weit wie möglich ausdünnen. Dann schicken die Verteidiger von Arkem die Hauptstreitmacht aufs Schlachtfeld. Bisher haben sie diese Truppen zurückgehalten. Auf diese Weise sollte der Sieg unser sein."

Ich war überrascht. „Hat Antibiotic das genau so geschrieben? Ich dachte, er macht nicht viele Worte."

„Wenn er redet. Im Chat schreibt er ganz normal", verteidigte Pinky ihren Clan-Anführer.

Das war ja alles schön und gut, aber unsere Machtdemonstration hatte dazu geführt, dass die Dämonen die kleine Gremlin-Truppe als ernstzunehmende Gefahr betrachteten. Etwa die Hälfte der höheren Dämonen war unterwegs, um ihr den Garaus zu machen. Das war die perfekte

Gelegenheit, die schwer beschädigten Maschinen einzusetzen! Ich nutzte das Tablet, um Ne-Tarok anzuweisen, sich zurückfallen zu lassen.

Er antwortete sofort. „Wer kann, zieht sich zurück. Allerdings lassen sich die Maschinen im Schutzmodus nicht kontrollieren. Die Kabinen sind versiegelt, und die Fahrer können nicht mit uns kommunizieren."

Das hieß also, dass die KI 20 Minuten lang alle Funktionen der Maschine steuerte und die Insassen schützte. Hätte ich auf die Prinzessin gehört und den Modus für alle Maschinen aktiviert, wäre ein gewaltiges Chaos ausgebrochen. Eine Stampede unkontrollierbarer Maschinen hätte gewütet!

Die Landmaschinen zogen sich langsam zurück, sodass die fünf Dino-Maschinen und die beschädigten Mechanismen zwischen ihnen und den anrückenden Dämonen standen. Die Dinosaurier stellten sich der ersten Mobwelle entgegen und zerschmetterten die Dämonen mit Klauen, Schwänzen und Beinen. Sobald sie auf allen Seiten von Dämonen umgeben waren und der Rest der Horde an ihnen vorbeistürmte, jagte ich die vier defekten Maschinen gleichzeitig in die Luft — und dazu auch gleich die Dino-Maschinen.

Obwohl wir fast einen Kilometer vom Explosionsherd entfernt waren, schüttelte die Schockwelle uns ordentlich durch. Ich stieg von einer Sekunde auf die nächste auf Level 55 auf. Von den Maschinen und Dämonen war nichts mehr zu sehen. Dort klaffte nur noch ein etwa 10 Meter tiefer Krater von circa 50 Metern Durchmesser. Zum Glück hatten sich die anderen Gremlins unter Ne-Taroks Führung weit genug zurückgezogen. Bis auf ein paar Kratzer gab es dort keine Schäden zu beklagen.

Achtung! Du bist taub. Der Effekt hält zwei Minuten an.

Die Schockwelle war wohl heftiger gewesen, als ich dachte.

„…!“ Pinky rief etwas, aber niemand konnte sie hören.

Wir zogen unsere Tablets heraus.

„Auf diese Weise können wir die halbe Armee auslöschen!“, schrieb sie mir.

Ich mochte nicht glauben, dass es gar so einfach war, aber die Wucht der Explosion bot auf jeden Fall Grund zur Hoffnung. Mir wurde heiß und kalt beim Gedanken an die Macht, über die ich gebot. Hatte Hotei dafür gesorgt?

Pinky blickte eine Weile auf ihr Tablet, dann packte sie meine Schulter und hielt mir den Bildschirm vor die Nase.

Eine Nachricht von Antibiotic: *Ihr solltet ein oder zwei Portale des Infernos erreichen können. Ich habe die ungefähren Positionen auf der Karte markiert. Unsere Fachleute haben berechnet, dass die Explosion einer der Maschinen ausreichen müsste, um ein Portal völlig zu zerstören. Damit können wir sie besiegen. Wir erhöhen den Druck an allen Fronten. Wenn es gelingt, ziehen wir die Aufmerksamkeit der Hauptstreitkräfte des Infernos auf uns. Das macht eure Aufgabe leichter.*

Ob es wirklich so enden würde? Ich fragte Pinky, um was es bei einer solchen Belagerung normalerweise ging. Welches Ziel mussten die Verteidiger und Angreifer jeweils erreichen? Sie erklärte mir, dass die Dämonen das *Herz der Stadt* erobern mussten, um zu gewinnen. Dabei handelte es sich um ein Artefakt, das im Zentrum des Heerlagers bewacht wurde. Normalerweise wurden diese Artefakte in einem abgesicherten Gebäude tief in der Stadt aufbewahrt, aber die vielen Herrscher der Demokratischen Republik der Gremlins hatten sich nie auf den genauen Ort einigen können. Außerdem verfügte Arkem sowieso nicht über nennenswerte Befestigungsanlagen. Also hatte man entschieden, das Herz im Spielerlager unterzubringen. Sie berichtete weiter, dass die Verteidiger den Sieg auf zwei Arten erringen konnten: Entweder mussten sie die Angreifer zurückschlagen, bis diese den Schwanz einkniffen und verschwanden, oder sie mussten die beiden Portale schließen. Leider stellte sich heraus, dass sich ein Portal in einer Nebenhöhle befand. Wir konnten nicht einfach eine Maschine dorthin beordern, denn dann wäre sie zu weit von mir entfernt. Hätten wir von Anfang an davon gewusst, hätten wir uns einfach aufgeteilt und uns zum Portal durchgekämpft. Andererseits hatte selbst ich nicht gewusst, wie gewaltig die Explosion einer solchen Maschine war. Dann mussten wir eben jetzt mit ein paar Maschinen in die Nebenhöhle vorstoßen.

Ich informierte Ne-Tarok: „Kommt zurück. Wenn ich es befehle, bleiben drei Maschinen dort, aber jeweils mit 50 Meter Abstand. Der Rest soll sich uns anschließen.“

„Verstanden“, kam die Antwort.

Die Explosion hatte die Dämonen vermutlich richtig wütend gemacht. Immer mehr drängten voran und ergossen sich in den neu geschaffenen Sprengkrater. Auf mein Signal blieben drei der Maschinen stehen. Sofort aktivierte ich den Schutzmodus. Als die Dämonen die Stellung erreichten, konnte ich wieder zusehen, wie ich kleine Mengen Erfahrung gewann. Sobald genug Dämonen in der Nähe waren, aktivierte ich die Selbstzerstörung und steckte mir die Finger in die Ohren. Die anderen taten es mir nach. Vorübergehende Gehörlosigkeit war kein angenehmes Gefühl. Die Prinzessin musste dafür keinen Finger bewegen. Sie konnte einfach die Ohren zusammenrollen.

Diese Explosion fiel etwas schwächer aus, doch es reichte, um mich auf Level 56 zu katapultieren. *Wunderbar!* Verwundert sah ich zu, wie drei weitere Maschinen zurückblieben, dann nochmals vier. Was zum Teufel?

Ich holte mein Fernglas hervor. Über den vier letzten Maschinen sah ich rote Spielernamen — das mussten Spieler sein, die sich dem Inferno angeschlossen hatten. Vermutlich hofften sie, die Maschinen zu deaktivieren.

Unser großer Vorteil war, dass die meisten Kämpfer des Infernos Dämonen waren, die anders als Spieler nicht respawnten. Jeder ausgeschaltete Dämon blieb es auch. Trotzdem war es eine riesige

Übermacht, die auf uns zustürmte. Eine Gruppe feindlicher Spieler hielt auf die Gremlins zu. Sie schafften es relativ mühelos, die Fahrer mit Fernkampfangriffen auszuschalten. Ich war mir allerdings sicher, dass keiner von ihnen die Kontrolle über die Maschinen der Uralten übernehmen könnte.

Ich verwandelte die sieben verlorenen Maschinen in Dinosaurier, damit sie die Dämonen bekämpften. Dann hatte ich wieder Zeit, den Rückzug der 20 restlichen Maschinen zu beobachten. Einige der geschickteren Spieler hatten die Landmaschinen eingeholt. Ein paar von ihnen waren sogar auf Reittieren unterwegs. Insgesamt waren vielleicht 100 Spieler unterschiedlicher Level am Angriff beteiligt. Trotz der heldenhaften Gegenwehr der Gremlins erloschen die Markierungen unserer Truppe eine nach der anderen.

Fünf weitere Maschinen blieben liegen. Ich jagte die sieben bereits verwandelten in die Luft, dann aktivierte ich den Schutzmodus der fünf neuen. Mittlerweile hatte ich Level 59 erreicht. Das war gut. Weniger gut war, dass wir nur noch 15 Maschinen besaßen.

Der Magier stupste mich an. „Wir wurden entdeckt!“ Einige Spieler des Infernos kamen in unsere Richtung.

Was sollten wir tun?

„Ich sehe sie“, sagte Pinky in diesem Moment. „Wir müssen sie aufhalten.“ Dann warf sie mir einen Blick zu: „Du bleibst hier und kümmerst dich um deine Spielzeuge. Ich hoffe nur, wir können sie lange genug aufhalten.“

Mit meinem Fernglas hatte auch ich die Gruppe entdeckt. Es waren so viele! Zehn Reiter auf Rappen, deren rote Augen wie glühende Kohlen funkelten. Sie alle waren etwa auf Level 100, ließen unsere Mechanismen der Uralten links liegen und galoppierten auf uns zu. Die vier Spieler, die bei mir waren, hatten keine Chance gegen diese Übermacht.

„Wartet!“, rief ich. Ich blickte mich um. Es gab hier keine Versteckmöglichkeiten. Damit ich die Maschinen kontrollieren konnte, benötigte ich Sichtkontakt. Doch hier auf dem Hang stand ich da wie auf einem Präsentierteller. Die Spieler des Infernos konnten mich problemlos mit einem Scharfschützenangriff ausschalten. Dagegen würden auch die Unaussprechlichen nichts tun können. Ich beschloss, die aufgegebenen Maschinen zu sprengen: *Selbstzerstörung*

Fünf Explosionen hallten durch die Höhle. Die Maschinenbesetzer wurden an ihre Respawn-Punkte geschickt, und ich stieg auf Level 62 auf. Vielleicht lag Pinky richtig und das war eine Art Cheat. Ich konnte mir nicht vorstellen, dass es viele andere Spieler gab, die so schnell so viele Level aufstiegen. Von unserer ursprünglichen Flotte schafften es nur vier vom Schlachtfeld. Die anderen wurden ebenfalls gestoppt und erobert. Ohne viel Federlesens zerstörte ich alle liegengebliebenen Maschinen. Das riss nochmals eine große Lücke in die Dämonen und feindlichen Spieler.

Ich erreichte Level 63, was mir einen

Rippenstoß von Pinky einbrachte: „Du bist ein falscher Fuffziger! Das ist doch kein verdienter Levelaufstieg!“

„Wieso? Ich habe schwer dafür gearbeitet“, erwiderte ich. „Oder denkst du, mein Fertigkeitenlevel für die Kontrolle über die Mechanismen der Uralten habe ich ohne Gegenleistung erhalten? Hättest du auch darin investiert, könntest du jetzt an meiner Stelle stehen. Vorausgesetzt, du hättest Freundschaft mit dem Präsidenten geschlossen und die richtigen Quests angenommen. Das wäre doch bestimmt ein Kinderspiel für dich gewesen, oder?“

„Ach, ist ja auch egal“, sagte sie beschämt. „Viel wichtiger: Was tun wir gegen diese Spieler da? Sie haben uns gleich erreicht. Ich hätte…“

„Mist! *Ich* hätte eine dieser Maschinen behalten sollen, um unseren Rückzug zu decken“, unterbrach ich sie.

„Wieso hast du das nicht getan?“, fragte Pinky anklagend.

„Weil ich manchmal blöd bin“, fauchte ich. „Ich bin eben kein gewiefter Stratege.“

Tatsächlich hatte ich noch nie an so einer großen Schlacht teilgenommen. Man hatte mich praktisch in die Rolle des Befehlshabers gedrängt und mir die Verantwortung für eine kleine Truppe zugeschustert. Unter dem Druck wären selbst erfahrene Generäle ins Schwitzen gekommen.

„Wie recht du doch hast!“, mischte die Prinzessin sich mit tröstender Stimme ein. „Wie gesagt, du hast die Kraft, ich das Köpfchen. Ich mache mir zum Beispiel Gedanken über den Geheimgang hinter uns. Er führt direkt nach Arkem. Die Invasoren dürfen ihn auf keinen Fall erreichen!"

Pinky musste schmunzeln, aber mir war nicht nach Lachen zumute. An diese Gefahr hatte ich gar nicht gedacht!

„Ich habe ein paar Sandbomben bei mir", erklärte die Prinzessin. „Du kannst sie als Deckung verwenden. Ich blockiere den Gang von der anderen Seite."

„Womit?"

Der Gremlin sah mich aus großen Augen an. „Jede Dame, die etwas auf sich hält, trägt stets ein paar Dynamitstangen bei sich."

„Wieso sagst du das erst jetzt?", rief ich wütend.

Der Magier hob eine Barriere, an der eine Salve kaum sichtbarer Pfeile abprallte.

„Es ist wirklich höchste Zeit!", rief Pinky, noch immer kichernd.

Ich schickte Ne-Tarok eine Nachricht: „Hol uns hier raus!" Dann sprang ich von meinem Aussichtspunkt hinab. Hoffentlich hatte der Gremlin überhaupt die Chance, meine Bitte zu lesen.

Währenddessen warf die Prinzessin mehrere Sandbomben, um uns vor den Augen der Angreifer zu verbergen. Hoffentlich waren keine Wasser- oder Luftmagier darunter, die den schützenden Vorhang vertrieben.

„Weißt du, mein Liebling", begann die Prinzessin, während sie schnell in Richtung Tunnel lief. „Wir hatten eine gute Zeit. Aber je mehr ich darüber nachdenke, desto klarer wird mir, dass es sich zwischen uns ausgeliebt hat. Ich kann es einfach nicht mehr ertragen, für zwei zu denken."

„Wie bitte?" Ich war entsetzt. Wer machte in so einem Augenblick Schluss?

„Genau das meine ich", schnaubte die Prinzessin verächtlich. „Wie du die Mechanismen der Uralten eingesetzt hast — dämlicher kann man sich nicht anstellen. Selbst oben im Aufzug wären sie nützlicher gewesen. Dieses Chaos kannst du gern allein aufräumen. Ich übernehme nicht länger die Drecksarbeit für dich. Ciao."

Sie warf mir noch einen Kuss zu, dann rannte sie in den Tunnel hinein.

Pinky wälzte sich prustend auf dem Boden. „Meine Güte! Ich kann nicht mehr! Mein Bauch tut weh! Der Gremlin hat dir den Laufpass gegeben. Weil du in ihren Augen ein Dummkopf bist! Hihi!"

Sogar der Magier schmunzelte.

„Seid ihr fertig?", schnauzte ich die beiden an. „Spart euch die Puste lieber für das Wegrennen auf."

Noch gewährten Staub und Sand uns Deckung. Auf der Minikarte konnte ich sehen, dass die Maschinen auf der anderen Seite des Stalagmiten angehalten hatten. Es gab nur noch zwei Fahrer, also auch nur noch zwei Maschinen.

„Geh voran", bat Pinky mit unterdrücktem Kichern. „Du weißt, wo es lang geht. Das hoffe ich zumindest."

Dicht beieinander rannten wir los, nur um nach ein paar Schritten auf einen Ritter in roter Rüstung und einen Schwarzmagier zu treffen, die aus dem Sandgestöber traten. Bevor ich reagieren konnte, hatten der Magier und zwei der Unaussprechlichen sich in den Kampf gestürzt. Obwohl sie nur wenige Meter von mir entfernt sein konnten, sah ich nichts — abgesehen vom Aufblitzen der Magie. Eisen klirrte gegen Eisen.

„Sollen wir helfen?“, fragte ich Pinky.

„Wie?“, gab sie zurück. „Helfen. Als ob das etwas nützen würde. Am besten nimmst du meine Hand, damit wir uns nicht verlieren, und führst uns zu diesen verdammten Maschinen. Komm schon, nicht so scheu. Du bist wieder Single.“

Lautes Getöse war hinter uns zu hören, dann übertönte eine Explosion alle anderen Geräusche. Die Prinzessin und ich waren noch in derselben Gruppe. Aufgrund der Erfahrungspunkte, die ich erhielt, vermutete ich, dass sie bei der Sprengung des Tunnels auch einige Spieler erwischt hatte. Sie selbst lebte noch, denn ihr Name wurde mir nach wie vor als Gruppenmitglied angezeigt. Doch ein weiterer Fahrer wurde vom Inferno getötet. Damit blieb uns nur noch ein Mechanismus der Uralten. Ich hoffte sehr, dass Ne-Tarok an Bord war.

Der Mähdrescher war vom Staub verborgen. Wir sahen ihn erst, als wir direkt davor standen. „Freunde!“, rief ich, bevor jemand ein Anbaugerät auf uns niederfahren ließ.

„Endlich! Rein mit euch!“, rief Ne-Tarok überglücklich. „Wenn wir ein wenig kuscheln, ist genug Platz für alle. Wo ist die Prinzessin, Falk? Hast du sie etwa verloren? Ich fände das nicht schlimm.“

Noch ein Komiker.

„Halt den Mund. Sie können uns immer noch

hören. Auch Querschläger können tödlich sein", ermahnte Pinky ihn.

Zu viert quetschten wir uns zur vorhandenen Besatzung in die Kabine. Der kleine Gremlin mit dem Küchensieb-Helm saß am Steuer. Er konzentrierte sich voll auf die Anzeigen an der Instrumententafel. Wenigstens einer, der nicht über mich spottete!

„Habt ihr das gesehen?", rief Ne-Tarok, sobald die Tür geschlossen war. „Das war ein echtes Jurassic-Park-Hacktival! Dagegen sind alle Quests öde. Sogar das echte Leben stinkt ab, wenn man solche Schlachten mitgemacht hat!"

Mir blieb fast das Herz stehen! Hoffentlich hatte keine der lokalen Gottheiten das gehört!

Ne-Tarok blickte von mir zu Pinky, bevor er fragte: „Wo ist die Prinzessin?"

„Das wirst du nicht glauben", begann Pinky, doch ich unterbrach sie. „Ar-Norte ist allein zurückgeblieben, um in heldenhafter Manier den Geheimgang zu sprengen."

Ich wollte vermeiden, dass der Gremlin am Steuer mitbekam, dass ich nicht länger der Prinzgemahl war. Wer weiß, wie er reagiert hätte!

„Wir sollten rasch hier abhauen", sagte ich.

Mit einem Ruck setzte die Maschine sich in Bewegung und zerteilte die Reste des Sandvorhangs. Man konnte mittlerweile wieder mehr erkennen. Rund um den Stalagmiten hatten sich Dutzende Spieler auf Rappen versammelt. Daneben standen zwei herrenlose Maschinen. Sobald die Gegner uns erblickt hatten, gaben sie den Pferden die Sporen.

Kapitel 9

„HACKTIVAL, TEIL ZWO!“, rief Ne-Tarok glücklich. „Gib Gas, Sam-Whitch!“

„Wieso nicht ‚Mad Falk: Doofie Road‘?“, entgegnete Pinky. Dann setzte sie hinzu: „Wie hast du ihn genannt? Sandwich?“

„So heißt er halt“, sagte Ne-Tarok. „Man macht keine Witze über Namen.“

„Haltet euch die Ohren zu“, befahl ich und machte mich bereit, die Maschinen hinter uns zu sprengen. Ich hatte kurz überlegt, sie nicht zu warnen. Dann wären sie gleich betäubt gewesen, und ich hätte ein paar Minuten Ruhe gehabt.

Die Selbstzerstörung schaltet einige der Spieler und Dämonen aus, als der Stalagmit unter lautem Getöse umkippte.

„Bist du sicher, dass keine von unseren Leuten mehr dort waren?“, fragte Pinky vorwurfsvoll.

Upsie. Daran hatte ich gar nicht gedacht. Innerlich hatte ich mich bereits vom Magier und den anderen Unaussprechlichen verabschiedet. Egal, für sie war es bloß ein Spiel. Sie hatten ihre Schuldigkeit getan und würden am Respawn-Punkt starten. Außerdem hätte das Inferno sie sowieso erledigt.

„Die Übermacht des Infernos ist riesig. Ich habe den Abgang nur beschleunigt“, rechtfertigte ich mich ein wenig bedrückt. Tatsächlich hatte ich ein schlechtes Gewissen.

Durch die vielen Multi-Kills war ich bis Level 64 gekommen, aber das gerade waren vermutlich die letzten leicht verdienten Erfahrungspunkte für heute gewesen. Der Staub, den der Stalagmit aufgewirbelt hatte, verbarg uns vorerst vor den Augen der Dämonen. Das galt leider nicht für die Spieler, die auf ihrer Seite kämpften. Ein Blick zurück zeigte, dass sich weitere Spieler der Reitertruppe angeschlossen hatten. Einige saßen auf großen Echsenwesen, die auf zwei Beinen liefen.

„Wir müssen etwa zehn Minuten der Mauer folgen, dann können wir abbiegen“, teilte Pinky nach einem Blick auf ihr Tablet mit. „Das kann der Fahrer gar nicht übersehen.“

„Was ist dort?“, wollte Ne-Tarok wissen.

„Das Portal zum Inferno“, antwortete ich. „Wir werden es sprengen. Hast du meine Nachricht nicht gelesen?“

„Wie denn? Ich habe praktisch auf meinem Tablet gesessen. Auf der Flucht vor den Dämonenhorden konnte ich übrigens meine Pionierfähigkeiten aufleveln.“ Dann wurde sein grünes Gesicht plötzlich rot. „He, das ist das zweite Portal, das wir gemeinsam zerstören, richtig?

Glaubst du, ich darf auch eine sexy Dämonin knutschen?“

Pinky wirkte plötzlich viel munterer. „Dämonin? Sexy?“

„Gut möglich, dass ich euch einander vorstellen kann“, murmelte ich. Theoretisch sollte Lamia mich über nahezu jede Entfernung aufspüren können. Was mich zu der Überlegung brachte, wieso sie bisher nicht aufgetaucht war. „Aber jetzt haben wir wichtigere Dinge zu tun. Wir müssen die Verfolger loswerden.“

Am Heck des Mähdreschers schlugen bereits die ersten Pfeile, Bolzen und Angriffszauber ein. Obwohl wir ziemlich schnell unterwegs waren, holten die Gegner auf. Ich war dankbar für die stabile Kabine, die uns vor den Angriffen schützte. Die einzige Schwachstelle war das große Panoramafenster nach vorn — vielmehr die Tatsache, dass es dort gar keine Scheibe gab. Zum Glück waren die Feinde hinter uns.

Pinky starrte angestrengt ein Loch in die Luft. Sie schien völlig abwesend zu sein.

„Was ist los?“, fragte ich und berührte sie sanft an der Schulter.

„In meiner Wohnung ist der Strom ausgefallen“, sagte sie besorgt. „In einer halben Stunde geht dem Pod der Saft aus.“

„Bitte was? Wohnst du etwa in einem kleinen Dorf am Waldrand?“, wollte Ne-Tarok mitfühlend wissen.

„Nein, in Moskau“, sagte Pinky abgelenkt. „Das ist noch nie passiert. Hoffentlich läuft das Netz bald wieder.“

Ich beschloss, nicht zu erwähnen, dass die Internetanbieter vermutlich nicht mehr so viele Reserven hatten. Immerhin hatte ich dafür keine klaren Beweise.

„Dann müssen wir die Sache hier in der nächsten halben Stunde abschließen“, sagte ich, aber in meiner Stimme fehlte jede Zuversicht. „Am besten fangen wir damit an, die Verfolger loszuwerden.“

„Wenn du etwas Geld hast, weiß ich vielleicht eine Möglichkeit“, zwinkerte Ne-Tarok mir zu. „Ich bin leider völlig blank.“

In meinem Inventar lagen schwerverdiente 85.000 Goldmünzen, von denen ich mich nur ungern trennen würde. Mir gefiel es ganz gut, reich und praktisch ohne Anstrengung 13 Level aufgestiegen zu sein.

„Wie viel?“, fragte ich seufzend.

„10.000 sollten für den Anfang ausreichen“, sagte der Gremlin nach kurzem Nachdenken und rückte das Sieb auf seinem Kopf zurecht.

Für den ANFANG? Doch jetzt war nicht die Zeit, sparsam zu sein. Ich holte 10.000 Goldmünzen aus meinem Inventar und gab sie ihm.

Ne-Tarok warf den Verfolgern die Münzen mit vollen Händen vor die Füße.

„Ich wirke *Wegemaut*“, erklärte er. „Der Zauber verringert die Bewegungsgeschwindigkeit um 20 %. Den Spruch habe ich heute erst gelernt, weil ich in brauchte.“

Ich würde auch gern Dingen lernen, weil ich sie

brauchte. Aber natürlich machte die Göttin es mir nicht so einfach. Entweder musste ich die passende Schriftrolle finden, mir einen Lehrmeister suchen oder sonst etwas tun. Tatsächlich besaß ich erschreckend wenig Fähigkeiten.

Wenigstens funktionierte der Zauber: Unsere Verfolger fielen zurück. Nur die Echsenwesen schienen nicht davon beeinflusst zu werden.

„Sie sind resistent gegen Magie", schlussfolgerte Ne-Tarok. „Du wirst sie bekämpfen müssen."

Im selben Moment schlugen einige Armbrustbolzen harmlos gegen unser Gefährt. Pinky erwiderte den Angriff mit *Blitzschlag,* aber auch der verpuffte über die große Entfernung. Ich zog mein Fernglas heraus und studierte die Spieler hinter uns genauer. Level 110. Das war eine ernstzunehmende Bedrohung. Spieler Nummer eins schien besonders geschickt zu sein. Leider konnte ich seine Klasse nicht erkennen. Nummer zwei war ein Magier. Bei den drei anderen handelte es sich um Kämpfer mit den Gesichtern von Halbdämonen. Diese Spieler hatten sich nicht nur für die neue Gruppierung, sondern auch für deren Volkszugehörigkeit entscheiden.

„Wieso haben die es bloß auf uns abgesehen?", fragte Pinky ungläubig. „Auf ihrem hohen Level würden sie garantiert mehr Erfahrungspunkte sammeln, wenn sie sich an den echten Kämpfen beteiligen. Ich verstehe das nicht."

„Vielleicht geht es ihnen ums Prinzip?", schlug Ne-Tarok vor. „Du weißt schon: Falk hat ihre Kumpel in die Luft gejagt. Rache ist Blutwurst und so was.

Ich an ihrer Stelle wäre auf jeden Fall angepisst. Oder sie wollen einfach die Technik der Uralten erobern?“

Ich beschloss, die Ruhe vor dem Sturm zu nutzen, und ein paar meiner Attributpunkte zu investieren. Die meisten wies ich meiner Intelligenz zu, denn das würde jeden Zusatzschaden erhöhen. Den Rest verteilte ich auf Geschicklichkeit und Stärke.

„Achtung!“, rief Pinky, doch es war zu spät:

Dir wurden 560 Punkte Schaden von Hide zugefügt.

Wie hatten unsere Verfolger es geschafft, so schnell so nah heranzukommen? Sie ritten neben uns und feuerten durch die Fenster in die Kabine. Ich stürzte einen Heiltrank hinunter, bevor ich mich heldenhaft hinter Pinkys Rücken versteckte. Immerhin war sie diejenige mit der elektrischen Verteidigungsfertigkeit.

„Sam-Whitch, zeig, was du drauf hast!“, befahl Ne-Tarok.

Der Gremlin hinter dem Lenkrad nahm seinen Sieb-Helm ab und schleuderte ihn ohne Zielen in Richtung eines der Spieler. Das Küchenutensil zerbarst in einer Halo aus Purpurlicht, und der Spieler stürzte von seiner Echse. Wie ein Bumerang kehrte das Sieb in die Hand des Gremlins zurück.

„Ist nicht wahr!“, rief Pinky aufgeregt. Dann sah sie Ne-Tarok an: „Kannst du das auch?“

„Nein, mein Helm ist wirklich nur ein Sieb“,

antwortete er traurig und rückte seine Kopfbedeckung zurecht. „Es handelt sich um Chaosmagie — nicht meine Klasse. Außerdem beträgt die Abklingzeit zehn Minuten. Jetzt müsst ihr ran!“

Einer der Spieler trieb seine Echse zu noch mehr Tempo an und warf etwas vor die Räder des Mähdreschers. Ich konnte mir nicht vorstellen, dass man diese Maschinen so einfach aufhalten konnte. Wir wurden von einer kleinen Explosion durchgeschüttelt, aber das war es auch schon.

„Lahm!“, spottete Pinky, bevor sie versuchte, die Angreiferin mit einem Stromlasso einzufangen. Doch sie wich aus und gab einen Schuss mit der Pistolenarmbrust ab. Der Bolzen schlug mit einem dumpfen Geräusch in Pinkys Schulter ein.

„Verdammt!“, brüllte meine Beschützerin auf, bevor sie den Bolzen aus dem Fleisch zog und in ihr Inventar steckte.

„Du bist so ordentlich“, stellte Ne-Tarok fest, während er weiter mit meinem Geld um sich warf. „Du wärst bestimmt eine gute Putzfrau.“

„Pass bloß auf. Diese Putzfrau benutzt dich gleich als Schwamm, um mit den Mobs aufzuräumen“, grummelte Pinky. Ich kannte sie gut genug, um zu wissen, dass das keine leere Drohung war.

Während die beiden einander neckten, blickte ich nach vorn. Ein großer Tunnelmund in der Felswand war der Beginn des letzten Abschnitts zum Portal. Ich freute mich schon, dass wir es bald geschafft hätten, aber dann traten die Wachen auf den Plan. Es waren so viele! Die meisten davon Spieler. Natürlich verteidigten sie die Portale, aber ich hatte gehofft, es würden Dämonen sein — mit denen hätten wir leichteres Spiel gehabt.

In der Zwischenzeit hatten die Verfolger die Taktik gewechselt. Sie deckten uns mit einem Pfeil- und Bolzenhagel ein. Einer der Spieler schaffte es mit einem gewagten Sprung auf den Mähdrescher. Pinky versuchte, ihn hinunterzustoßen, aber er wich geschickt aus. Er suchte Halt und warf mit zwei Handäxten. Eine blieb in der Instrumententafel stecken, aber die andere traf unseren Fahrer und rasierte ihm ein Ohr ab.

„Karamba!", kreischte Sam-Whitch. „Das war mein Lieblingsohr!"

Der Angreifer kletterte weiter. Seine Hände umklammerten den Fensterholm. Pinky blendete ihn mit einem roten Laserstrahl. Ich wickelte die Kette meines Shanbiaos um sein Bein, um ihn aus dem Gleichgewicht zu bringen, aber er blieb felsenfest stehen. Eine Finte mit seinem Kurzschwert hätte mich fast die Arme gekostet, doch Pinky blockierte den Angriff im letzten Augenblick mit einem Stromschild. Den nächsten Schlag parierte ich aus eigener Kraft, bevor ich mich nach hinten fallen ließ.

Die restlichen Verfolger nahmen uns von den Rücken ihrer Reittiere aus unter Beschuss. Wir hatten alle Hände voll damit zu tun, auf uns aufzupassen. An Gegenwehr war nicht zu denken.

Wie unserer Fahrer in dem ganzen Trubel die Übersicht behielt, war mir ein Rätsel. Im selben Augenblick meldete er sich zu Wort: „Ohr um Ohr!"

Er zog an einem Hebel, sodass der Mähdrescher ruckartig die Richtung wechselte und auf die Felswand zuhielt. Das zwang einen der Angreifer, sich zurückfallen zu lassen, um nicht zerquetscht zu werden. Unser ungebetener Mitfahrer verlor das Gleichgewicht. Pinky reagierte mit einer Art Mine, die sie ihm unter den Fuß warf. Doch sie explodierte nicht, sondern schleuderte den Angreifer seitlich gegen das Gestein. Nach einem heftigen Aufprall stürzte er direkt vor die Räder des Mähdreschers.

„Magnetmine", erklärte Pinky schnaufend.

„Hat jemand gepupst?", fragte Ne-Tarok plötzlich. „Es riecht nach faulen Eiern."

„Eher Schwefel", stellte Pinky fest. „Kein Wunder. Wir kämpfen immerhin gegen das Inferno."

„Ja, aber das ist ganz schön heftig." Der Gremlin blickte sich wachsam um und schnüffelte.

Auch ich wagte einen Blick aus dem Heckfenster. Zum Glück traf mich kein Pfeil. Doch was ich sah, war auch nicht besser: Jemand hatte es geschafft, ein Pentagramm in das Blech unserer Maschine zu ritzen. Daraus erhob sich gerade ein Dämonenaffe. Der Mob besaß lange Arme, Hauer, die aus einem humanoiden Gesicht wuchsen, rote Haut und schwarzes Fell. Ich war so perplex, dass ich keinen meiner Angriffszauber einsetzte.

„He, da ist ein Pentagramm auf der Maschine", stotterte ich.

„Ein verfluchter Dämonologe!", rief Pinky gleichermaßen verärgert wie fasziniert. „Wie haben die das geschafft?"

„Ein Dämonologe?", fragte Ne-Tarok. „Dann

möchte ich hiermit darauf hinweisen, dass man beschworene Dämonen erst dann bekämpfen kann, wenn sie die Grenzen des Pentagramms verlassen."

„Das weiß doch jeder", kicherte Pinky. Ich hoffte nur, dass es mir gelang, so auszusehen, als hätte ich es ebenfalls gewusst. Na ja, jetzt wusste ich es. Mit wutverzerrter Fratze verließ der Dämon sein Pentagramm und raste auf uns zu.

„*Goldblindheit!*", schrie Ne-Tarok und warf dem Affen eine Hand voller Goldmünzen ins Gesicht. Die meisten Münzen lösten sich in Luft auf, aber zwei klebten sich auf die Augenhöhlen des Mobs, sodass er nichts mehr sehen konnte.

Der Affe brüllte und warf sich auf uns. Mit seinen Pranken schlug er wild um sich. Zum Glück war die Technologie der Uralten wirklich robust, sodass er kaum Schaden an der Maschine anrichtete. Durch das Heckfenster wirkten wir Zauber auf Zauber auf den Dämon. Nach ein paar Sekunden fiel, er seiner Lebenskraft beraubt, zu Boden. Ich hätte das gern gefeiert — wenn nicht drei weitere Mobs aus dem Pentagramm gekrochen wären. Doch jetzt hatten wir eine Strategie: Ne-Tarok schleuderte ihnen Münzen entgegen, woraufhin Pinky und ich angriffen.

„Wie sieht dein Plan aus?", fragte Pinky, während sie die Dämonen mit *Blitzschlag* eindeckte. „Gegen die Affenmobs können wir uns wehren, aber was ist mit den Spielern da vorn? Sobald wir nah genug sind, werden sie uns genüsslich abknallen."

Ich sah, wie ihre Augen rot aufleuchteten. Dann fegte sie einen der Mobs per Laserstrahl vom

Mähdrescher.

„Wir haben keine Wahl“, rief ich. „Wir müssen näher heran. Dann aktiviere ich den Schutzmodus.“

Immer mehr Affendämonen kletterten aus dem Pentagramm. Wir machten kurzen Prozess mit ihnen: Goldblindheit, Blitzschlag, Magnetismus und Shanbiao wehrten einen nach dem anderen ab.

Das Bollwerk, mit dem das Portal geschützt war, rückte immer näher.

„Ich finde die Idee mit dem Schutzmodus nicht gut“, mahnte Ne-Tarok. „Die Maschine ist dann unkontrollierbar, und wir werden in der Kabine eingesperrt. Wie sollen wir dann in die Höhle mit dem Portal gelangen?“

„Wir müssen einfach darauf vertrauen, dass der Dino-Mech die Spieler binnen 20 Minuten erledigt. Sonst ziehen wir sowieso den Kürzeren“, antwortete ich.

In dem ganzen Trubel war einer der gegnerischen Spieler auf die Maschine geklettert. „Eure Reise ist hier zu Ende“, höhnte er hämisch.

Er war ein Halbdämon. Eine Maske bedeckte zwei Drittel eines Gesichts. In den Händen hielt er zwei Pistolenarmbrüste, mit denen er zwei Schüsse abgab. Die anderen konnten ausweichen, aber ich schaffte es nicht.

Dir wurden 730 Punkte kritischer Schaden von ErziDämoni zugefügt.

Wie gut, dass ich vorhin noch meine Attributpunkte investiert hatte! Nach nur einem

Angriff eines Spielers auf Level 110 besaß ich gerade noch 10 Gesundheitspunkte.

Pinky reagierte mit Laser, aber der Halbdämon schien über die Gabe zu verfügen, seinen Körper durchlässig werden zu lassen. Der Laserstrahl glitt einfach so hindurch, ohne Schaden zu verursachen. Das galt auch für Ne-Taroks Geldzauber.

„Sterbt endlich, ihr dämlichen Noobs", knurrte der Halbdämon und schleuderte etwa ein Dutzend Wurfmesser in unsere Richtung. Pinky riss einen Stromschild hoch, doch es waren zu viele Messer. Keiner von uns kam ohne Wunden davon. Allerdings lebten wir alle noch.

Entschlossen machte der Angreifer einen Schritt in die Kabine, um uns den Garaus zu machen. Im selben Moment überquerten wir die äußere Grenze des Dämonenlagers.

„Du hättest dich besser nicht mit uns angelegt", sagte ich mit einem fiesen Grenzen und aktivierte den Schutzmodus. Sofort bedeckten Stahlplatten die gesamte Kabine. Wir konnten nicht mehr sehen, was um uns herum vor sich ging. Tatsächlich konnten wir auch keinen Laut von draußen hören. Dagegen spürten wir um so mehr, als die Maschine begann, sich unkontrolliert zu bewegen. Wir wurden durchgeschüttelt wie auf einem wilden Bullen.

Sam-Whitch hatte sich in seinem Sitz festgegurtet, aber wir suchten verzweifelt nach einer Möglichkeit, uns festzuhalten. Pinky und ich hefteten uns schließlich mit Magnetismus am Boden fest. Ne-Tarok fluchte laut, während er wie ein Tischtennisball von Wänden, Boden und Decke abprallte.

„Haltet mich fest!“, kreischte er, während er mit wild rudernden Armen durch den Raum purzelte. Ich streckte einen Arm aus und schaffte es, ihn zwischen meinem Körper und der Wand einzuklemmen.

„Vielen Dank“, sagte er aufrichtig. „Was passiert nun? 20 Minuten Pause?“

„So sieht es wohl aus“, bestätigte ich. Trotz meiner Haftkraft war das Gefühl alles andere als angenehm. Die Stöße schüttelten uns ordentlich durch.

„Ich würde liebend gern bei euch bleiben“, warf Pinky ein, „aber ich muss Arktanien verlassen, bevor der Schutzmodus endet.“

„Funktioniert der Strom in deiner Wohnung noch immer nicht?“

„Nein.“

„Und das in der Hauptstadt“, stellte Ne-Tarok fest. „Da haben wir in St. Petersburg es definitiv besser.“ „Bestimmt ist es da auch im Sommer ganz toll, nicht wahr?“, erwiderte ich. Auf meine Heimatstadt ließ ich nichts kommen.

„Hoffen wir, dass dieser Dinosaurier alle Gegner aus dem Weg räumt. Dann können wir danach gemütlich zum Portal fahren und es per Selbstzerstörung in die Luft jagen. Das Unschöne ist, dass wir dabei ebenfalls an unseren Respawn-Punkt geschickt werden.“ Ich sah Pinky an. „Sollten welche von den Spielern hier überleben, kannst du uns auch nicht helfen. Sie sind definitiv in der Überzahl.“

Pinky seufzte. „Ja, aber ich würde wirklich gern das glorreiche Finale miterleben. Es nervt, das zu verpassen."

„Gräm dich nicht", tröstete Ne-Tarok sie. „Erinnerst du dich noch an die Spieler auf den Rappen? Die waren ein ganzes Stück hinter uns. Wir werden garantiert mit in die Luft gesprengt. Vermutlich lange, bevor du aus dem Spiel fliegst."

„Mann-o-mann. Ihr seid wirklich Optimisten", stellte Pinky fest.

„Äh... Es gibt da ein kleines Problem", sagte Ne-Tarok und rüttelte an meiner Schulter. „Es geht um unseren Fahrer."

Sam-Whitch saß mit dem Rücken zu uns. Weil er sich festgegurtet hatte, war es bisher nicht aufgefallen, aber er bewegte sich gar nicht mehr. Mich hatte schon gewundert, dass er nichts gesagt hatte.

„Ist er tot?", fragte Pinky.

„Auf jeden Fall", bestätigte ich nach einem Blick auf seine Markierung. Er war wohl von mehreren der Wurfmesser getroffen worden. „Ne-Tarok, hast du inzwischen eine Idee, wie man dieses Ding fährt? Rechtes Rad, linkes, Rad, Gaspedal?"

Ne-Tarok sah mich mit hochgezogener Augenbraue an. „Wann zum Teufel hätte ich mir das ansehen sollen? Hast du etwa Zeit gehabt, dich um andere Dinge als die Echsenwesen, Dämonen und Verfolger zu kümmern? Du hast komische Ideen."

„Dann sitzen wir richtig tief in der Patsche", antwortete ich. „Wir haben noch etwa 19 Minuten, um uns etwas einfallen zu lassen."

Kapitel 10

NACH EIN PAAR MINUTEN löste der Leichnam des Gremlins sich in Luft auf. Ne-Tarok setzte sich auf den Fahrersitz. Gemeinsam grübelten wir, was die Prinzessin über die Steuerung der Maschinen gesagt hatte. Dass wir dabei heftig durchgeschüttelt wurden, machte es nicht leichter.

„Für eine Rechtskurve musste man irgendeinen Schalter unter dem Sitz betätigen“, erinnerte Pinky sich. „Mehr weiß ich nicht mehr.“

Sie saß auf dem Boden und umklammerte die Basis des Sitzes, um nicht herumzupurzeln. Ich hatte mich mit Magnetismus an der Wand fixiert, aber dennoch hoben meine Füße immer wieder ab.

„Dieser Joystick hier war für das linke Rad — glaube ich“, sagte Ne-Tarok zögerlich. Anders als wir passte der kleine Gremlin perfekt auf den Sitz. Die Gurte und die Federung sorgten dafür, dass er kaum etwas von den wilden Bewegungen der Maschine bemerkte.

„Ich war so verwirrt, ich habe ihr nicht zugehört“, gab ich zu. Tatsächlich war ich auf mein Interface konzentriert, in dem ich sehen konnte, wie meine Erfahrung sich langsam, aber sicher Level 65 näherte. Die Maschine musste unter den Mobs ein wahres Gemetzel anrichten. Momentan sah es gut für uns aus.

„Langsam wird mir klar, wieso die Prinzessin dir den Laufpass gegeben hat“, stellte Pinky trocken fest.

„Was soll das heißen?“, fragte der Gremlin erstaunt. Begierig berichtete Pinky ihm jedes pikante Detail und erzählte haarklein, wie die Prinzessin Schluss gemacht hatte. Es war endgültig vorbei. Sogar ihr Name war aus unserer Gruppenliste verschwunden.

„Mit einer Sache hatte sie auf jeden Fall recht“, stellte Ne-Tarok fest. „Wir haben uns bei der Nutzung der Mechanismen der Uralten nicht gerade mit Ruhm bekleckert.“ Dann grinste er breit. „Aber das ist auch egal. Hauptsache, wir haben Spaß! Das ist das Tolle an Falk: In seiner Nähe geht es immer hoch her.“

Pinky brüllte vor Lachen. „Das ist die beste Charakterbeschreibung, die ich je gehört habe!“

Dann widmeten wir uns wieder dem Problem, mussten aber feststellen, dass wir keine Ahnung hatten, wie der Mähdrescher gefahren wurde. Ne-Tarok gab schließlich auf. Wir überlegten, welche Optionen es noch gab.

„Wenn es mit der Maschine nicht klappt, müssen wir eben zu Fuß in die Höhle laufen. Aber womit sprengen wir dann das Portal in die Luft?“, fragte ich.

„Bei dir weiß ich nie, ob du ein Optimist oder ein Pessimist bist“, sagte Pinky. „Ich für meinen Teil bin mir sicher, dass Ne-Tarok das hinkriegt. Denn ohne fahrbaren Untersatz sehe ich kaum eine Chance, das Portal zu erreichen. Die Mobs haben garantiert Wachen aufgestellt.“

„Und ich frage mich, wieso das Portal in irgendeiner Höhle liegt. Wo sind die ganzen Dämonen, die einmarschieren sollten? Bisher ist noch kein einziger Gegner aus dem Tunnel gekommen.“

„Vermutlich ist es der Noteingang“, stellte Pinky achselzuckend fest. „Du hast es doch selbst gehört: Die Verteidiger müssen beide Portale der Eindringlinge zerstören, um zu siegen. Ich würde anstelle der Mobs ebenfalls alle Kämpfer durch ein Portal herbringen und den Standort des zweiten verbergen.“

„Aber Antibiotic wusste doch, wo es ist“, erinnerte ich sie.

„Da siehst du mal, wie gut unsere Kundschafter und Spione arbeiten“, sagte Pinky stolz. „Es könnte natürlich auch sein, dass es sich nur um einen möglichen Standort handelt und wir nur eine von vielen Gruppen sind. Wirklich wissen tut es wohl nur Antibiotic. Alle außer den Clan-Anführern sehen immer nur einen Teil des Bildes.“

Ich wäre wirklich sauer, wenn es nach all der Mühe hier gar kein Portal gab. Dann hätten wir unsere Leute und Maschinen umsonst geopfert. Na ja, nicht ganz umsonst. Immerhin hatten wir die

Reihen der höheren Dämonen ausgedünnt und den Gegner auf jeden Fall geschwächt. Doch das würde am Ende nur helfen, wenn auch das Portal fiel.

„Gehen wir einmal davon aus, dass wir den Mähdrescher zurücklassen müssen. Wie schaffen wir es ungesehen in die Höhle?“, fragte Ne-Tarok. „Falk, wie steht es um deine Verstohlenheit?“

Ich rief das Status-Interface auf. „Elf.“

„Oha. Du bist also der sprichwörtliche Elefant, der während der WM am Anstoßpunkt steht“, kicherte er. „Zum Glück habe ich einen Zauber, der dir hilft: *Standort verbergen.*“

„Wie funktioniert das?“, wollte Pinky wissen.

„Alles, was sich in einem etwa ein auf ein Meter großen Würfel befindet, wird für alle Wesen in der Nähe unsichtbar. Das kostet allerdings 20 Goldmünzen pro Sekunde. Wir müssen halt gut planen, damit Falks Geld reicht.“

Ich seufzte. „Aber was machen wir mit dem Portal?“

„Das ist in der Tat ein Problem“, stellte der Gremlin fest.

„Habt ihr denn kein Dynamit dabei?“, fragte Pinky erstaunt. „Das ist doch die erste Regel in Arktanien: Elixiere, ein Seil, Dynamit, ein Fernglas und Kleidung zum Wechseln gehören jederzeit ins Inventar.“

Wechselkleidung war wirklich wichtig — das konnte ich aus eigener Erfahrung bestätigen. Ich wusste noch genau, wie es Lerth und mir im Sumpf ergangen war. Seitdem trug ich immer einen Satz Klamotten bei mir. Aber Dynamit?

„Wenigstens kennst du die Regel. Zeig her, was du hast“, rief ich voller Hoffnung.

„Kein Problem“, sagte Pinky stolz. „Allerdings ist es nicht gerade viel. Ich habe keine Ahnung, ob es für das Portal ausreicht.“ Sie gab mir zwei Dynamitstangen. „Bitte.“

„Viel zu wenig!“, stellte Ne-Tarok fest. „Das verursacht vielleicht 5000 Punkte Schaden, aber nicht mehr. Schon ein einfaches Gebäude hat 30.000 Punkte. So ein Portal ist gewiss um ein Vielfaches stabiler.“

„Dann bin ich mal gespannt auf deinen Vorschlag, du Genie“, fuhr Pinky ihn empört und beschämt zugleich an.

„Ha!“, erwiderte der Gremlin. „Ich habe das hier.“ Damit zog er eine Art Kanonenkugel aus seinem Inventar. „Die habe ich bei meiner letzten Flugreise von den Gnomen gemopst. Ich wusste, dass sie irgendwann nützlich sein würde. Da binden wir das Dynamit dran.“

„Das reicht nie im Leben“, stänkerte Pinky.

„Warts ab!“ Der Gremlin hob den Zeigefinger. „Dann kombinieren wir das Ganze mit meinem Zauber *Explosive Angebote.* Der erhöht die Wucht jeder Explosion!“

Ich schlug mir die Hände vors Gesicht. „Wie viel?“

„Nun, das ist kompliziert“, kam die ausweichende Antwort.

„Wie viel?“, wiederholte ich ein wenig lauter.

„Wie viel Gold hast du?“

„Vier... äh, ungefähr 30.000“, antwortete ich

lauernd.

Ne-Tarok hob seine Hand in einer beschwichtigenden Geste:

„Das sollte reichen, auch wenn wir *Standort verbergen* nutzen."

Ich hatte es gewusst. Da ging er hin, mein Reichtum.

Ein Timer erschien vor meinen Augen. Der Schutzmodus würde noch fünf Minuten aktiv sein. Seltsamerweise hatte ich schon eine Weile keine Erfahrungspunkte mehr erhalten. Tatsächlich wurde die Maschine nicht mehr durchgeschüttelt. Waren alle Gegner besiegt? Oder waren sie geflohen?

„Meine Zeit hier läuft gleich ab", informierte Pinky mich. „Es gibt da eine Sache. Immerhin sind wir eine Art Team. Wir sind zwar keine Gruppe, und du heimst die ganze Erfahrung allein ein..." Sie runzelte die Stirn. „Egal. Also, ich habe..." Dann reichte sie mir eine Schriftrolle. „Nimm das."

Was ich las, ließ mein Herz höherschlagen:

Verbesserungsschriftrolle für Elektrozauberer

Du kannst das Level einer beliebigen Fertigkeit erhöhen.

„Wahnsinn! Das ist..."

„... extrem selten und kostbar", vervollständigte Pinky meinen Satz. „Ich habe das für Notfälle aufbewahrt. Aber ich habe das Gefühl, du kannst gerade mehr damit anfangen. Wir können später abrechnen. Immerhin bist du ja die verbotene Frucht einer Liebschaft unseres hochwohlgeborenen

Schatzmeisters. Lass ihn einfach wissen, dass ich gern meine Unkosten erstattet haben würde."

„Du hast zu viele Telenovelas geschaut", sagte ich mit hochrotem Kopf. „Er ist nicht mein Vater. Falls Daddy Rothschild sich weigert, dich zu bezahlen, werde ich es tun. Versprochen."

„Fein, wie du willst." Pinky lächelte. „Viel Glück! Schick mir eine Nachricht, wenn ihr es geschafft habt. Die Neugier bringt mich sonst um."

Pinky verschwand. Ne-Tarok und ich blieben allein zurück. Obwohl wir uns erst wenige Tage kannten, fehlte mir ihre lustige und direkte Art schon nach ein paar Minuten. Unsere kleine Gruppe fühlte sich ohne sie einfach nicht vollständig an. In diesen Momenten bemerkte ich, wie schwierig es war, als Einzelgänger unterwegs zu sein.

„Weg ist sie. Hasta la vista, Baby", kicherte Ne-Tarok. Dann sah er mich verschwörerisch an: „Die pinke Maus ist verliebt, was?"

„Wie kommst du denn darauf?", fragte ich und errötete.

„Tja, nun..." Ne-Tarok kratzte sich am Kopf. „Sie tut alles, um dir zu helfen. Sie hat dir eine wertvolle Schriftrolle gegeben. Überaus wertvoll. Hast du eine Ahnung, was die Dinger kosten? Niemand, absolut niemand würde einen solchen Schatz hergeben."

„Ach Quatsch. Du hast es doch gehört: Sie arbeitet für meinen, ich nenne ihn mal Geschäftspartner. Er wird sie dafür bezahlen."

„Das ist doch bloß vorgeschoben", stellte der Gremlin fest. „Wie schaffst du das eigentlich? Die Dämonin, die Prinzessin, die unheimliche Eis-Lady, die den Wächter und die Dämonen erledigt hat. Und jetzt noch Pinky. Ich habe nie so viel Glück mit den Frauen."

Fassungslos sah ich ihn an. „Wenn du es auf die menschliche Damenwelt abgesehen hast, hättest du vielleicht ein anderes Volk wählen sollen. Denkst du nicht, als Mensch hättest du mehr Chancen gehabt? Oder vielleicht als Elf?"

„Ach was. Es gibt Hunderttausende von Menschen und Elfen in Arktanien. Ich wollte auf den ersten Blick hervorstechen. Ich bin absolut zufrieden mit diesem Volk und meiner Klasse. Ich bin praktisch ein Einzelstück."

Das konnte ich sogar nachvollziehen. Auch ich wollte nicht in der Masse untergehen. Trotzdem wäre es mir nicht im Traum eingefallen, ein anderes Volk als die Menschen zu wählen. Vielleicht fehlte es mir einfach an Mut? Wer wusste schon, wie sich so ein anderer Körper anfühlen würde? Egal, so experimentierfreudig war ich nicht.

„Du solltest die Schriftrolle nutzen", forderte der Gremlin mich auf. „Der Schutzmodus schaltet sich jeden Moment ab."

„Hetz mich nicht."

Eigentlich hatte ich Pinky die Schriftrolle zurückgeben wollen, denn meine Klasse war besonders. Aber dann hatte ich mich doch dagegen entschieden. Sie war hübsch. Aber es gab keinen Grund, ihr all meine Geheimnisse zu offenbaren. Selbst dann nicht, wenn sie wirklich in mich verliebt war. Dazu hatte ich zu viele schlechte Erfahrungen gemacht.

Bei Ne-Tarok sah die Sache anders aus. Er war kein Teil der Unaussprechlichen. Außerdem war seine Klasse ebenfalls sehr selten. Ihm konnte ich einen Teil der Wahrheit anvertrauen. Während ich darüber nachdachte, wurde eine Meldung vor meinem Auge angezeigt:

Diese Schriftrolle kann nur einmal verwendet werden. Du kannst damit eine Klassenfertigkeit verbessern, die von deiner Klasse und den Elektrozauberern geteilt wird. Sie erlaubt eine maximale Verbesserung auf Level 2.

Wow. Ich konnte Schriftrollen für Elektrozauberer verwenden? Wenn ich das gewusst hätte, dann hätte ich auf dem Marktplatz danach gesucht. Ich hätte Daddy Rothschild ausgequetscht.

Welche Möglichkeiten hatte ich mit dieser Rolle?

Du kannst *Stromschlag* zu *Starker Stromschlag* verbessern und den zugefügten Schaden um den Faktor 2 erhöhen. Zusätzliche Eigenschaft: *Leitfähigkeit* deaktiviert jeden Abzug, der beim Austeilen von Schaden durch andere Gegenstände wie Waffen, Rüstungen usw. anfällt.

Für *Laser* waren es *Starker Laser* für doppelten Schaden und *Greller Laser,* bei dem der Gegner mit hoher Wahrscheinlichkeit mit Blindheit geschlagen wurde.

Bei *Magnetismus* lauteten die Wahlmöglichkeiten *Fortschrittlicher Magnetismus,* mit dem Objekte aus Eisen nicht nur angezogen und abgestoßen, sondern auch kontrolliert im Raum bewegt werden konnten, und *Magnetische Empfindlichkeit,* mit der man Eisenmetalle aus einer gewissen Entfernung wahrnehmen konnte.

Mit den Laser-Fertigkeiten konnte ich nichts anfangen. Aber die neuen passiven Optionen, die bei der ersten Schriftrolle nicht angezeigt worden waren, schienen mir überaus nützlich zu sein.

In der Ecke des Interfaces zählte der Countdown die verbleibenden Sekunden bis zum Ende des Schutzmodus.

Ich musste mich rasch entscheiden. Gern hätte ich beide gewählt.

Hier im (bzw. unter dem) Gebirge wäre die Fähigkeit, Metall wahrzunehmen, quasi ein Cheat gewesen: Ich würde Wände und Decken der Höhlen ohne große Probleme erklimmen können. Doch im Wald — meinem nächsten Ziel — sähe das schon anders aus. *Stromschlag* mit voller Stärke durch meine Kettenwaffe wäre überall nützlich.

„Zu viele Möglichkeiten?“, fragte Ne-Tarok ein wenig sarkastisch.

„Irgendwie schon“, gab ich zu. „Du verstehst das nicht. Du hast für jede Gelegenheit den passenden Zauber. Wie viele kennst du eigentlich?“

„Unmengen“, erwiderte er. „Aber ich muss für jeden neu gelernten Zauber bezahlen. Und die Platzierung im Schnellzugriff kostet auch Geld. Darum sind einige Zauber, die man nur einmal benötigt, so verdammt teuer. Sie sind nicht Teil meines Abonnements. Irgendjemand scheffelt richtig viel Kohle mit diesem System.“

Es schüttelte mich. Andererseits wäre ein

normales Hochleveln bei derart komplexen Zaubern wohl alles andere als einfach gewesen. Verglichen mit Ne-Taroks Klasse erschien mir die Slider-Klasse fast schon gewöhnlich. Tatsächlich war mir noch immer nicht klar, wo genau die Unterschiede zu einem normalen Elektrozauberer lagen. Gab es überhaupt welche? Ging es vielleicht darum, dass ich meine Fähigkeiten auch in der Realität nutzen konnte?

Ein Geistesblitz durchzuckte mich. Ich hatte die Schriftrolle ausschließlich im Kontext des Spiels gelesen. Aber ich musste auch an die echte Welt denken. Noch war ich in meinen *Safe House* relativ sicher. Aber irgendwann würde ich mich gegen einen Angreifer wehren müssen. *Stromschlag* war dafür sehr nützlich, wie ich bereits erfahren hatte. Aber mit *Magnetismus* konnte ich bei Bedarf an der Fassade eines Gebäudes hochklettern, um zu fliehen. Wer weiß, vielleicht konnte ich sogar unter der Kleidung versteckte Waffen spüren? Unter dem Strich versammelte *Magnetismus* mehr Punkte auf sich, also war meine Wahl getroffen.

Im selben Augenblick erreichte der Countdown die null. Die Stahlplatten vor den Fenstern verschwanden in der Karosserie. Gespannt warfen Ne-Tarok und ich einen Blick nach draußen. Leider befanden wir uns noch etwa 100 Meter vom Eingang der Portalhöhle entfernt.

„Sieht ganz so aus, als hätte der kleine Dino viel Spaß gehabt", stellte Ne-Tarok fest und pfiff durch die Zähne.

Das Felsplateau war von Rissen, Kratern und

anderen Anzeichen der Zerstörung durchzogen. Vom Lager der Spieler war praktisch nichts mehr übrig. Die Körper der toten Spieler waren ebenfalls verschwunden. Der Mechanismus hatte ordentlich gewütet. In der Ferne konnten wir ein paar Reiter auf ihren Rappen sehen.

„Gib Gas!“, forderte ich Ne-Tarok auf. „Das sind zu viele für einen Kampf. Wir müssen es in den Zugangstunnel schaffen.“

„Sagt der Kerl, der dieses Ding ganz bestimmt nicht fahren kann“, sagte der Gremlin und riss an einem Hebel.

Eines der Räder drehte und sorgte dafür, dass wir um die eigene Achse rotierten. Wie auf ein unsichtbares Signal hin setzten die Reiter sich in Bewegung.

„Was ist los? Du musst nur in die Höhle fahren!“

„*Nur*“, fauchte der Gremlin. „Wenn das so einfach wäre.“

Wir rotierten zuerst rechtsherum, dann linksherum. Als Ne-Tarok schließlich beide Räder in Bewegung gesetzt hatte, hatten die Reiter bereits die Hälfte der Strecke überwunden. Ganz langsam näherten wir uns der Höhle. Da nur das rechte Vorderrad und das linke Hinterrad beteiligt waren, ging es in einer Art Krebsgang seitwärts. Wir waren zu langsam!

„Alles wird gut. Wir schaffen das schon“, verkündete Ne-Tarok zuversichtlich. Mit der einen Hand betätigte er die Steuerung, mit der anderen warf er Münzen, um unsere Verfolger auszubremsen. „Siehst du, sie werden schon langsamer!“

Ich versuchte, den Gremlin nicht zu behindern. Die ersten Fernkampfangriffe, Zauber und Fähigkeiten wurden gegen uns eingesetzt. Ein Feuerball traf die Kabine, gefolgt von einem wahren Pfeilhagel. Zum Glück waren nicht alle Reiter auch Fernkämpfer.

Als die Maschine den Tunneleingang erreichte, offenbarte sich das nächste Problem: Sie war zu breit für den schmalen Durchgang. „Mist! Wieso ist hier alles so eng?“, schimpfte der Gremlin. Ich konnte ihm nur zustimmen.

Wie ein Mann sprangen wir aus der Kabine und rannten in den Tunnel hinein. Wir hatten etwa 20 Meter geschafft, als ich hörte, wie die ersten Reiter über den Mähdrescher sprangen. Ich fluchte, dann rief ich Ne-Tarok zu: „Runter!“

Während ich mich zu Boden warf, aktivierte ich *Selbstzerstörung.* In dem schmalen Gang klang die Explosion doppelt so laut. Die Schallwelle schleuderte mich erbarmungslos gegen die Tunnelwand. Der Gremlin wurde nach vorn katapultiert und verschwand in der Dunkelheit.

Achtung! Du leidest unter Schwindel. Der Effekt hält fünf Minuten an.

Mühselig rappelte ich mich auf. Ein Blick nach hinten verriet mir, dass der Tunneleingang verschüttet worden war. Keiner unserer Verfolger hatte die Explosion überlebt.

Wenigstens etwas. Wo war der Gremlin? Die Welt um mich herum schien sich zu drehen. Der

Boden wogte auf und ab. Ich stützte mich an der Wand ab, um nicht zu stürzen. Gute zehn Meter weiter lag Ne-Tarok auf dem Boden. Vorsichtig richtete ich ihn auf. Er schien betäubt zu sein, denn er reagierte nicht auf meine Stimme.

Mit Gesten versuchte ich ihm klarzumachen, dass wir uns möglichst schnell verstecken mussten. Bisher war kein Verteidiger aufgetaucht, aber das konnte sich jede Sekunde ändern. Ich warf mir meinen Begleiter über die Schulter und tastete mich voran, immer auf der Suche nach einem Abzweig oder einer Nebenhöhle. Ich stellte fest, dass meine neue Fähigkeit hervorragend funktionierte: Überall sah ich Metalladern, die durch das Gestein verliefen. Allerdings unterschied sich das Ganze von der Brille, die die Prinzessin hergestellt hatte. Es wurden lediglich unscharfe Umrisse angezeigt. Wie schade, dass es keine Farben für unterschiedliche Metalle gab! Trotzdem war ich zufrieden. Auf diese Weise konnte ich erkennen, wo es sich zu klettern lohnte. Gut möglich, dass ich schon bald Gebrauch davon machen musste. Doch leider war die Höhlendecke hier nur etwa fünf Meter hoch. Wer immer nach oben sah, würde mich bemerken.

Aus der Dunkelheit vor uns drangen Schritte an mein Ohr.

„Wach auf!“, zischte ich dem Gremlin zu und schüttelte ihn. Dann stellte ich meinen Plan mit Gesten dar: „Ich werde nach oben klettern. Du musst *Standort verbergen* wirken, damit niemand uns bemerkt.“

Mit dem Gremlin als Rucksack kletterte ich

schnaufend an der Wand hoch. Wie gut, dass ich vorhin ein paar Attributpunkte in meine Stärke investiert hatte — sonst hätte ich den armen Kerl gewiss fallen lassen.

Kaum hatte ich festen Halt gefunden, zog Ne-Tarok ein paar Goldmünzen aus seinem Inventar und verteilte sie um uns herum an der Decke. Er hob den Daumen, um anzuzeigen, dass der Zauber wirkte.

Sekundenbruchteile später tauchten die ersten rothäutigen, gehörnten Mobs im Dämmerlicht unter uns auf. Ich zählte mit und verabschiedete mich von meinem Ersparten. Doch zum Glück waren es nur ein paar Dämonen. Sie schauten sich kurz um, dann machten sie kehrt. Wir verhielten uns noch ein paar Sekunden still, aber unter uns blieb es ruhig.

„Tut mir leid“, flüsterte der Gremlin. „Ich habe einen heftigen Treffer eingesteckt. Mein Gehör war völlig weg.“

„Macht nichts. Du hast den Zauber gewirkt. Darauf kam es an“, versicherte ich ihm.

„Hm...“, grummelte der Gremlin gequält. Vermutlich war es nicht gerade bequem auf meiner Schulter. „Können wir bitte runter?“, bettelte er.

„Halt dich an mir fest“, befahl ich. „Kopf hoch, die Übelkeit vergeht bald. Wir bleiben hier oben an der Decke. Das ist sicherer. *Standort verbergen* ist nicht zufällig beweglich, oder?“

Ne-Tarok klammerte sich an meinem Rücken fest. Dann antwortete er:

„Das geht schon, kostet aber 20 Goldmünzen pro Meter.“

Meine Güte! Die Entwickler hatten bestimmt einen Heidenspaß dabei gehabt, sich diese Sprüche und Preise auszudenken. Musste der Zauberwirker auch noch Mana dafür ausgeben?

„Hoffentlich sind wir bald am Portal", sagte ich und steckte dem Gremlin weitere 10.000 Goldmünzen zu.

Zum Glück endete der Tunnel nach etwa 200 Metern. Vor uns lag eine gewaltige Höhle. Im Zentrum türmte sich ein Knochenpodest unter dem eigentlichen Portal auf. Es wurde auf allen Seiten von einer kleinen Armee aus höheren Dämonen bewacht. Dazu gab es ein paar Bosse mit legendärem Status. Die höheren Dämonen wirkten auf Level 100 ziemlich vertraut, doch die Bosse auf Level 115 waren eine ernstzunehmende Bedrohung. Sie waren groß, muskulös und mit brennenden Zweihändern bewaffnet. Sie erinnerten mich an eine dämonische Version der Erzengel.

„Wenigstens wird das Portal nur von Dämonen bewacht", stellte der Gremlin fest. Wir hingen unter der Decke und beobachteten die Patrouillen der höheren Dämonen. „An Spielern könnten wir uns nicht so leicht vorbeischleichen."

„Aber noch stehen die Dämonen zwischen uns und dem Portal", zischte ich zurück. Meine Arme schmerzten vom zusätzlichen Gewicht auf meinem Rücken. Ich wurde langsam nervös.

„Wir schaffen das schon", versicherte Ne-Tarok mir.

„Hauptsache, du kommst jetzt nicht mir irgendeinem ultrateuren Spruch um die Ecke, den wir benötigen“, bat ich ihn. „Das wäre mein Ende.“

„Wo denkst du hin“, antwortete der Gremlin. „Wir krabbeln einfach an der Decke bis über das Portal. Dann aktiviere ich meinen Zauber für das Dynamit. Klappe zu, Affe tot. Wir werden zu Helden, die ihr Leben für die Sache gegeben haben. Und dann kommen wir am Respawn-Punkt in Arkem wieder zu uns.“

Die Sache hörte sich gut an. Aber die Bosse der Dämonen waren unruhig und blickten immer wieder in unsere Richtung. Es schien fast, als könnten sie uns riechen. Wenn dem wirklich so wahr, wäre Ne-Taroks Plan höchst riskant.

„Warum sollten wir das Risiko eingehen?“, fragte ich ihn. „Wir geben einfach ein paar Tausend Gold mehr aus und jagen die ganze Höhle mit allem, was darin ist, von hier aus in die Luft.“

„Meine Zauber haben gewisse Grenzen“, sagte der Gremlin. „Zwei Dynamitstangen und eine Granate reichen dafür vermutlich nicht aus. Wir müssen mindestens 50 Schritte näher heran.“

„Ich befürchte, ein Meter reicht aus, damit die Bosse uns bemerken.“

„Bist du sicher?“, fragte er.

„Natürlich nicht. Aber mein Bauchgefühl ist ziemlich zuverlässig“, erwiderte ich. „Ich würde es lieber nicht riskieren. Ein Hieb von einem dieser Schwerter macht uns beiden den Garaus.“

„Vielleicht ist es gar nicht so schlimm, wenn sie uns bemerken“, sagte Ne-Tarok zögerlich. „Ich könnte sie ablenken. Dann kriechst du bis zum Portal und...“

„Nein, du kannst die Aggressivität nicht auf dich lenken. Die Bosse würden sich bestimmt auf mich konzentrieren, wenn ich dem Portal zu nahe komme“, widersprach ich. „Außerdem musst du das Portal sprengen. Pinky lag ganz richtig: Ich habe jede Menge Erfahrungspunkte ohne echte Gegenleistung eingeheimst. Für deine Quest, Arkem zu verteidigen, musst du einen großen Beitrag leisten. Ich habe da eine Idee.“

Wir zogen uns ein Stück zurück, damit die Bosse uns nicht witterten. Dann stieg ich mit Ne-Tarok von der Decke hinab. „Ich brauche diese Kanonenkugel oder Granate oder was immer das auch ist.“

Das Geschoss bestand aus Eisen. Das war gut. „Hervorragend“, sagte ich und rieb mir voller Vorfreude die Hände. „Du musst zuerst die Kugel verstärken. Ich ziele damit auf die Bosse. Dann werden sie sich auf mich stürzen. In der Zwischenzeit verbirgst du dich mit *Standort verbergen,* gehst zum Portal und jagst es in die Luft.“

Genau so geschah es. Ne-Tarok gab 10.000 meiner sauer verdienten Goldmünzen aus, um die Kanonenkugel zu verbessern. Dann zündeten wir die Schnur an. Per *Magnetismus* schleuderte ich sie den Dämonen-Bossen vor die Füße. Die Explosion war wie aus dem Lehrbuch. Die Dämonen wurden in alle Richtungen geschleudert wie Bowling-Kegel. Mehrere von ihnen segneten das Zeitliche.

Bevor die Kugel meine Hände verließ, hatte der Gremlin sich bereits auf den Weg gemacht. Damit er es leichter hatte, machte ich die Dämonen auf mich aufmerksam.

„Hier bin ich!“, rief ich laut. Wie eine Woge rollten die Mobs auf mich zu.

Perfekt. Genau nach Plan! Rasch kletterte ich wieder an die Decke. Dann fegte eine gewaltige Explosion über mich hinweg. Seltsamerweise wurde ich nicht direkt an meinen Respawn-Punkt geschickt, sondern knallte zuerst auf den Boden und wurde wie ein Watteknäuel umhergewirbelt. Mein Magen drehte sich um, und ein saurer Geschmack stieg in meiner Kehle auf. Aus dem Augenwinkel sah ich in kurzen Bildabschnitten, wie das Portal zusammenstürzte. Eine Welle aus schierer Energie schoss heraus und riss mich mit sich. Die Decke der Höhle stürzte ein und vergrub sämtliche Dämonen (und gewiss auch Ne-Tarok) unter sich. Die Welle verebbte, und ich landete bäuchlings auf dem Steinboden. Ich schnappte nach Luft.

Wieso hatte die Explosion mich nicht umgebracht? Was war das für ein Ort? Auf jeden Fall befand ich mich nicht länger unter der Erde. Es gab keine Felswände in der Nähe. Über mir erstreckte sich ein endlos wirkender Himmel von satter strahlend roter Färbung. Unter mir spürte ich lockeres Vulkangestein. Am Horizont stand ein riesiger, schwarzer und verkohlter Baum, dessen Stamm bis in die Wolken wuchs.

„Wo zur Hölle bin ich?“

Teil 2

Kein Ort für Albträume

Eine seltsame Reihe von Stromausfällen erschütterte kürzlich Städte in Russland. Auch jetzt kommt es immer wieder zu flächendeckenden Blackouts. Ein Muster ist nicht zu erkennen. Die Ursachen sind nicht bekannt. Das Energieministerium versichert, dass mit Hochdruck an der Sache gearbeitet wird und bald Normalität herrscht. Die verschiedenen Gerüchte, dass Terroristen, Hacker oder übernatürliche Wesen für die Stromausfälle verantwortlich sind, haben sich bisher nicht bestätigt.

Abendnachrichten

Am Flughafen Pulkowo wurden die Kontrolltürme durch einen Stromausfall lahmgelegt. Mehr als 50 Flüge konnten nicht starten. Alle ankommenden Maschinen wurden auf die Flughäfen in Pskow und Petrosawodsk umgeleitet. Die Flughafenleitung versichert, dass das Problem in Kürze gelöst sein wird. Wann genau der Betrieb wieder nach Plan verläuft, wurde nicht bekannt.

Abendnachrichten

Das Hauptquartier des Clans der Unaussprechlichen in Verithé wurde ohne Vorwarnung vom Clan Geist der Jagd angegriffen, während die stärksten und erfahrensten Kämpfer der Unaussprechlichen unter Leitung von Antibiotic auf einer Mission waren. Der Clan-Anführer der Unaussprechlichen war Teil der Verteidigung von Arkem, einem gekapselten Event der Welt, sodass er nicht auf den Angriff reagieren konnte. Laut unbestätigten Berichten haben sich auch die Clans Stahlratten und Roter Samt an dem Angriff beteiligt. Damit hätten sich die Stahlratten, die eigentlich als Verbündete der Unaussprechlichen galten, in einem verräterischen Akt gegen ihren Bündnispartner gewendet. Das Hauptquartier der Unaussprech-lichen wurde dem Erdboden gleichgemacht. Die Folge dürfte ein Krieg zwischen den beiden größten Clans in Arktanien sein. Alle Abonnenten unseres Kanals werden stets über die aktuellen Geschehnisse informiert.

Kanal *Arktanien-Drehscheibe*

Kapitel 1

ES FÜHLTE SICH AN, als würde ich mehrfach durch einen Fleischwolf gedreht. *Wie seltsam!* Wie konnte man so eine heftige Explosion überleben? Ein schneller Trip zu meinem Respawn-Punkt hätte mir besser gefallen — und er hätte weniger geschmerzt. Ne-Tarok und Pinky hatten es gut! Ihre Schmerzeinstellung lag nicht bei knapp unter 100 %. Wo sie nur ein leichtes Unwohlsein verspürten, bestand bei mir die Gefahr eines traumatischen Schocks.

Ich saß völlig zerschlagen am Boden. Die Gedanken purzelten kreuz und quer durch meinen Kopf, während meine Augen Kreise drehten. Mehrere Systemmeldungen informierten mich über den Stand der Dinge:

Achtung! Du bist taub. Der Effekt hält 15 Minuten an.

Achtung! Du bist verwirrt. Der Effekt hält 15

Minuten an.

Achtung! Du leidest unter Schwindel. Der Effekt hält 15 Minuten an.

Achtung! Deine Gesundheit ist kritisch.

Kein Wunder, dass ich mich so gerädert fühlte!

Mühsam tastete ich nach einem Heiltrank und stürzte ihn hinunter. Immer wieder überfielen mich Schwindelanfälle. Kein Wunder, denn ich war bei vollem Bewusstsein von der Energiewelle aus dem Portal erfasst und vermutlich in die Welt der Dämonen gespült worden. Zumindest wirkte meine Umgebung so: Die Skelette toter Bäume und Büsche überzogen die Landschaft. Aus dem relativ flachen Boden erhoben sich hier und dort kleinere Felsansammlungen. Am Horizont beherrschte ein Baum die Szenerie und zog meine Blicke wie magisch an. Er war gigantisch. Ein pechschwarzer Monolith, dessen mächtiger Stamm sich in den Himmel reckte. Er verschwand zwischen den blutroten Wolken. Ich vermochte nicht zu sagen, wie groß er war. Jedes noch so gewaltige Bauwerk aus der Realität hätte sich dagegen wie ein Winzling ausgenommen.

Doch was noch mehr Eindruck auf mich machte, war die völlige Abwesenheit von lebenden Wesen. Weder Spieler noch Dämonen waren hier zu sehen. Wenn ich wirklich durch das Portal geflogen war, wo waren dann all die infernalen Horden, die gen Arkem stürmten? Selbst das Reserveportal wäre doch bestimmt bewacht worden? Oder lag ich mit meiner Einschätzung völlig daneben? Was war das für ein leerer Ort? Konnte es so etwas überhaupt geben? Immerhin verhielten Spieler sich in der Virtualität wie Küchenschaben: Sie erkundeten jeden noch so abgelegenen Ort, um ungewöhnliche Quests und Gegenstände zu finden.

Einige Minuten vergingen. Langsam bekam ich eine Ahnung davon, wieso keiner der Bäume hier lebte. Sie Sonne brannte erbarmungslos vom Himmel. Es wurde immer heißer. Irgendwann rissen mich weitere Systemmeldungen aus meiner Lethargie:

Die Strahlen der höllischen Sonne haben dir 2 Punkte Schaden zugefügt.

Die Strahlen der höllischen Sonne haben dir 2 Punkte Schaden zugefügt.

Ich musste Schutz suchen. Gehetzt blickte ich mich um. Doch es gab keine offensichtliche Zufluchtsmöglichkeit. Die wenigen Felsen reichten mir kaum bis zum Knie. Die Bäume waren verdorrt und warfen nur streichholzdicke Schatten. Eine Berührung von mir würde sie vermutlich zu Staub zerfallen lassen.

Unbehagen machte sich in mir breit. Mir blieben nur sechs Tage, um das Schwert im Land der Elfen zu finden. Ich musste aus dieser Wüste entkommen! Wie gut, dass ich eine Portal-Schriftrolle bei mir hatte. Leider musste ich direkt nach Ellendril springen und konnte vorher nicht meine Quest *Meister der Mechanik* in Katar abschließen. Ich zog die Schriftrolle aus dem Inventar und wählte mein Ziel aus.

Die höllische Sonne verhindert den Einsatz von Raummagie.

Portal-Schriftrollen können hier nicht aktiviert werden.

Verdammt! Ich hatte ein Heidengeld für dieses Ding ausgegeben, und jetzt funktionierte es nicht? Was war das für ein Dreck? Mein Leben verdorrte unter der Sonne. Meine kostbare Zeit verrann.

Nach den heftigen Kämpfen besaß ich kaum mehr Heiltränke. Mein Schicksal war besiegelt. Ob Boris Rat wusste? Doch dazu hätte ich seine Kontaktdaten in der echten Welt benötigt.

Wenn ich kein Portal öffnen konnte, musste ich zu Fuß gehen. Die einzige Landmarke war der gewaltige Baum am Horizont. Also lief ich los. Ich beschwor Spin, damit er mir half, die Umgebung zu beobachten. Im Laufen zog ich mein Tablet hervor. Pinky war noch immer offline. Vermutlich funktionierte der Strom in ihrer Straße noch nicht. Aber Ne-Tarok war aktiv: *Das war Wahnsinn! Hat es dich auch so zerfetzt wie mich? Du solltest nach dem Respawnen lieber nicht ins Lager der Verteidiger nach Arkem zurückkehren. Da ist voll die Kacke am Dampfen. Die Unaussprechlichen machen Jagd auf alle Clans, die irgendetwas mit dem Clan Geist der Jagd zu tun haben. Da scheint ein Krieg ausgebrochen zu sein! Dabei ist der Kampf gegen die Dämonen noch im vollen Gange! Das ist Wahnsinn!*

Artjom hatte mir ebenfalls eine Nachricht geschickt: *Glaubt man es? Die Stahlratten haben mich aus dem Clan geworfen! Dabei wollte ich es doch sein, der Schluss macht! Ich habe doch gesagt, dass da etwas nicht stimmt. Heute haben sie alles, was sie über die Unaussprechlichen wussten, an deren größten Feind ausgeplaudert, den Clan Geist der Jagd. Die Schweinehunde haben die Seiten gewechselt! Ich bin mir sicher, dass Lazar auch alles über deine Quest verraten hat. Sei lieber vorsichtig. Ich glaube kaum, dass die Unaussprechlichen im Moment Zeit haben, um dich zu beschützen.*

Na toll. Wie sollte ich das hier allein überleben? Zwar war ich kein absoluter Noob mehr, aber gegen eine Gruppe von Stahlratten hätte ich trotzdem keine Chance. Wenn dann noch der Geist der Jagd mitmischte... gute Nacht. Aber darüber konnte ich mir Sorgen machen, wenn meine brennenden Probleme hier gelöst waren.

Ich setzte meine Hoffnung auf Boris: *Boris, ich stecke in der Klemme. Du musst mir dringend helfen. Ich weiß nicht, wo ich bin. Aber da ist ein riesiger schwarzer Baum, der sich bis in einen roten Himmel erstreckt. Eine höllische Sonne brennt mir die Lebenspunkte weg. Bisher habe ich kein Lebewesen gesehen. Portale funktionieren hier nicht. Ich bin mir ziemlich sicher, dass dieses Land zum Inferno gehört. Aber ich wüsste gern, wie ich hier wegkomme.*

Zum Glück ließ die Antwort nicht lange auf sich warten: *He! Endlich meldest du dich! Ich hatte schon Angst, mein Herr Papa hätte dich vertrieben.*

Vertrieben? Steckt dein Vater etwa hinter dem Anschlag auf mich? Das hätte mir zwar nicht gefallen, aber es hätte die Frage beantwortet, wer es auf mich abgesehen hatte.

Ich könnte mir schon vorstellen, dass er dir einen unhöflichen Besucher geschickt hat. Er mag es, Leuten zu drohen. Manchmal bietet er auch Geld an, damit sie sich von mir abwenden. Er hat Angst, dass alle es auf unser Geld abgesehen haben.

Nein, der Angriff sah anders aus. Dann war er es wohl nicht. Egal. Die letzten Tage waren extrem hektisch. Ich hatte keine freie Sekunde. Aber jetzt brauche ich echt dringend deine Hilfe.

Ich bin schon dran. Gib mir noch 20 Minuten.

Ich rechnete nach, wie lange meine Heiltränke noch ausreichten. Mein Tod würde mich frühestens in zwei Stunden ereilen. Ich brauchte auf jeden Fall einen handfesten Plan. Doch ohne Hintergrundwissen war das schwierig. So heiß und schwül war es noch an keinem Ort Arktaniens gewesen. Meine Haut brannte. Ich wünschte mir eine Maske, um die Atemluft zu filtern. Eine Kopfbedeckung wäre auch nicht schlecht gewesen. Eine Sache stand fest: Ich musste raus aus der Sonne.

Spin umkreiste mich. Er schnüffelte wie ein Hund an den Bäumen und Büschen. Ich entspannte mich ein wenig, denn bei Gefahr hätte er mich sofort gewarnt. Für das Erreichen von Level 65 hatte ich ein paar Punkte erhalten, die ich verteilen wollte. Seltsamerweise zeigte mein Interface keine Belohnung für das Zerstören des Portals an. Wenigstens waren mir die getöteten Dämonen gutgeschrieben worden. Das war ein ordentlicher Batzen auf dem Weg zu Level 66. Schon bald würde ich die nächste Hürde nehmen. Vielleicht zählte die

Sprengung des Portals ja auch zur Quest *Verteidige Arkem.* Dann würde ich die Erfahrung erst bekommen, wenn der Krieg endete. Sofern „meine" Seite gewann.

Ich aktivierte meine *Magnetische Empfindlichkeit,* um mich umzusehen. Doch hier schien es kein Eisen zu geben. Das klang einleuchtend. Aber was war das? Etwas bewegte sich unter der Erde auf mich zu.

Dann geschah alles sehr schnell. Die Erde unter meinen Füßen bebte und brach auf. Ich sprang rasch beiseite. Ein Mob grub sich aus dem Boden. In seinem weit aufgerissenen Maul konnte ich Fangzähne erkennen. Sein länglicher gelber Leib schoss an mir vorbei. *Sandwurm, winzig, Level 30.* Es gab also doch Lebewesen an diesem Ort.

Bevor der Wurm wieder in der Erde verschwand, schnappten Spins Kiefer um seinen Leib zusammen. Wütend schüttelt er seinen mächtigen Kopf, um den Wurm zu töten.

„Aus!", rief ich, doch noch hielt meine Taubheit an, sodass ich mich nicht hören konnte. Spin schüttelte den Mob noch eine Weile durch, bis er tot war. Erst dann ließ er den bleichen Körper auf den Boden fallen.

Das Exemplar war nicht besonders groß. An die Bestien aus Frank Herberts Roman reichte er nicht heran. Dieser Mob maß etwa 10 Zentimeter im Durchmesser und einen Meter in der Länge. Beunruhigender war der Umstand, dass es sich laut Beschreibung um ein winziges Exemplar handelte, denn das hieß, dass es noch sehr viel größere davon gab. Wenigstens hatte ich die Möglichkeit, sie rechtzeitig zu erkennen. Vermutlich enthielt der Körper irgendein Metall, das meine Fähigkeit sogar unter dem Sandboden aufspüren konnte. Das bestätigte sich, als der tote Mob einen grünen Metallklumpen droppte: *Transpa-Stahl-Klumpen.*

Die Beute sah teuer aus. Ich steckte sie in mein Inventar. Kurz darauf bemerkte ich weitere Mobs, die auf mich zu hielten. Ich verfolgte ihren Weg mit *Magnetische Empfindlichkeit.* Erst im letzten Moment sprang ich beiseite und erledigte die Würmer mit einem Stromschlag. Ich freute mich über die leicht verdienten Erfahrungspunkte sowie die Gelegenheit, an meiner Fertigkeit zu arbeiten. Bei einigen der neuen Mobs handelte es sich um gewöhnliche Exemplare. Sie waren zu groß, um sie mit den Händen zu greifen. Diese größeren Biester bekämpfte ich mit *Blitzschlag.* Irgendwann kam ein mittelgroßer Mob an, der bereits die Abmessungen eines Busses hatte. Langsam wurde es eng für mich. Ich machte mir auch Sorgen um Spin, denn so ein Wurm könnte ihn mit Haut und Haar verschlingen. Ich beschloss, dass es Zeit für einen Gestaltwechsel war. Als formloser Ball aus Licht sollte er sicher sein.

Nachdem ich etwa zehn der Mobs erledigt hatte, meldete Boris sich wieder: *Wie seltsam! Ich finde nichts über einen solchen Ort! In keinem Forum ein Wort. Ich habe sogar einige Leute gefragt, die für das Inferno spielen. Du erlaubst dir doch keinen schlechten Scherz mit mir, oder?*

Ich wich den Würmern aus und rannte davon. Immer wieder schlug ich Haken, während die Mobs wie Fontänen aus dem Sand schossen und nach mir schnappten. Es war nicht einfach, zu rennen und dabei Nachrichten zu lesen oder zu beantworten. Doch wenn ich überleben wollte, musste ich das wohl oder übel schaffen.

Was denkst du von mir? Nein, ich stehe mitten in dieser Landschaft. Wir müssen eine Lösung finden, denn sonst habe ich keine Chance, zu entkommen. Mein Respawn-Punkt dürfte hier verortet sein.

Halte durch! Ich tue, was ich kann. Ich brauche dich nämlich dringend hier in Katar. Es gibt ein paar recht lukrative Verträge, bei denen ich deine Unterschrift benötige.

Du kannst so viele Unterschriften haben, wie du willst — wenn du mich nur hier rausholst. Meine Überlebenschancen stehen eher schlecht. Ich melde mich vorerst ab. Hier sind meine Kontaktdaten. Melde dich in der echten Welt bei mir!

Sechs der gewöhnlichen Mobs und ein mittelgroßer sowie eine Masse der Winzlinge verfolgten mich. Ich fragte mich, wie ich es wohl schaffen würde, ein paar Sekunden an einem Ort zu stehen, denn das war zum Abmelden erforderlich. Hier ging das nicht, denn das wäre mein Tod. Ich konnte nicht genug der Mobs über den Jordan schicken, um mir eine Verschnaufpause zu verschaffen. Sobald einer erledigt war, brach mindestens ein weiterer durch den Sandboden nach oben. Irgendwann wurde mir klar, dass ich nur weglaufen konnte. Endlich erreichte ich eine knapp zehn Meter im Durchmesser große Felsinsel. Ich sprang auf den steinigen Untergrund und zog mich in die Mitte zurück. Die Mobs konnten nicht weit genug springen, um mich dort zu erwischen. Seltsamerweise probierten sie es noch nicht einmal.

Entschlossen wählte ich die Option zum Ausloggen. Der Countdown begann. Da bemerkte ich einen etwa 20 Meter langen Schatten auf meinem Magnetismus-Radar. Ich flehte, dass die Zeit ausreichen würde. Doch der gewaltige Wurm war viel zu schnell. Wenige Wimpernschläge später brach der Felsboden unter mir auf. Ich wurde gute zehn Meter in die Luft geschleudert. Sobald ich den Scheitelpunkt der Parabel erreicht hatte, ging es wieder abwärts — geradewegs in den Schlund des mörderischen Mobs. Mehrere Reihen schmutzigweißer Zähne, jeder so lang wie mein Arm, rotierten wie Kreissägeblätter in den Kiefern des Untiers.

Ich ergab mich in mein Schicksal. Das würde bestimmt kein angenehmer Tod werden! Doch ich spürte keinen Schmerz. Vorsichtig öffnete ich eines meiner Augen einen Spalt. Es schien, als würde ich schweben. Der Mob lauerte noch immer mit aufgerissenem Maul unter mir.

Doch seine Zähne rotierten nicht länger. Sogar die Gesteinsbrocken, die mit mir durch die Luft gewirbelt worden waren, hingen wie eingefroren über dem Boden.

„Ta-ta! Ta-ta! Ta-ta!", hörte ich eine vertraute Stimme. Gleichzeitig materialisierte sich der kleine Mann in seinem hellen Anzug vor mir. „Die Anspannung bringt dich bestimmt um, nicht wahr?"

„Gut möglich", gab ich zu und seufzte vor Erleichterung. „Hast du die Zeit angehalten?"

„Aber sicher“, gab Hotei mit einem gütigen Lächeln zurück. „Ich halte dies für den perfekten Zeitpunkt für eine Unterhaltung. Oder soll ich später wiederkommen?“

„Nein, nein. Es passt mir hervorragend“, antwortete ich hastig.

„Prima.“ Hotei stupste meine Schulter an. „Hör mal. Ich habe dir schon ziemlich oft geholfen. Aber das heute, das war ein echter Knaller, oder? Im Gegenzug könnte ich deine Hilfe brauchen.“

„Was für ein Knaller?“, fragte ich verwirrt.

„Was soll das heißen?“ Der kleine Gott sah mich irritiert an. „Hast du jemals davon gehört, dass irgendein Spieler in ein paar Stunden um 15 Level aufgestiegen ist?“

Ich wollte mit den Schultern zucken, aber kopfüber in der Luft schwebend klappte das nicht. „Doch, habe ich. Bei einigen davon hatten auch deine Göttin und der Fluch die Finger im Spiel.“ Dann erinnerte ich mich an die Frage, die ich Hotei unbedingt stellen wollte: „Ach ja, ich habe noch einen Spieler getroffen, der ebenfalls im göttlichen Auftrag unterwegs ist. Er darf sich nach Herzenslust Spielergruppen anschließen. Wieso bin ich mit diesem blöden Fluch geschlagen?“

Hotei sah mich an, als wäre ich schwer von Begriff. „Es wird doch nur *Fluch* genannt, weil es auf diese spezielle Weise funktioniert. Weißt du, die Göttin hat dir gar keine Beschränkungen auferlegt. Sie hat nur ein gewisses Persönlichkeitsmerkmal bei dir bemerkt, und daraufhin ein paar Dinge so arrangiert, dass sie dir zum Vorteil gereichen.“

„Und wie genau soll ich vom Verbot, mich anderen Spielern anzuschließen, profitieren?"

„Papperlapapp. Es geht nicht um die Beschränkung. Das ist nur der Preis für einen anderen Vorteil. Ohne den Fluch hätte die Göttin dir nicht den Segen erteilen können, der dir mehr Erfahrungspunkte verschafft. Selbst die Götter dürfen die Waagschalen des Universums nicht aus dem Gleichgewicht bringen!"

„Ich verstehe", sagte ich und beruhigte mich ein wenig. „Aber ist dieser Vorteil wirklich den Preis wert?"

„Auf jeden Fall", antwortete der kleine Gott. „Andererseits bist du eine echte Partygranate, oder? Du hast bestimmt jede Menge Freunde und Bekannte in der echten Welt, nicht wahr? Ohne diesen Fluch würdest du auf jeden Fall mit einer großen Gruppe durch Arktanien ziehen oder sogar deinen eigenen Clan gründen, stimmts? Spaß beiseite: Wie viele Kontakte hast du in Arktanien?"

Ich war peinlich berührt. „Äh... acht."

„Hast du eine Ahnung, wie viele Kontakte ein durchschnittlicher Spieler nach zwei Wochen in dieser Welt hat? Mehr als 100. Der Clan-Chat, in dem mehrere Hundert Spieler aktiv sind, ist da noch nicht einmal mitgezählt. Hand aufs Herz: Hättest du dich einem Clan angeschlossen, wenn du es gekonnt hättest?"

Ich hätte gern gelogen, aber das ließ mein Gewissen nicht zu. „Vermutlich nicht."

„Na siehst du!", schlussfolgerte der kleine Mann glücklich. „Es gibt gar keinen Grund zum Jammern.

Vielleicht solltest du zur Abwechslung einmal zuhören, was du im Namen unserer Göttin tun solltest."

„Noch eine Quest?", fragte ich seufzend. „Ich habe nicht einmal genug Zeit, um nach dem Schwert zu suchen. Wie soll ich da noch eine Quest unterbringen? Wie wäre es übrigens, wenn du mich wieder in die richtige Richtung drehst?"

„Genau, noch eine Quest", antwortete Hotei fröhlich und ignorierte meine Bitte. „Aber dieses Mal ist es eine Sache, die du in deiner Welt erledigen musst, in der echten Welt."

Ich war ein wenig erschrocken. Ehrlich gesagt sogar mehr als das. Nach dem Einbruch in das Labor und das Erlebnis an der Brücke hatte ich genug von Abenteuern in der Realität. „Und was muss ich tun?"

„Ein paar Gremlins fangen."

„Irgendwelche Gremlins? Oder jemand bestimmtes?" Dann erst holte mein Verstand auf, und ich fragte überrascht: „Gremlins? In meiner Welt?"

Hotei stemmte die Hände in die Hüfte. „Was ist so seltsam daran? Du sprichst immer von der echten Welt — als sei unsere Welt weniger real. Du bist doch nicht etwa ein Fremdenhasser? Ich hoffe sehr, dass das nicht so ist. Aber zurück zur Sache: Die Gremlins sind ins Chaos gegangen. Die meisten von ihnen haben in einem Mechanismus in Arktanien Zuflucht gefunden. Doch ein paar der Grünlinge haben in deine Welt rübergemacht. Diese Stromausfälle in letzter Zeit? Das ist das Werk der Gremlins! Sie könnten noch sehr viel größeren

Schaden anrichten, denn ihr Menschen seid ja so was von unvorbereitet! Also musst du sie so schnell wie möglich einfangen.“

Das musste ich erst einmal sacken lassen. „Okay. Angenommen, sie haben es wirklich in meine Welt geschafft“, begann ich nachdenklich. „Wie würde ich das dann anstellen? Immerhin haben diese Gremlins sich... wie soll ich es ausdrücken?... als eine Art Chaos manifestiert. Ich weiß nicht, wie sie in dieser Gestalt aussehen, aber ich bin mir ziemlich sicher, dass sie keinen Körper haben.“

„Blitze“, sagte Hotei. „Du kannst sie mit einem Stromschlag aus den technischen Vorrichtungen vertreiben, in denen sie sich eingenistet haben. Dann musst du sie mit einem Smartphone, Tablet oder Laptop einfangen und nach Arktanien schicken. Es ist ganz einfach: Du fängst einen Gremlin per Blitzschlag und steckst ihn in ein beliebiges, mit dem Internet verbundenes Gerät. Den Rest übernehme ich. Ich zerre den grünen Übeltäter aus dem Chaos und schicke ihn zurück nach Arktanien.“

„Das klingt ziemlich surreal“, stellte ich fest. „Wie fängt man etwas mit einem Blitz? Ist das so ähnlich wie Pinkys Stromlasso? Dann haben wir Pech, denn ich habe diese Fähigkeit noch nicht entwickelt.“

„Als ob es Attributpunkte oder Symbole für deine Fähigkeiten in deiner Welt gäbe. Oder hast du so etwas schon gesehen?“

„Äh... nein, aber... es gab da so ein Menü.“

„Arktanien funktioniert nach bestimmten Regeln. Sie gelten auf gewisse Weise auch in deiner

Welt, aber der Spielraum ist viel größer. Wenn du scharf nachdenkst, findest du bestimmt eine Möglichkeit, wie du die Form deines Blitzschlags ändern kannst. Es ist nur eine kleine Veränderung nötig, damit du einen Gremlin fangen kannst."

„Na gut", stimmte ich zögerlich zu. „Aber wo und wie finde ich die Biester? Wie schaffe ich es auf das Gelände des Stromanbieters oder in eine Trafostation, in der sich Gremlins verstecken?"

„Zum Glück wird dich jemand begleiten. Er übernimmt in dieser Sache die Führung. Du musst nur die Gremlins fangen. Alles andere erledigt dein Partner."

Mein Interesse war geweckt. „Ein Partner? Wer ist es?"

„Wart's nur ab", wiegelte der Gott ab. „Wenn du die Sache schnell zum Abschluss bringst, gibt es eine spezielle Belohnung von mir."

„Eine Slider-Fähigkeit?", fragte ich hoffnungsvoll. „Mir ist noch immer nicht klar, wo genau die Unterschiede meiner Klasse zu einem normalen Elektrozauberer liegen. Vielleicht kannst du mir mehr darüber erzählen?"

„Eine interessante Frage", stimmte Hotei mir zu. „Wissen gehört wirklich zum Wertvollsten, was ein Mensch erlangen kann. Ich biete dir sogar die Wahl: Entweder verrate ich dir, wer dir in der echten Welt nachgestellt und dich fast umgebracht hat, oder du bekommst mehr Informationen über diesen lieblichen Ort — einschließlich der Information, wie du entkommen kannst."

„Ich finde ja, die Aufgabe hört sich ziemlich

komplex an. So komplex, dass ich beides von dir erfahren sollte“, schacherte ich. „Immerhin hast du ebenfalls ein gesteigertes Interesse an meinem Überleben. Du willst doch auch, dass ich die restlichen Schwerter so schnell wie möglich finde. Logisch betrachtet solltest du all dein Wissen ohne Gegenleistung mit mir teilen.“

„Träum weiter“, antwortete Hotei spöttisch. „Ich komme dir entgegen.“

Möchtest du die Quest „Frühlingsjagd auf Gremlins“ annehmen?

Aufgabe: Schicke fünf Gremlins zurück nach Arktanien.

Belohnung: einige überaus nützliche Informationen vom großen und weisen Gott Hotei

Es gab da so ein Sprichwort: Eigenlob ist besser als gar kein Lob. „Das ist eine ziemlich abstrakte Beschreibung“, stellte ich fest und zögerte, die Quest anzunehmen.

„Du bist ganz schön anspruchsvoll“, sagte der kleine Gott genervt.

Möchtest du die Quest „Frühlingsjagd auf Gremlins“ annehmen?

Aufgabe: Schicke fünf Gremlins zurück nach Arktanien.

Belohnung: detaillierte Informationen über den Baum der Furcht sowie Informationen über die Personen, die Abgesandte Arktaniens angegriffen haben

Nach dieser Korrektur nahm ich die Quest an. Wie immer kamen mir sofort danach Zweifel. Wurde ich wieder einmal hereingelegt? Hatte der Gott vielleicht sowieso vorgehabt, mir diese Dinge zu erzählen, und nur einen nützlichen Idioten gesucht, der ein paar Sachen für ihn erledigte? Wie dem auch sei, ich hatte bereits zugestimmt. Außerdem enthielt die Beschreibung bereits eine wichtige Information, nämlich den Namen dieses Ortes — Baum der Furcht. Ich wusste außerdem bereits, dass weder Boris' Vater noch Naumow hinter dem Anschlag auf mich steckten.

„Wunderbar!" Hotei gab mir gut gelaunt einen Klaps auf die Schulter. „Jetzt solltest du dich darauf vorbereiten, verspeist zu werden."

„Wie bitte?" Ich war extrem wütend. „Wieso? Mein Gott, du kannst die Zeit anhalten. Bring mich einfach an einen sicheren Ort."

„Von deiner Sicherheit steht nichts in meiner Stellenbeschreibung", widersprach der kleine Kerl. „Außerdem habe ich dir doch schon erklärt, dass wir Götter uns nicht direkt einmischen dürfen. Das hier war nur eine kurze Pause. Jetzt läuft der Film weiter, wie geplant."

Ich hätte ihn gern vom Gegenteil überzeugt, aber es war zu spät. Die Welt drehte sich weiter, und ich stürzte dem gewaltigen Schlund des Wurms entgegen. Die Zähne wurden immer größer. Dann kam der Schmerz.

Kapitel 2

AM RESPAWN-PUNKT WAR ES EBENSO HEIß WIE ZUVOR. Noch immer brannte dieselbe sengende Sonne unerbittlich auf mich hinab. Die Wüste war so bar jeder Landmarke, dass ich nicht wusste, ob ich mich nun näher am Baum befand oder weiter davon weg. Wenigstens einen Vorteil gab es: Ich war absolut sicher. Nicht einmal die Kraft der höllischen Sonne konnte mir Lebenspunkte nehmen.

Das ist also der Baum der Furcht, betrachtete ich den enormen Stamm in der Ferne. Hoffentlich konnte Boris mit dieser Information etwas anfangen. Ich war nicht sicher, ob Hotei mir den Namen absichtlich verraten hatte, aber auf jeden Fall war ich dafür dankbar.

Rasch schickte ich Boris eine entsprechende Mitteilung. Außerdem bat ich ihn, nachzuforschen, was es mit Transpa-Stahl auf sich hatte. Der Klumpen wirkte selten und überaus ungewöhnlich auf mich. Vielleicht ließ er sich für ein kleines

Vermögen verkaufen.

Da ich in der Respawn-Zone keinen Schaden zu befürchten hatte, lehnte ich mich zurück und schrieb all meinen Bekanntschaften. Ich teilte ihnen mit, dass es mich an einen geheimnisvollen Schauplatz verschlagen hatte, von dem es kein Entkommen zu geben schien. Ich warnte Ne-Tarok und Pinky. Dann gab ich Artjom Bescheid, dass ich mich im Laufe des Abends von einem anonymen Konto bei ihm melden würde. Auf keinen Fall würde ich mein eigenes Telefon verwenden, obwohl Hotei die Kommunikation schützen konnte. Es widerstrebte mir einfach, noch tiefer in der Schuld des kleinen Gottes zu stehen.

Dann ging es zurück in die Realität.

Bevor ich aus dem Pod stieg, kontrollierte ich die Schmerzeinstellung: 96 %! Ich hatte beinahe das Maximum erreicht. Hoffentlich endete die Skala wirklich bei 100 %. Genaueres wussten nur die virtuellen Götter. Oder konnte der Wert immer weiter ansteigen? Würde ich irgendwann komplett in das Spiel hineingesogen? Oder würde ich auch in der echten Welt allen Regeln Arktaniens unterliegen? Es war sinnlos, sich Gedanken darum zu machen, denn ich konnte das Geschehen sowieso nicht beeinflussen. Eine Sache war klar: Ich würde auch künftig um mein Leben kämpfen und mir einreden müssen, Spaß daran zu haben.

Müde und zerschlagen krabbelte ich aus dem Pod. So ausgelaugt war ich bisher noch nie gewesen. Vielleicht lag Hotei goldrichtig: Verantwortung für andere Menschen war eine größere Herausforderung für mich als jeder Gegner, dem ich mich gestellt hatte. Ich war keine Null in Taktik (insbesondere nicht beim Solokampf oder in kleineren Gruppen), aber ich war gewiss nicht der geborene Stratege. Diese Art Spiele hatte mir noch nie gefallen. Auch als Erwachsener hatte ich nicht gelernt, anderen Befehle zu geben und sie zu führen. Das wollte ich auch gar nicht.

Während ich nachdachte, entfernte ich die Simkarte aus meinem Smartphone. Niemand sollte mich über meine Handynummer überwachen können. Aber ich musste es wagen, mein WLAN zu nutzen. Das Risiko war gering, denn Hotei hatte Anmeldenamen und Kennwort auf dem Tisch neben dem Pod hinterlassen. Boris war noch nicht in meiner Kontaktliste aufgetaucht. Artjom war momentan nicht online. Ich sollte mir eine kurze Verschnaufpause gönnen.

Ich erinnerte mich daran, meinem Gönner für all die Annehmlichkeiten in dieser Wohnung zu danken: Kaffeevollautomat, Brot und Gebäck, Fertiggerichte — hier gab es alles, um ein paar geruhsame Tage zu verbringen. Ich duschte, machte mir eine Mahlzeit und setzte mich vor den Fernseher. Wie sich herausstellte, lief der Empfang über eine ganz gewöhnliche Antenne. Ich hatte schon ewig kein lineares TV mehr geschaut. Während ich zappte, überlegte ich, ob ich zuerst die Carbonara oder die Fettuccine Alfredo essen sollte. Schließlich widmete ich mich der Alfredo. Obwohl ich versuchte, jeden Gedanken an Arktanien zu verscheuchen, gelang es mir nicht. Erst die Bilder eines Nachrichtensenders lenkten mich von allem anderen ab: Es wurde von allen möglichen Vorfällen berichtet: unerklärliche Stromausfälle, Autounfälle, Probleme in Krankenhäusern und Behörden. Sogar der Flugverkehr war zum Erliegen gekommen. Das gab es sonst nie!

Mir wurde bewusst, wie wichtig es war, die Gremlins zurück nach Arktanien zu schicken. Wer wohl dieser geheimnisvolle Partner war? Mit ziemlicher Sicherheit gehörte er ebenfalls zu den von den virtuellen Göttern auserwählten Personen. Welche Fähigkeiten mochte er haben?

Ich musste mich wohl gedulden, bis Hotei mir seine Adresse verriet. Bis es so weit war, würde ich mir die Zeit mit meinem Blitzschlag vertreiben. Wie konnte ich damit einen Gremlin fangen? Das Stromlasso beherrschte ich nicht. Vielleicht sollte ich meine Fertigkeiten auf ihrem neuen Level ausprobieren?

Ich schloss die Vorhänge, legte ein paar Dinge in die Raummitte, setzte mich auf den Fußboden und sammelte mich ein paar Sekunden. Es würde nicht ausreichen, einfach *Blitzschlag* zu wirken, sondern ich musste dem Blitz eine Form verleihen. Aber wie wurde ein Blitz zum Lasso? Der Einsatz meiner Spielfähigkeiten gestaltete sich recht einfach. Ich wusste ja, wie sie im Spiel aussahen und sich anfühlten. Doch beim Stromlasso hatte ich nur gesehen, wie Pinky es verwendete. Zeit, meinem Improvisationstalent freie Bahn zu lassen!

Zuerst musste ich daran denken, dass *Blitzschlag* in meinen Händen nicht wie ein echter

Blitz funktionierte. Ich konnte keine Bäume spalten oder Menschen töten. Mit einem passenden Messinstrument hätte ich die Stromstärke ermitteln und herausfinden können, wie sich die Auswirkungen im Spiel und in der Wirklichkeit zueinander verhielten. Allerdings wusste ich bereits, dass mein *Blitzschlag* schwächer als mein *Stromschlag* ausfiel. Es mochte also möglich sein, jemanden außer Gefecht zu setzen, aber keinesfalls, jemanden umzubringen. Das war auch gut so, denn ich hatte nicht vor, in der echten Welt zum Mörder oder Totschläger zu werden.

Die Gegenstände vor mir bestanden aus unterschiedlichen Materialien. Es waren ein Krug aus Kunststoff, eine Papiertüte, einige Tassen, Kissen und Löffel. Zuerst probierte ich es mit *Magnetismus* und stellte fest, dass ich die Löffel aus etwa 5 Meter Entfernung anziehen und abstoßen konnte. Ich war nicht gerade Magneto, aber trotzdem ganz zufrieden. Leichte Objekte wie einen Löffel konnte ich extrem schnell beschleunigen und so in ein ziemlich gefährliches Projektil verwandeln. *Blitzschlag* konnte ich über etwa dieselbe Entfernung wirken. Ich zielte auf die Tüte, die mit einem Knistern zerfetzt wurde. Von den Kissen ließ ich die Finger, denn ich hatte keine Lust, die ganzen Federn einzusammeln. Die Tassen stellten eine große Herausforderung dar, denn Keramik war ein extrem guter Isolator. Ich versuchte, sie zu bewegen. Allerdings reichte es nicht aus, mir das nur vorzustellen. Ich musste auch ein paar Gesten machen. Kein Wunder, dass die Zauberer in Filmen immer wild mit den Händen wedelten. Es half wirklich! Allerdings reichten deutlich kleinere Bewegungen mit der Hand, mit der ich *Blitzschlag* gewirkt hatte.

Nach anderthalb Stunden schaffte ich es, eine Tasse mit *Blitzschlag* zu greifen und zu mir zu ziehen. Nachdem ich noch eine Weile geübt hatte, machte irgendetwas in meinem Kopf *Klick* — als hätte ich eine neue Fähigkeit im Spiel gemeistert. Anschließend war es gar kein Problem mehr für mich, *Blitzschlag* zu verändern. Sogar eine Systemmeldung wurde angezeigt:

Du hast eine Fähigkeit erlernt: Stromlasso.

Mit dieser Fähigkeit kannst du deine Blitze zu einem Wurfseil formen, um damit Gegner und Gegenstände heranzuziehen und ihnen gleichzeitig Stromschaden zuzufügen. Die Stärke des Lassos richtet sich nach deiner Intelligenz, die Reichweite nach deiner Weisheit.

Ernsthaft? Eine Systemmeldung in der Realität? Sofort versuchte ich, meinen Charakterbogen und mein Inventar zu öffnen, aber nichts geschah. Das Interface schien sehr selektiv und nicht durch mich kontrollierbar zu sein. Wie schade, dass ich nicht einfach eine Waffe aus meinem Inventar ziehen oder Spin beschwören konnte!

In diesem Augenblick klingelte jemand an meiner Tür. Ich schreckte hoch. Konnte das der von Hotei angekündigte Partner sein? Bevor ich die Tür öffnete, aktivierte ich den Monitor der Kamera.

Vor der Tür stand ein etwa 40 Jahre alter Mann mit Kurzhaarschnitt. Er trug eine Militäruniform und machte ganz den Eindruck eines harten Hundes. Ich war extrem nervös. Stand er in Hoteis Diensten? War es ein Nachbar, der sich Salz oder Eier borgen wollte? Oder hatte das Militär mich aufgespürt?

Der Kerl warf einen Blick auf die Kamera. Dann hörte ich seine bedrohliche Stimme durch die Tür: „Andrew Walkowitsch, ich weiß, dass sie da sind. Öffnen Sie sofort die Tür."

Ich konnte mir nicht vorstellen, dass bei diesem Tonfall irgendjemand freiwillig die Tür aufmachte. Das klang viel zu sehr nach Meuchelmörder. Es gab nur wenige Sätze, die noch mehr abschreckten. Vielleicht *Stehen bleiben, oder ich schieße.*

„Ich habe eine Nachricht für Sie. Sie müssen den Empfang quittieren." Mit diesen Worten zog er ein Blatt Papier aus der Innentasche seiner Jacke und hielt es vor die Kamera.

Ich war endgültig verwirrt. Eine Nachricht? Was für einen Zirkus veranstaltete der Kerl? Das war völlig hanebüchen. Niemand wusste, dass ich in dieser Wohnung war. Da machte sich jemand einen üblen Scherz auf meine Kosten. Hotei hätte mir wohl kaum jemanden geschickt, der so alt, so zackig oder so dumm war. Ich betete inständig, dass es sich nicht um meinen Partner handelte.

Vorsichtig öffnete ich die Tür einen Spalt. „Hallo. Sie haben sich in der Tür geirrt. Hier gibt es keinen Andrew."

Der Mann brach in ein breites Grinsen aus. „Hast du wenigstens eine Sekunde lang Angst gehabt?“

Ich fluchte in mich hinein. Er war verrückt! Ich musste mit einem Verrückten auf eine gefährliche Mission gehen! Immerhin ging es hier um unser buchstäbliches Leben.

„Ich glaube kaum, dass ich Ihnen schon das Du angeboten hätte“, sagte ich betont neutral. „Woher kennen Sie meinen Namen? Noch viel wichtiger: Woher wussten Sie, dass ich hier bin?“

Der Mann grinste immer noch. „Unser gemeinsamer Freund hat mir gesagt, wo ich hin muss. Vielleicht sollten wir die Unterhaltung lieber drinnen fortsetzen, wo niemand lauschen kann?“

Ich sah ihn verdutzt an. Die Tür zu dieser Wohnung lag am Ende eines langen Flurs, von dem keine weiteren Türen ausgingen. Gut möglich, dass der kleine Gott das ganze Stockwerk oder sogar das ganze Gebäude besaß. Oder hätte er damit zu viel Aufmerksamkeit erregt? Ich an seiner Stelle hätte mindestens alle Wohnungen auf dieser Etage gemietet oder gekauft.

„Bevor ich Sie hereinbitte, wüsste ich gern, mit wem ich es zu tun habe“, sagte ich.

„Bitte was?“, fragte der Soldat stirnrunzelnd. „Du bist Falk, Mensch, Level 67. Kannst du etwa meine Info nicht sehen?“

Ich warf einen Blick nach oben. Tatsächlich: *Mark-5, Mensch, Level 62*

„Doch, doch“, antwortete ich, als hätte ich die Markierung bereits gesehen. „Aber wer sind Sie?“

„Na gut“, sagte er. „Dann machen wir es eben auf deine Art.“

In einem Sekundenbruchteil verwandelte sich sein Gesicht. Er sah plötzlich 20 Jahre jünger aus. Vor mir stand ein schlaksiger Teenager. Die Verwandlung war von keinem Zauber und keinen anderen Anzeichen begleitet worden. Wie konnte das sein?

„Ist das besser?“ Die Stimme klang viel höher. Dabei war die Körperform gleich geblieben. Allerdings war der Mann ein wenig geschrumpft.

„Okay. Rein mit dir“, sagte ich erleichtert.

Der Jugendliche sah nun aus wie 23. Zielstrebig stiefelte er in die Wohnung, bevor er seinen Blick über den Boden schweifen ließ.

„Oh. Keine Pfützen. Du hast dir ja wirklich nicht vor Angst in die Hosen gemacht.“

„Das ist doch albern“, sagte ich mit unterdrückter Wut. „Das hier ist nicht meine Wohnung. Niemand auf der Welt weiß, dass ich mich hier aufhalte. Also, um welche Nachricht geht es?“

Er schmunzelte. „Ach so. Unsere gemeinsamen Freunde haben diese Bleibe für ich arrangiert? Ich musste um meiner Sicherheit willen ebenfalls umziehen. Aber meine Behausung ist deutlich bescheidener.“

Sein Blick erweckte den Eindruck, als würde er Besitz von dieser Wohnung ergreifen. Dann entdeckte er die schwarzen Spuren meines *Blitzschlags* auf dem Wohnzimmerboden und das Chaos aus Tassen und anderen Gegenständen. „Die Luft riecht seltsam hier drin. Wie nach einem

Gewitter."

„Gut möglich", gab ich zu. „Du kennst meine Klasse?"

„Ich weiß gar nichts", antwortete er. Sein Lächeln verschwand. „Sie haben mir befohlen, dich aufzusuchen. Ich soll dir bei fünf Einbrüchen helfen. Ich habe keine Ahnung, was das soll."

Dabei hatte ich gedacht, ausgenutzt zu werden! Doch das schlug dem Fass den Boden aus. Hatte Hotei nicht erwähnt, dass mein Besucher die Leitung der Mission übernehmen würde? Er schien mir nicht gerade bereit für die Rolle.

„Kaffee?", bot ich an. Vielleicht würde er bei einem Heißgetränk mehr erzählen. Ich wollte unbedingt wissen, ob ich ihm vertrauen konnte.

„Gern", nahm er an.

Wir saßen in der Küche und redeten. Er hieß Mark Sergijenko und war ein Illusionist — eine ziemlich seltene Klasse. Er stand unter dem Schutz des Gottes der Träume und Illusionen, Morphius. Für seine epische Quest musste er zehn uralte Albträume sammeln, die in Arktanien Amok liefen. Wie Sergio teilte er freimütig die Details seiner Aufgabe mit mir. Ich dagegen bewahrte Stillschweigen. Auch ohne ein ausdrückliches Verbot der Göttin zog ich es vor, keine Geheimnisse auszuplaudern. Außerdem kannte ich Mark erst seit ein paar Minuten.

„Was ist das Ziel dieser Einbrüche?", wollte Mark wissen. „Laut meiner Liste sind es drei Netzstationen, ein Flughafen und ein Automobilhersteller. Ich sehe da keinen echten

Zusammenhang."

„Wir sind auf der Jagd nach Gremlins."

Er sah mich skeptisch an. „Ist das irgendeine Art Geheimsprache?"

„Nein. Wir fangen echte, lebendige Gremlins, die aus Arktanien ausgebüxt sind."

„Soll das heißen, hier in Moskau laufen gerade kleine grüne Mobs durch die Gegend?" Das schien ihn irgendwie zu freuen. „Ich wusste es! Die Grenze zwischen den beiden Welten wird durchlässig!"

„Sei nicht albern", stoppte ich seine Begeisterung. Ob er vielleicht recht hatte? Wurden die Welten wirklich zu einer Welt? Nein, das konnte nicht sein! „Die Gremlins sind körperlos, so wie unsere Freunde. Sie haben sich in elektronischen Geräten versteckt, an eben den von dir aufgezählten Orten. Sie sind für die Stromausfälle und wohl auch die Probleme am Flughafen verantwortlich. Man könnte die Gremlins als eine Art KI betrachten, die allerdings nicht so ausgereift sind, wie... nun ja, wie unsere Freunde."

„Hältst du Morphius und die anderen wirklich nur für eine KI?", fragte Mark.

„Tja. Götter sind sie nicht. Es gibt bestimmt eine wissenschaftliche Erklärung dafür."

Andererseits war ich mir da nicht mehr ganz so sicher, nachdem ich Sergio und Mark kennengelernt hatte. Meine Fähigkeit, Strom zu manipulieren, ließ sich vielleicht noch erklären. Aber das, was Sergio und Mark konnten? Ich hatte jedoch nicht vor, mit einer flüchtigen Bekanntschaft über solche Themen zu sprechen.

„Hast du andere Abgesandte unserer Freunde getroffen?“, fragte ich Mark und übernahm dabei seine Wortwahl. „Welche Fähigkeiten hatten sie?“

„Nein, niemanden. Du bist der Erste. Allerdings hat Morphius mich gewarnt, dass es auch feindselige Abgesandte gibt.“

„Hat er dieses Wort benutzt? *Feindselig?*“, fragte ich lauernd.

Dann lagen die Götter wirklich im Streit! Wer hätte das gedacht! Morphius und Hotei gehörten offensichtlich zum Team der Schicksalsgöttin. Oder gab es jemanden, der noch höher stand?

„Ja. Das hat mir gar nicht gefallen“, gab Mark zu. „Es bedeutet vermutlich, dass wir einen ganzen Haufen voller Probleme kriegen. Dabei habe ich keine einzige Möglichkeit, mich zu verteidigen.“

„Das geht mir ähnlich“, sagte ich.

„Was hast du eigentlich für eine Klasse?“, fragte der junge Mann und starrte mich an. „Ich habe schon so viel von mir erzählt.“

„Ich bin ein Elektrozauberer.“

„Cool!“ Mark schien wirklich erfreut zu sein. „Das ist die perfekte Fähigkeit für unsere Welt! Du kannst bestimmt Geldautomaten und andere Technologien kontrollieren. Kannst du auch Leuten einen Stromschlag versetzen? Wie sieht es mit Akkus aus? Kannst du dein Telefon aufladen?“

„Ja, das mit den Geldautomaten und Akkus geht. Mehr fällt dir dazu nicht ein?“ Dann erinnerte ich mich daran, dass Artjom und ich zu Beginn fast dieselben Ideen gehabt hatten. „He, wie willst du uns eigentlich Zutritt zu diesen Gebäuden verschaffen?

Kannst du deine Illusionen auch auf andere Menschen ausdehnen?“

„Genau“, bestätigte er. „Allerdings darfst du höchstens vier Meter von mir entfernt sein.“

„Ist die Reichweite abhängig von deiner Weisheit?“, fragte ich verständnisvoll. Er nickte, dann fuhr ich fort: „Woher weißt du, was du wirken musst? Es wäre wirklich blöd, wenn man uns entdecken würde.“

„Lass das mal meine Sorge sein“, antwortete Mark hochnäsig. „Ich kenne viele Leute, auch bei der Polizei. So kann ich herausfinden, wie wir aussehen müssen, um hineinzugelangen. Wir könnten uns als Inspekteure verkleiden. Immerhin hast du gesagt, dass die Gremlins Probleme im Stromnetz verursachen.“

„Arbeitest du wirklich für die Polizei?“, fragte ich neugierig.

„Was ist so seltsam daran?“, sagte Mark. „Dürfen Polizeibeamte keine Spiele spielen?“

Ich zuckte mit den Achseln. Ich wollte nicht zugeben, dass mich sein dummer Witz und sein Aussehen daran zweifeln ließen. Er war viel zu untrainiert für einen Polizisten. „Ich hätte nicht gedacht, dass man in der Stellung genug Geld für einen VR-Pod hat.“

„Du hast ja keine Vorstellung davon, was man als Polizist verdienen kann“, sagte Mark tadelnd. „Vor allem in der höheren Laufbahn.“

DAS war interessant. „Du bist ein leitender Beamter?“

„Ich? Iwo. Aber mein Vater.“ Er lachte. „Ich

arbeite im Ministerium für Cybersicherheit auf mittlerer Ebene. Meinen Rang dort habe ich mir ehrlich verdient."

Das erklärte einiges. In seiner Abteilung war körperliche Fitness nicht besonders wichtig.

„Was mich interessiert: Wie willst du diese Gremlins finden und fangen? Das Hineinkommen scheint mir da doch das geringere Problem zu sein. Wie sieht es aus, fangen wir beim E-Werk an?"

„Ich denke schon", sagte ich. „Unser gemeinsamer Freund hat mir erklärt, wie wir die Mobs wieder nach Arktanien schicken. Ich werfe ein Stromlasso nach ihnen. Dann stopfe ich sie in ein Gerät mit Internetverbindung. Ein Smartphone oder Tablet ist optimal."

„Cool. Und wie spürst du sie auf?"

Wenn ich das bloß gewusst hätte. „Das ist kein Problem. Ich kann sie spüren", flunkerte ich. Wieso hatte ich Hotei nicht danach gefragt? Gut möglich, dass es daran lag, dass ich während des Gesprächs kopfüber über dem Maul eines riesigen Wurms hing, der mich fressen wollte.

„Wie du meinst", sagte Mark skeptisch. „Du wirst schon wissen, was du tust. Ich werde mich in der Zwischenzeit vorbereiten und mehr über das erste Ziel in Erfahrung bringen. Triff mich morgen früh am Pumpspeicherkraftwerk Sagorsk."

„Wieso morgens? Warum nicht abends oder nachts?"

„Weil wir morgens weniger auffallen. Wie willst du unsere Anwesenheit am Abend oder noch später erklären? Nein, wir machen es am Morgen, gleich bei

Schichtbeginn. Dann haben die Wachen genug zu tun und kontrollieren uns nicht so genau."

Das klang logisch. „Muss ich etwas mitbringen?"

„Nur dich. Mehr nicht", sagte Mark. „Ich hole dich um sieben Uhr mit einem Streifenwagen ab. Ich bringe auch die Smartphones mit, damit wir die Gremlins einfangen können. Mit meiner Illusion bringe ich uns rein und wieder raus. Es muss doch kein spezielles Smartphonemodell sein, oder?"

„Nein, einfach nur ein Smartphone. Ich bin mir übrigens sicher, dass die danach Elektroschrott sind. Bring lieber ein paar mehr mit. Zehn Stück sollten ausreichen."

„Kein Problem." Mark rieb sich voller Vorfreude die Hände. „Ich brauche noch deine Telefonnummer. Am besten setzt du mich auch im Spiel auf deine Kontaktliste."

Ich war verblüfft, an was er alles dachte. Hotei hatte wohl seine Gründe gehabt, ihn zum Kopf der Unternehmung zu machen. Oder half ihm seine Illusionskraft, so bestimmt aufzutreten?

„Ich benutze im Moment keine Telefone. Auf mich wurde ein Anschlag verübt. Deswegen wohne ich auch hier. Aber ich kann dir meine Messenger-Adresse geben."

„Ein Anschlag? Erzähl mir mehr", sagte Mark fasziniert. „Stecken die feindlichen Abgesandten dahinter?"

„Ich bin mir nicht sicher", sagte ich. Dann erzählte ich ihm, was geschehen war.

Er versprach, bei der Polizei nach Aufnahmen

des Vorfalls zu suchen. Wenn möglich, würde er die Gesichter der Angreifer durch die Datenbank jagen. Bestimmt hätte Hotei das ebenfalls tun können, aber der Gott zog es ja vor, mir nur häppchenweise zu helfen.

Nachdem Mark gegangen war, saß ich noch eine Weile am Küchentisch und dachte über unsere Unterhaltung nach. Hotei hatte von insgesamt etwa 30 oder 40 Abgesandten der Gottheiten Arktaniens gesprochen. Sie alle waren mit epischen Quests betraut worden. Und sie alle konnten ihre Fähigkeiten in der echten Welt einsetzen. Wenn es wirklich ein Wettkampf war, vielleicht zwischen den Göttern des Lichts und der Dunkelheit, dann stand zu befürchten, dass dieser Streit sich irgendwann auch in unserer Welt entfalten würde.

Ich wollte gerade ins Bett gehen, als Boris in meiner Kontaktliste auftauchte. Sobald die Einladung bestätigt war, rief er mich an: „Boris hier."

Seine Stimme klang sehr viel jünger, als ich erwartet hatte. Ich hätte ihn sogar älter als Daddy Rothschild geschätzt.

„Hallo. Ich hoffe, du hast gute Nachrichten für mich?", flehte ich ihn an. „Das würde mich sehr glücklich machen."

„Das kommt darauf an. Welche willst du zuerst hören? Die gute oder die schlechte Nachricht?"

„In welcher geht es um den Baum der Furcht?"

„In der schlechten."

„Schieß los."

„Okay. Es gibt keinen einzigen Beleg für den Baum der Furcht. Nirgends. Aber der Freund eines

Freundes, der bei RussVirtTech arbeitet, hat von einem geheimen Schauplatz in der Welt des Infernos gehört. Allerdings hat das Team die Arbeit daran eingestellt, weil es echte Gefahren für die geistige Gesundheit der Spieler gab. In den wenigen Unterlagen, die er kennt, ist die Rede von einem großen, schwarzen Baum, der alle Albträume der Menschheit in sich vereint. Angeblich ist einer der Tester gestorben, bevor er auch nur die Hälfte der Prüfungen überstanden hat. Er sagt, dass schon eine Schmerzeinstellung von 20 % zu schweren Schäden geführt hat.“

Na toll! Was würde dann bei einem Wert von 96 % mit mir geschehen?

Kapitel 3

ICH HATTE BEREITS EINE INFERNO-INSTANZ GESPIELT. Das war ein echter Albtraum gewesen. Dort hatten Menschen in den Wänden festgesteckt. Gliedmaßen wuchsen aus der Erde, stellten sich dann aber zum Glück als Pflanze heraus. Es grenzte an ein Wunder, dass Arktanien deswegen nicht auf dem Index gelandet war. Wie furchtbar musste dann erst der Baum der Furcht sein?

„Hast du eine Idee, wie ich da rauskomme?"

„Nicht wirklich. Ich würde darauf tippen, dass du bis zum Baumwipfel vordringen musst. Das würde zumindest der Spiellogik entsprechen. Andererseits... Wer weiß, ob es überhaupt einen Ausgang gibt!? Schließlich wurde die Entwicklung des Schauplatzes nie abgeschlossen. Keiner weiß, welche Art von Gefahren in diesem Baum lauern."

„Leider habe ich keine andere Wahl", erinnerte ich ihn. „Dann würde ich jetzt gern die gute Nachricht hören."

„Transpa-Stahl ist wahnsinnig selten. Es vereint die Eigenschaften von Stahl und Glas in sich. Du hast doch den Beruf des Glasbläsers erlernt, nicht wahr?“

Das stimmt, auch wenn ich mich lange Zeit nicht mehr damit beschäftigt hatte. Ich hatte einfach zu viel um die Ohren gehabt. Seit meiner letzten Reise in einem Luftschiff hatte mir die Muße dafür gefehlt. Außerdem war ich nicht über Kühlschleifen hinausgekommen. Sogar die Baupläne, die ich besorgt hatte, lagen noch unangetastet herum. Unterm Strich war die Glasbläserei mir eher unnütz erschienen.

„Ja“, erwiderte ich zögerlich. „Was mich viel mehr interessiert: Ist der Klumpen wertvoll?“

„Sehr. Für einen Barren werden mindestens 10.000 Goldmünzen gezahlt.“

Wahnsinn! Aus ein paar Nuggets konnte ich einen Barren schmelzen. Wenn ich richtig lag, trug ich ungefähr 100.000 Gold in Transpa-Stahl mit mir herum. Verdammt! Jetzt würde ich gern mehr Zeit in dieser Wüste verbringen und Sandwürmer jagen. Doch ich wusste nicht, wie lange mich der Aufstieg im Baum der Furcht kosten würde. Mir blieben nur noch fünf Tage, um das zu schaffen und im Elfenwald das Schwert zu finden. Das allein war schon Albtraum genug!

„Mit etwas Glück kann ich auf dem Weg zum Baum genug Nuggets für 20 oder 30 Barren looten. Allerdings muss ich unbedingt einen Schattenplatz finden, denn ansonsten lande ich immer wieder an diesem Respawn-Punkt.“

„Wag es bloß nicht!“, erwiderte Boris. „Immerhin musst du hier ein paar Verträge unterzeichnen. Ich spreche hier von Geschäften, die uns jeden Tag ein paar Tausend Gold einbringen — ohne dass wir einen Finger dafür rühren müssen.“

Verdammt, verdammt, verdammt! Ich musste noch einen Abstecher nach Katar einplanen. „He, ich habe jede Menge kostbarer Artefakte, die ich verkaufen will. Ach, habe ich dir eigentlich erzählt, dass die Adelsgesellschaft eine Quest für mich bereithält, die mir den Besitz an den Ländereien meiner Vorfahren verschaffen kann?“

Es hörte sich an, als hätte Boris sein Telefon fallen lassen. Ein paar Sekunden später hörte ich ihn wieder. „Wieso hast du das nicht früher erzählt?“

„Es ist mir gerade wieder eingefallen, als ich an Katar gedacht habe. Was denkst du, welchen Rang das Militär mir verleiht? Immerhin habe ich eine Quest erledigt.“

„Vergiss das Militär! Ländereien? Das ist eine Lizenz zum Gelddrucken! Du wirst selbst zum Questgeber für andere Spieler. Du kannst Grundstücke verkaufen! Es ist genau wie in der echten Welt: Immobilien sind die beste, dauerhafteste Investition.“

Ein wenig Stabilität würde meinen Leben gut tun. Seit ich den VR-Pod gekauft hatte, verlief es doch sehr chaotisch. Ich überlegte, ob ich Boris von meinen Problemen in der Realität berichten sollte. Aber da wollte ich ihn nicht mit hineinziehen. Immerhin war er einige Jahre jünger als ich. Obwohl das Quatsch war. Ab welchem Alter durfte man jemanden in Gefahr bringen? Wir lebten in einer Zeit, in der Jugendliche eigene Unternehmen gründeten und Millionen scheffelten. Es kam immer auf die Umstände an. Wie alt war Boris eigentlich? Ich wusste es nicht.

„Ehrlich gesagt, habe ich keine Zeit, nach Katar zu kommen." Hoffentlich riskierte ich mit den nächsten Worten nicht den Zorn der Göttin. „Ich muss eine dringende Quest erledigen. Es gibt ein Zeitlimit. Ich muss in den Wald der Elfen, aber im Moment stecke ich in diesem vermaledeiten Inferno fest."

„Es dauert nur fünf Minuten", wandte Boris ein. „Du musst doch nur kurz ins Adelsamt gehen und die Quest annehmen."

„Kurz. Weißt du, wie lang die Schlange vor der Kanzlei war? Ich musste einen ganzen Tag warten!"

„Bah! Das sind zwei völlig verschiedene Paar Schuhe. In der Kanzlei werden Tausende und Abertausende von Dingen entschieden. Aber ein Haus oder ein Stück Land kaufen nur ganz wenige Leute. Mach dir keine Sorgen um die Reisezeit. Ich habe ein paar Portal-Schriftrollen gekauft."

„Na schön. Ich probiere es, wenn ich in Katar bin. Aber zuerst muss ich aus diesem unfertigen Ödland raus."

Wir chatteten noch ein Weilchen. Boris versorgte mich mit dem neuesten Klatsch über den Krieg zwischen den Unaussprechlichen und dem Geist der Jagd. Aktuell hatte der Geist der Jagd die Oberhand. Das lag in erster Linie daran, dass die stärksten Kämpfer der Unaussprechlichen gemeinsam mit Antibiotic in einer vorübergehend abgeriegelten Instanz festsaßen. Die Schlacht um Arkem war noch nicht vorbei. Ich hoffte nach wie vor, dass unser Eingreifen die Waagschale zugunsten der Verteidiger gesenkt hatte.

„Hast du schon mit Artjom gesprochen?“, fragte ich. Eigentlich sollten die beiden in der echten Welt regen Kontakt halten.

„Ja. Er kümmert sich um Kontakte zu den Clans. Doch seit Kriegsbeginn kann man sich auf nichts mehr verlassen. Er wurde zwar aus dem Clan der Stahlratten geworfen, aber der Verrat des Clans hat auch seinen Ruf beeinträchtigt.“

„Eine widerliche Truppe!“, murrte ich.

„Man könnte auch sagen, die Ratten haben ganz in ihrem Namen gehandelt. Ich frage mich, was der Geist der Jagd ihnen wohl bezahlt hat. Vermutlich sind ein paar Tausend Euro geflossen, ganz abgesehen von Gegenständen und Vorteilen im Spiel. Ohne die Hilfe der Stahlratten wäre es dem Geist nie möglich gewesen, das Hauptquartier zu schleifen und gleichzeitig Unaussprechliche in anderen Regionen anzugreifen.“

„Das sind dreckige Verräter.“

„Durchaus. Aber… das ist letzten Endes nur ein Spiel. Und du weißt selbst, dass es manchmal mehr Spaß macht und einfach interessanter ist, in die Rolle des Bösewichts zu schlüpfen.“

Da war etwas dran. Für mich waren Arktanien und mein echtes Leben untrennbar miteinander verwoben. Doch für viele Spieler war es nur eine Freizeitbeschäftigung. Ich erinnerte mich an die

Frau, die ich in Verithé getroffen hatte. Sie hatte einer sterbenden Wache ins Gesicht gelogen, um eine Quest zu erhalten. Sie hatte deswegen kein schlechtes Gewissen gehabt, denn für sie war das hier nur ein Spiel.

Wir beendeten unsere Unterhaltung. Ich sah, dass Artjom online war, und rief ihn an. Auch in diesem Gespräch würde es um Dinge gehen, die mir gefährlich werden konnten, wenn die falschen Leute davon erfuhren. Ich hoffte einfach, dass die Verschlüsselung des Messengers ihrem Ruf gerecht wurde. Außerdem war da immer noch Hotei. Er hätte mich gewiss gewarnt, wenn es zu riskant gewesen wäre, meine Freunde zu kontaktieren. Schließlich nützte ich ihm nur, wenn ich gesund und munter war und meine Quest für die Göttin erfüllen konnte.

„Endlich!", drang Artjoms besorgte Stimme an mein Ohr. „Wo steckst du? Du gehst nicht ans Telefon und reagierst auch nicht im Spiel."

„Glaube mir: Ich müsste ein ganzes Buch im Chat posten, um dir alles zu berichten", seufzte ich.

„Ich komme gleich zu dir", bot Artjom an.

„Das geht nicht. Ich bin nicht in meiner Wohnung. Das wird auch noch eine ganze Weile so bleiben."

„Wieso? Was ist passiert?"

Ich erzählte ausführlich von dem Angriff auf mich, dem Treffen mit Sergio, den Geschehnissen rund um Pinky und die Mechanismen der Uralten, meinen Problemen an dem geheimnisvollen Schauplatz und dem Erscheinen der Gremlins in unserer Welt. Was mir in 36 Stunden widerfahren war, bot genug Action für zehn Tage. Ich war völlig übermüdet. Immerhin hatte ich mehr als eine Woche nicht mehr geschlafen. Wenn ich mich auch nur einem Bett näherte, würde ich einfach umfallen.

„Das ist ja schrecklich! Mit deinen menschlichen Verfolgern und den Abgesandten der anderen Götter steckst du richtig tief in der Bredouille. Illusionisten und Heiler gehen ja noch in Ordnung, aber was, wenn es ein Nekromant oder ein Assassine auf dich abgesehen haben?"

„Denkst du wirklich, ein Nekromant kann in der echten Welt lebende Tote erschaffen? Das wäre nun wirklich zu verrückt, oder?"

„Du wurdest praktisch gepfählt und innerhalb einer Minute geheilt. Ist das weniger verrückt?"

„Keine Ahnung. Ich weiß nicht mehr, was hier läuft. Vielleicht werden die Spielwelt und unsere Welt wirklich eins?" Ich musste an Marks Worte denken. „Ich sehe immer öfter Systemmeldungen im echten Leben. Heute habe ich eine Spielfähigkeit in der Realität erlernt. Ich bin mir praktisch sicher, dass ich sie auch in Arktanien nutzen kann."

„Und du hast erzählt, dass du die Infoboxen über den Köpfen von Leuten siehst. Wenn noch die Attribute, die Karte und das Inventar dazu kommen, ist dein Charakter hier komplett."

„Nicht zu vergessen Portale!", erinnerte ich ihn. „Vorausgesetzt, man hat Dämonenherzen. Daran mag ich gar nicht denken."

„Wenn es dann auch Respawn-Punkte in der Realität gibt, ist doch alles in Ordnung. Übel wäre es, gegen Dämonen zu kämpfen, wenn man nur ein

Leben hat."

„Genau. Unsere Welt wird zu einem LARP, bei dem es um das eigene Leben geht." Ich musste schmunzeln. „Ich würde gern weiter Seemannsgarn spinnen, aber die Frage ist doch, was wir jetzt tun sollten."

„Ich an deiner Stelle würde untertauchen", kam Artjoms Antwort.

„Schon erledigt."

„Auch in Arktanien. Es steht außer Frage, dass Lazar dem Geist der Jagd alles über deine epische Quest erzählt hat. Sollte das nicht so sein, wird er persönlich deine Spur aufnehmen. Punkt zwei: Du darfst den anderen Abgesandten nicht vertrauen. Was, wenn sich herausstellt, dass es nur einen geben kann?"

„Wie in Highlander? Daran mag ich gar nicht denken. Auf keinen Fall werde ich im echten Leben jemanden töten. Außerdem habe ich ein ganz anderes Problem: Wie finde ich morgen einen Gremlin in diesem Umspannwerk oder E-Werk oder was auch immer das ist?"

„Gute Frage. Hat Hotei dir wirklich keine Tipps gegeben?"

„Er hat mir gesagt, wie ich sie einfange, aber den Teil davor hat er..." Mein Telefon vibrierte, als eine Nachricht einging. „Warte kurz!"

Eine Meldung informierte mich, dass eine App installiert worden war. Seltsam. Ich entsperrte den Bildschirm. Tatsächlich gab es ein neues Symbol, ein kleines grünes Gesicht. Darunter prangte der Name *Frühlingsjagd auf Gremlins.*

Oh, okay. Ich wollte mehr darüber wissen und startete die App. Unter einer großen „0/5“ waren fünf Anschriften aufgeführt. Der Hauptteil des Bildschirms bestand aus einem runden Radar, das einen Bereich von 20 Metern abdeckte.

„Danke, Hotei“, flüsterte ich in den Raum.

„Was ist passiert?“, wollte Artjom wissen.

„Ich habe gerade die Antwort auf meine Frage erhalten“, sagte ich erleichtert. „Hotei hat mir eine Gremlin-Radar-App geschickt.“

„Sieht ganz so aus, als hat dein virtueller Gott alles im Griff. Wer hätte gedacht, dass die Götter Programmierer sind. Ich bin mir ziemlich sicher, dass du ohne Gefahr deine Simkarte im Telefon nutzen kannst. Er wehrt bestimmt aller Tracker ab.“

„Das vermute ich auch. Aber ich will nichts riskieren.“

„Apropos Risiko: Soll ich dich morgen begleiten? Ich kann auch in der Nähe warten, falls du Unterstützung benötigst.“

So gern ich Artjom auch in meiner Nähe gewusst hätte, gab es doch nichts, was er tun konnte. Außerdem wollte ich ihn nicht in Gefahr bringen. Mark hatte seine Illusionen, ich konnte *Blitzschlag* wirken. Aber wie würde Artjom sich gegen Feinde wehren?

„Hotei hat den Kontakt zu diesem Illusionisten hergestellt. Also kann ich Mark wohl vertrauen. Zumindest bei dieser Aufgabe.“ Ich hoffte, Artjom wäre deswegen nicht sauer auf mich. „Ich sehe auch kein Problem darin, auf eigene Faust aus dem E-Werk zu entkommen. Aber du könntest dich im Land der Elfen umsehen und Kontakte knüpfen, damit ich sofort nach meiner Ankunft dort mit der Suche beginnen kann."

„Mit der Suche wonach?"

„Was wohl? Ich muss ein uraltes Elfenschwert finden", sagte ich vorsichtig, immer in Erwartung einer göttlichen Strafe. Doch nichts geschah. „Es ist das Holzschwert des Weltenbaums. Ein epischer Gegenstand mit einer Qualität von 100 oder mehr. Das ist alles, was ich weiß. Du kannst auch mit Boris zusammenarbeiten, wenn du möchtest."

„Wir halten die Augen offen", versicherte Artjom mir. „Gleich morgen legen wir los."

„Prima. Ich werde morgen versuchen, den Baum der Furcht zu erklimmen. Zumindest hoffe ich, dass ich es durch die Wüste schaffe."

„Ganz ehrlich: Ich hätte gern nur eine von deinen spannenden Quests", beschwerte Artjom sich — nicht zum ersten Mal. „Wieso hast immer du dieses Glück?"

„Tut mir leid. Ich würde es auch nicht unbedingt als Glück bezeichnen. Sobald ich entkommen bin, können wir gemeinsam etwas unternehmen. Mal sehen, ob Pinky und Ne-Tarok auch Lust haben. Ich vertraue ihnen. Was Sergei und Mark betrifft, hast du recht. Ich werde die Beziehung rein geschäftlich halten."

Ehrlich gesagt, wollte ich Sergeis Fähigkeit zu meinem Nutzen einsetzen: Wenn er Naumows Sohn heilen konnte, wäre Naumow wie Wachs in meinen Händen. Er würde mir garantiert nichts abschlagen. Ich musste nur noch überlegen, ob ich die Existenz der Abgesandten wirklich enthüllen wollte. Wer wusste schon, was der Geschäftsmann mit dieser Information tun würde? Es bestand die Gefahr, dass dadurch alles noch schlimmer würde. Außerdem hatte ich leichte Zweifel daran, dass Sergei seine Heilzauber an einen reichen Schnösel verschwenden würde. Ich hatte eine harte Nuss zu knacken!

Artjom und ich unterhielten uns noch eine knappe halbe Stunde über dies und das, bevor wir zum Schluss kamen. Dann stellte ich meinen Wecker für 6:30 Uhr und legte mich ins Bett.

Aber ich konnte nicht einschlafen. Ich war viel zu aufgeregt. Ich fragte mich, wie die Gremlins in unserer Welt aussehen würden. Und ich wollte unbedingt wissen, wie der Illusionist uns in die Anlage bringen würde. Dann beherrschten der Baum der Furcht und die Glutwüste meine Gedanken. Wie konnte ich den Baum erreichen, bevor die höllische Sonne mich bei lebendigem Leib briet? Auf die Würmer musste ich auch aufpassen. Ach, die Sandwürmer. Kleine Schatztruhen, die unter der Erde ihre Gänge gruben. Ich sollte nach Möglichkeit ein paar davon fangen. Hatte ich genug Zeit, mich ein wenig vom Respawn-Punkt zu entfernen, Mobs zu jagen und dann zurückzukehren, um meine Gesundheit aufzufüllen? Ein Tag würde mir mehr als ein Vermögen verschaffen! Doch leider konnte ich keinen Tag erübrigen. Ich stellte mir vor, wie ich auf einem der riesigen Würmer ritt — so wie ein Fremen auf dem Wüstenplaneten. Mit einem solchen Reittier wäre ich gewiss im Nu an meinem Ziel. Hm, die Würmer waren in Teilen metallisch. Ich konnte bestimmt meinen Magnetismus oder ein Stromlasso verwenden, um mich daran festzubinden. Wie würde es mir gelingen, sie in die richtige Richtung zu lenken? Oder würden sie einfach mit mir auf dem Rücken in der Erde verschwinden?

Ungefähr eine Stunde lang hatte mein Verstand Purzelbäume geschlagen. Schließlich quälte ich mich aus dem Bett und stieg in den Pod. Bevor ich mich schlaflos von links nach rechts wälzte, konnte ich meine Zeit auch sinnvoll nutzen.

Ich landete in der Respawn-Zone und zog mein Tablet aus dem Inventar. Unter den Fähigkeiten wurde jetzt auch das Stromlasso angezeigt. Die Verbindung zwischen den Welten war also keine Einbahnstraße. Möglicherweise würde ich sogar Erfahrungspunkte für das Einfangen der Gremlins bekommen. Ich musste mich unbedingt intensiver mit den anderen Möglichkeiten befassen, die *Blitzschlag* bot, und herausfinden, wie ich sie in der Realität einsetzen konnte. Im Spiel war ich auf Lehrmeister oder Schriftrollen angewiesen, um neue Fähigkeiten zu erlernen. In der echten Welt daran zu arbeiten, war fast schon ein Cheat — den ich schamlos ausnutzen würde.

Dann widmete ich mich meinem Inventar. Ich trug jede Menge Kram mit mir rum: ein zerbrochener Dolch *Zorn der Asur,* die *Feurige Peitsche des Aufsehers im siebten Kreis der Hölle,* 20 Fer-Federn und andere Dinge, die verschiedene Mobs gedroppt hatten. Dann waren da noch 6 Heiltränke, 5 Manatränke, eine Kühlschleife, 10 Brocken Fulgurit, 40 Transpa-Stahl-Klumpen, die Perlen des Hohen

Schamanen, die leichte Rüstung des Blitzeschleuderers… Oh! Ich hatte ganz vergessen, dass ich diese Rüstung besaß. Als ich sie bekommen hatte, war ich noch nicht auf Level 60 gewesen. Mal sehen:

Leichte Rüstung des Blitzeschleuderers
Typ: legendär
Rüstung: 210
Qualität: 85
Einschränkung: Level 60, Stärke: 50
+ 50 auf Ausdauer
+ 10 % auf Stromschaden
Wahrscheinlichkeit von 20 %, einem angreifenden Gegner einen Stromschlag zu versetzen; die Stärke entspricht der Stärke der Fähigkeit ***Stromschlag***
Widerstandsfähigkeit: 1000/1000

Großartig. Diese Rüstung verschaffte mir ein paar ordentliche Boni und besaß sogar eine passive Fähigkeit. Der dunkelblaue Stahl war leicht und behinderte meine Bewegungen gar nicht. Das Material erinnerte eher an einen festen Stoff als an Metall. Gelegentlich huschten kleine Blitze über die Rüstung. Sobald ich sie angelegt hatte, verfügte ich über mehr Gesundheitspunkte. Das lag in erster Linie an dem Bonus auf Ausdauer, aber auch der Bonus auf den Stromschaden und Spins Aura in seiner immateriellen Gestalt trugen dazu bei. Ich freute mich geradezu auf den nächsten Kampf.

Ach ja, ich hatte für Notfälle auch noch das *Herz*

des Schneesturms bei mir, mit dem ich Aishorth beschwören konnte. Der beruhigende Effekt und das Abschwächen der Emotionen mochten bei der bevorstehenden Aufgabe ebenfalls nützlich sein. Im Baum der Furcht wäre es bestimmt hilfreich, nicht allzu gefühlsgeladen zu reagieren. Ich war bereit.

Ich beschwor Spin und verließ den Respawn-Bereich. Dann aktivierte ich meine magnetische Empfindlichkeit.

Zehn Minuten vergingen. Meine Gesundheit litt unter der Hitze, aber kein Wurm tauchte auf. Vermutlich hielten sie Abstand vom Respawn-Punkt. Mit meinem schönen Plan, auf einfache und sichere Weise reich zu werden, war es also Essig. Ich zog mich an den Respawn-Punkt zurück, wartete, bis meine Gesundheit voll aufgefüllt war, und lief dann los. Die höllische Sonne hatte mir bereits ein Drittel meiner Gesundheitspunkte geraubt, als schließlich die ersten Würmer auftauchten.

Ich erledigte die kleinen Exemplare wie gehabt: Sobald sie aus dem Boden schossen, packte ich sie und setzte *Stromschlag* ein. Außerdem nutzte ich die Gelegenheit, die Wirkung von *Magnetismus* auf die Mobs zu testen. Leider reichte der Metallanteil nicht aus, die Würmer heranzuziehen oder abzustoßen. Ich schaffte es lediglich, die Bewegungsrichtung geringfügig zu ändern. Ein folgsames Reittier würde so nicht daraus.

Dann probierte ich es mit *Stromlasso.* Mit *Blitzschlag* war es relativ schwierig gewesen, Würmer unter der Erde aufzuscheuchen. Doch mit dem Lasso konnte ich sie einfangen und an die Oberfläche zerren. Die gewöhnlichen Sandwürmer leisteten allerdings zu viel Widerstand. Fast hätten sie mich mit sich in die Tiefe gezogen. Dennoch war *Stromlasso* überaus praktisch. Ich konnte die Länge des „Seils" und die Stärke des Schadens beeinflussen. Bei Bedarf konnte ich es jederzeit wieder einholen. Wenn es sich bei meinen Gegnern um normale Spieler gehandelt hätte, hätte der Stromschlag ihre Muskeln gelähmt, sodass sie keinen Widerstand mehr leisten konnten. Doch bei den Würmern klappte das nicht.

Mehrmals kehrte ich zum Respawn-Punkt zurück, um mich zu erholen. So wurde das nichts! Es war mühsam und erschöpfend. Spins Heilfähigkeit war keine große Hilfe. Meine Tränke wollte ich aufsparen. Mein Manavorrat regenerierte zum Glück relativ schnell.

Ich beschloss, das Risiko einzugehen. Ein paar kleine Würmer später begegnete ich schließlich einem gewöhnlichen Wurm, der von Kopf bis Schwanz etwa 4 Meter lang war. Sobald er durch den Sand brach, schleuderte ich mein Lasso. Er riss mich von den Füßen. Ich prallte hart mit dem Kopf auf den Sand. Der Mob raste in irrwitzigem Tempo voran. Meine hochwertige Rüstung absorbierte den gesamten körperlichen Schaden der wilden Fahrt. Immer wieder versuchte der Mob, mich abzuschütteln, doch es gelang ihm nicht. Nach einer Weile löste ich das Lasso und ließ den Wurm ziehen.

Ich verbuchte das Experiment als vollen Erfolg, stellte aber auch fest, dass die gewöhnlichen Würmer zu schnell und wendig waren. Ständig hatte der Mob sich gewunden und nach mir geschnappt. Ob ich auf dem Rücken eines großen Sandwurms vor solchen Angriffen sicher wäre? Immerhin könnte er mich dort nicht sehen, oder? Vielleicht konnte ich die Bestie sogar mit Stromschlägen lenken. Ne-Tarok hätte diesem verrückten Plan bestimmt freudig zugestimmt.

Dabei bestand durchaus die Gefahr, dass mich der riesige Mob verschlingen würde. Doch es gab keine andere Möglichkeit. Ich musste die Wüste durchqueren. Baum, Wüste, Würmer und ich. Das waren die Zutaten für das Rätsel. Ich war durchaus neugierig auf das Resultat.

Ein mittelgroßer Wurm geriet in mein Sichtfeld. Ich hielt das Lasso bereit. Doch statt mich wie üblich von unten anzugreifen, kam er in einiger Entfernung an die Oberfläche und schlängelte sich auf mich zu. Das war meine Chance! Ich rannte ihm entgegen, um mein Lasso zu werfen.

Nach ein paar Schritten bemerkte ich jedoch eine Gestalt auf dem Rücken des Wurms, die ein brennendes Lasso in meine Richtung schleuderte.

Kapitel 4

ICH SPRANG BEISEITE. Was war hier los? Ein Blick auf die Infobox verriet mir, dass es sich nicht um einen Spieler handelte: *Sanddämon, Level 80.* Die Gestalt erinnerte mich an ein Mitglied der Teenage Mutant Ninja Turtles. Sie war von Kopf bis Fuß von einer braunen Rüstung geschützt. Wie der Mob aussah, hätten die Entwickler ihn auch Mutant Ninja Schuppentier taufen können. Der Dämon hielt in drei seiner vier kräftigen Gliedmaßen Waffen — eine Peitsche und zwei Dolche.

Alles in allem war ich froh, es nur mit einem Gegner zu tun zu haben. Die Peitsche ähnelte stark dem Artefakt, das ich der Dämonin Lamia abgenommen hatte. Diese Peitsche war es, die ich für ein Lasso gehalten hatte. Ich wich dem Schlag aus und versuchte, mit *Stromlasso* zu kontern. Doch kurz bevor meine Waffe den Dämon berührte, sprühten Funken.

Der Mob besaß offenbar eine Schutzbarriere!

Das war ein Bereich, in dem ich wenig Paroli bieten konnte. Meine einzige Defensivfähigkeit war *Kettenblock* — und die wirkte nur gegen körperlichen Schaden. Für den Moment zog ich es vor, waffenlos zu kämpfen. Ich wollte die Hände frei haben.

Immer wieder sprang ich hin und her und griff mit *Blitzschlag* an. Der Dämon teilte ununterbrochen Hiebe mit seiner Peitsche aus. Wir befanden uns in einer Pattsituation. Doch das änderte sich, als die kleinen Würmer auftauchten. Zum Glück bemerkte ich sie rechtzeitig und konnte den ersten Biestern ausweichen. Leider wurden es immer mehr. Auch die höllische Sonne kostete mich jede Minute weitere Lebenskraft. Meine Zeit verrann unaufhörlich.

Ich wollte nicht sterben. Denn das hätte mich unweigerlich ein Level gekostet. Und wenn ich Pech hatte, dann würde beim nächsten Anlauf nicht nur ein Dämon auf mich warten. So sehr ich auch in der Patsche saß, eine bessere Chance würde ich kaum bekommen.

Ich sprang aus der Reichweite der Peitsche und auf den Schwanz des Wurms zu. Dann nutzte ich Magnetismus, um auf den Rücken des Wurms zu klettern. Das war gar nicht so einfach, denn die Haftkraft war deutlich geringer als bei einer Eisenader. Andererseits bot der gerundete Leib des Mobs mehr Halt für Hände und Füße. Unter mir schnappten die Kiefer seiner kleinen Geschwister zusammen.

Kaum hatte ich die Bestie erklommen, musste ich mich auch schon zu Boden werfen, um einem Schlag mit der Flammenpeitsche auszuweichen. Ich parierte den Hieb mit einem *Blitzschlag.* Dann zog ich mein Shanbiao und ging zum Angriff über. Ich ließ die Kette vor meinem Körper rotieren, um mich mit *Kettenblock* zu schützen und die Peitschenschnur des Dämons abzuwehren. Gleichzeitig wirkte ich mit der anderen Hand *Blitzschlag* auf *Blitzschlag* auf *Blitzschlag.* Auf diese Weise landete ich ein paar Treffer.

Als ich näher kam, konnte ich erkennen, dass der Dämon mit einer Hand eine Art Zügel umklammerte, der an einem Dolch befestigt waren, den der Dämon dem Sandwurm in den Rücken getrieben hatte. Auf diese Weise kontrollierte der eine Mob den anderen. Ich wunderte mich ein wenig, dass der Dämon solo unterwegs war. So ein Wurm bot Platz für mindestens zwei Reiter.

Ich dankte den Göttern für den Bonus, den mir Spin und die neue Rüstung verschafften, denn das sorgte dafür, dass mein *Blitzschlag* sogar einem Gegner gefährlich werden konnte, der mir 15 Level überlegen war. Nach einigen Fernkampfangriffen hatte ich den Dämon schließlich am Rande des Todes. Mein letzter Schlag schleuderte ihn vom Rücken des Wurms. Damit war meine Chance auf Beute dahin. Doch das war meine geringste Sorge. Sobald der Dämon den Zügel hatte fahren lassen, bäumte der Wurm sich auf, um in die Erde abzutauchen. Hastig griff ich nach dem Riemen und zog ihn straff. Wie erwartet, hielt der Wurm inne.

„Ha!“, rief ich überglücklich. Die Lösung meines Reiseproblems war mir praktisch in die Hände gefallen. Ich musste nur noch herausfinden, wie man die Bestie kontrollierte.

Ein Blick auf den Körper vor mir verriet mir, was ich wissen musste: Rechts und links neben dem Zügel klafften Dolchwunden im Fleisch des Sandwurms. Das musste des Rätsels Lösung sein! Damit kannte ich die Kommandos für Auftauchen, Links und Rechts. Aber wie ging es vorwärts?

Während ich überlegte, begann der Sand auf beiden Seiten des Mobs sich aufzuwölben. Auf meinem Magnet-Radar erkannte ich zwei Schatten unter der Erde. Kurz darauf tauchte rechts und links neben mir jeweils ein weiterer Sandwurm mit Dämonenreiter auf.

„Verflixt“, stieß ich hervor und zerrte die Zügel in unterschiedliche Richtungen. Mir kam der Verdacht, dass man zum Steuern des Wurms drei Hände benötigte: eine für vor- und rückwärts, zwei weitere für links und rechts. Aber wie sollte das gehen? Warum warf das Spiel mir immer wieder Knüppel zwischen die Beine? Die Technologie der Uralten war ein riesiges, komplexes Puzzle gewesen. Diese Würmer wiederum boten keine intuitive Lenkung. Ich wurde panisch.

Die beiden Dämonen schlugen mit ihren Peitschen nach mir. Es gelang mir zwar, einem der Hiebe auszuweichen, aber der zweite traf. Die Peitschenschnur wickelte sich um meinen Unterschenkel. Ein Ruck riss mich nach unten. Mühsam krallte ich mich am Zügel fest. Wie durch ein Wunder schaffte ich es, dem Angreifer einen Stromschlag zu versetzen.

Sobald er von mir abließ, rammte ich den Dolch

mit dem Zügel daran tiefer in den Leib des Wurms. Er stellte meine Absturzsicherung dar! Kaum war das geschehen, machte der Sandwurm einen sanften Satz nach vorn und ging in eine gleitende Bewegung über. Wie ein Boot schnitt der Mob durch den Sand.

Ich lenkte ihn direkt auf den Baum der Furcht zu. Anschließend presste ich beide Hände seitlich an seinen Körper und aktivierte Magnetismus. Dann duckte ich mich tief über den Mob. Der Wurm tauchte immer tiefer in den Sand ein. Im letzten Moment fuhr mir ein schrecklicher Gedanke durch den Kopf: Wie sollte ich da unten atmen?

Doch das war kein Problem. Rund um den Leib bildete sich eine Art Luftkissen, das mir den lebensnotwendigen Sauerstoff lieferte. Leider reichte der Platz nicht aus, um mich ganz mit Luft zu umschließen. Die harten Sandkörner rieben über meinen Rücken. Kein Wunder, dass die Dämonen diese Rüstung trugen! Es fühlte sich fast so an, als würde jemand meine Haut abschmirgeln. Wieder dankte ich den Göttern für meine Rüstung, denn ansonsten wäre mir gewiss das Fleisch von Knochen gehobelt worden. Mit aller Kraft hielt ich mich fest. Zügel und Magnetismus hielten mich an Ort und Stelle.

Ein großer Vorteil der unterirdischen Fortbewegung war, dass ich nicht länger der höllischen Sonne ausgesetzt war. Nachdem ich mich an diese Art des Reisens gewöhnt hatte, ließ ich den Sandwurm gelegentlich an die Oberfläche zurückkehren, um mich zu orientieren. Jedes Mal blieb ich nur wenige Sekunden dort, denn die

Dämonen verfolgten mich noch immer. Zum Glück konnten sie mich unter der Erde nicht angreifen.

Ungefähr eine Stunde später tauchte der Wurm aus eigenem Antrieb auf. Wir hatten den Rand der Sandwüste erreicht. Vor uns erhob sich ein Felsplateau. Der Baum war fast zum Greifen nah. Doch das galt leider auch für die Verfolger.

Also gab ich Fersengeld und sprang vom Rücken meines Reittiers auf den steinernen Untergrund. Ich genehmigte mir ein paar Mana- und Heiltränke, bevor ich mehr Abstand zwischen mich und die Wüste brachte. Aus der Nähe blockierte der gewaltige Baumstamm jeden Blick auf den Himmel oder Horizont. Mit raschen Augenbewegungen suchte ich nach dem Tor, das mich in den Baum führen würde. Es schien geschlossen zu sein.

Ich hielt dennoch darauf zu. Irgendwann wagte ich einen Blick über die Schulter und stellte zu meiner Überraschung fest, dass die Dämonen mir nicht mehr folgten. Sie standen auf den Rücken ihrer Würmer, als wollten sie sicherstellen, dass ich auch wirklich durch das Tor trat. Vielleicht warteten sie auch ab, was geschehen würde, wenn ich es nicht schaffte.

Während ich mich dem Stamm näherte, hielt ich nach Fallen Ausschau. Das Tor selbst war alles andere als unscheinbar. Jeder Flügel ragte gut zehn Meter in die Höhe. Der Stein, aus dem es gehauen war, zeigte alle möglichen Folterszenen. Die Innenarchitekten des Infernos hatten eindeutig eine Vorliebe für makabre Dekoelemente. Das war mir bereits in der Instanz mit dem Dämon Khars aufgefallen. Ob auch diese Reliefs zum Leben erwachen würden, wenn ich sie berührte?

Die Griffe des Tores waren nicht weniger abscheulich. Sie bestanden aus menschlichen Wirbelsäulen, an denen noch der Schädel saß. Beim Näherkommen war es unmöglich, den Blick von den künstlerischen Darstellungen abzuwenden. Das beherrschende Thema waren Ängste und Phobien. Kein Wunder, immerhin war das hier der Baum der Furcht. Bestimmt ging es bei den Prüfungen darin um all das, wovor Menschen sich fürchteten. Ich bemerkte zum Beispiel Darstellungen von Tieren, vor denen Menschen Angst hatten: Ratten, Hunde, Spinnen, Schaben und Schlangen, die Menschen fraßen, zerrissen und andere unangenehme Dinge mit ihnen anstellten. Die Bestien mussten einem kranken Hirn entsprungen sein. Am liebsten hätte ich das *Herz des Schneesturms* gepackt und nicht mehr losgelassen, bevor ich einen Ausweg fand. Doch diese Blöße wollte ich mir nicht geben. Wer wusste schon, wie sich das auf die Prüfungen auswirken würde. Schließlich war ich noch nicht einmal durch das Tor getreten.

Ich griff nach einer der Wirbelsäulen. Wie auf ein Signal hin erwachten alle Basreliefs zum Leben. Jede der armen, gequälten Seelen stieß einen Warnschrei aus:

„Flieh, du Narr!“

„Rette dich!“

„In diesem Baum erwarten dich nur Schmerz und Tod!“

„Sie werden dich in Stücke reißen!“

Ich zögerte einen kurzen Moment, doch dann zog ich den Griff zu mir. Ganz entgegen meinen Erwartungen ließ sich das Tor widerstandslos öffnen. Der Schädel am Griff klapperte mit den Zähnen, während ein unheimliches Leuchten aus den leeren Augenhöhlen drang. Doch das war nichts gegen das Stöhnen der Basreliefs. Mit einem beherzten Schritt trat ich ein, nachdem ich Spin als Lichtquelle vorausgeschickt hatte. Knirschend fiel der Torflügel hinter mir zu. Eine Systemmeldung informierte mich, dass mein Respawn-Punkt erneut versetzt worden war. Das war gut, denn so würde ich die Wüste nicht erneut durchqueren müssen.

Da stand ich nun im Baum der Furcht.

Während ich mich umsah, klingelte der Wecker für meinen Termin mit Mark. Ich verließ das Spiel. Dann gönnte ich mir eine kalte Dusche, um wach zu werden. Ich wollte meine Sachen anziehen, aber die waren von dem Überfall an der Brücke noch blutig und zerrissen. Wenigstens hatte ich Sergeis Leihgaben. Trotzdem — damit hätte mich niemand in einen Sicherheitsbereich gelassen. Leider waren die Kleiderschränke in der Wohnung leer. Das war eine Sache, an die Hotei nicht gedacht hatte. Ich allerdings auch nicht, sonst hätte ich etwas bestellen oder kaufen können.

Nach einem kurzen Frühstück meldete Mark sich bei mir: „Ich bin da, komm runter."

Vor dem Haus stand ein schwarzer SUV. Mark winkte mir zu. Entweder zahlte die Polizei sehr viel besser, als ich bisher gedacht hatte, oder er verdiente sich ein paar Euro dazu, um seinen Lebensstil zu finanzieren. Vermutlich eher das Zweite.

„Setz dich nach hinten“, forderte er mich auf. „Ich habe dir ein paar Klamotten mitgebracht. Du brauchst unbedingt die passende Uniform.“

„Okay. Danke.“ Ich schämte mich ein wenig. „Könntest du nicht einfach die passenden Outfits per Illusion erscheinen lassen?“

„Natürlich. Aber ich kann nur zwei Illusionen gleichzeitig aufrechterhalten. Es ist viel einfacher, sich von Anfang an passend anzuziehen.“

„Interessant“, sagte ich. Mir wurde wieder einmal klar, wie wenig ich über andere Fertigkeiten wusste. Ich sollte mehr darüber lesen. Während wir unterwegs waren, zog ich mich um. Der Wagen war so groß, dass ich fast aufrecht stehen konnte.

„Wie lange brauchen wir bis dort?“, wollte ich wissen, während ich ein Gähnen unterdrückte.

„Zwei Stunden.“

„Okay.“

Ich blinzelte, dann lehnte ich mich in die gemütlichen Polster. Vor dem Fenster zogen die Gebäude der Stadt vorbei. Irgendwann wurde es zusehends grüner.

„Wach auf, Schlafmütze“, ätzte Mark. „Dich scheint ja nichts wecken zu können. Dabei hätten wir in der Zeit unsere Vorgehensweise planen können.“

„Entschuldige. Ich habe tagelang nicht schlafen können“, antwortete ich schuldbewusst und wischte mir den Schlaf aus den Augen. „Letzte Nacht habe ich im Spiel verbracht.“

„Das ist uns allen schon passiert“, kicherte er.

„Wir kommen in 15 Minuten an. Also, was ich wissen muss: Kannst du im Notfall jemanden mit deinem *Stromschlag* ausschalten, ohne ihm bleibenden Schaden zuzufügen?“

„Ja, das geht“, antwortete ich. „Ich habe außerdem einen *Blitzschlag,* den ich aber lieber nicht einsetzen würde, und *Stromlasso,* mit dem ich die Gremlins fangen werde.“

„Kannst du Geräte kontrollieren?“

„Grundsätzlich kann ich elektronische Schlösser überwinden. Aber es gibt so viele verschiedene Modelle, dass ich nie sicher sein kann, wie meine Fähigkeit funktioniert. Wie steht es um deine Illusion? Hast du schon einen Plan, wie wir hineinkommen?“

„Nun ja, mein Level ist nicht besonders hoch. Wirklich komplexe Illusionen kann ich nicht wirken. Ich halte mich an Dinge, die keine psychologische Reaktion bei den Menschen hervorrufen. Wir werden die Anlage betreten, um den stellvertretenden Leiter Wladimir Grigorievich Semonov zu treffen. Das geschieht häufiger, sodass niemand Verdacht schöpfen wird. Die Illusion wird darum relativ lebensecht sein.“

„Relativ?“

„Na ja, wie im Spiel eben: Illusionen verursachen nur den Teil des echten Schadens und so. Die Illusion sollte einer flüchtigen Berührung standhalten und vielleicht sogar leichte Dinge wie einen Ausweis aufheben können. Allerdings verkürzt das die Dauer der Illusion.“

„Ist das in Arktanien auch so?“, fragte ich

überrascht.

„Nein. Ich habe durch Versuch und Irrtum herausfinden müssen, wie die Sachen in der Realität funktionieren. Ist das bei dir anders?“

Ich zuckte mit den Achseln. Was sollte ich darauf antworten? „Schon. Andererseits ist ein Blitz hier wie dort ein Blitz.“

„Meine Fähigkeiten im Spiel unterscheiden sich deutlich von denen in der Wirklichkeit“, erklärte Mark, der es genoss, diese Informationen mit jemandem zu teilen. „Es fühlt sich wie eine Mischung aus Illusionist und Mentalist an. Wenn ich in der echten Welt Illusionen wirke, muss ich alle möglichen Dinge beachten. Sonst ist mein Manavorrat im Handumdrehen erschöpft, ohne dass ich etwas bewirkt habe.“

„Was soll das heißen?“

„Hm. Also, wenn ich einen Feuerdrachen über der Stadt kreisen lassen will, kostet mich jede Person, die den Drachen sieht, eine gewisse Menge an Mana. Je weniger sie dazu neigen, die Illusion für real zu halten, desto mehr Mana kostet es. Praktisch niemand glaubt an Drachen. Also ist es für mich so gut wie unmöglich, eine solche Illusion zu wirken. Wenn ich stattdessen einen Helikopter erzeugen will, sind auch ein paar Hundert Leute, die nach oben blicken, kein Problem.“

„Das heißt also, Illusionen, die den Gesetzen unserer Welt nicht widersprechen, sind einfacher zu erschaffen. Und je weniger Menschen die Illusion sehen, desto einfacher wird es für dich“, fasste ich zusammen.

„So ist es. Interessanterweise kann ich für manche Menschen sogar ein paar Sekunden lang ein Gespenst real werden lassen“, fügte Mark grinsend hinzu. Dann kreischte er panisch auf: „Da!“

Ein Sattelschlepper raste außer Kontrolle direkt auf uns zu. Mark schlug die Hände vors Gesicht, dann war das Fahrzeug verschwunden. Ich war schweißgebadet, und das Adrenalin flutete meine Körper. Mark dagegen krümmte sich vor Lachen.

„Das hat mich keine Mühe gekostet.“

Eigentlich hatte er sich dafür eine Kopfnuss verdient, aber ich hielt mich zurück. Immerhin saß er hinter dem Steuer.

„Okay. Wenn du Illusionist bist, heißt das doch, dass alle in deiner Nähe die Illusion sehen, oder?“

„Ja. Aber auf der Straße waren nur wir beide unterwegs. Die Manakosten waren gering.“

„Woher weißt du, wie viel Mana eine bestimmte Illusion kostet? Ich zum Beispiel spüre meinen Manavorrat erst dann, wenn er so gut wie erschöpft ist.“

„Erfahrung. Du weißt schon: Übung macht den Meister“, sagte Mark stolz. „Du musst tief in dich hineinhorchen. Es ist ein leichter Hauch. Wenn du es nicht spürst, musst du mehr üben. Irgendwann wirst du wissen, wann dein Manavorrat aufgebraucht ist.“

Ich würde es bevorzugen, wenn ich einen Prozentwert sehen würde. Aber er hatte recht. Mir fehlte die Übung. Ein weiterer Punkt auf der immer länger werdenden To-do-Liste. Meine Tage müssten 48 Stunden haben!

„Ich würde gern mehr üben. Aber ich stehe ständig unter Zeitdruck“, seufzte ich.

„Wieso das?“, fragte Mark.

Verdammt! War ich etwa der Einzige mit einer Frist?

„Ich muss jeden Teil der göttlichen Quest innerhalb einer gewissen Zeit erledigen. Mir bleibt praktisch kein Freiraum für andere Dinge“, erklärte ich.

„Ui. Das tut mir echt leid. Ich muss einfach nur die Quest abschließen. In welcher Reihenfolge ich die Albträume suche und wann ist völlig unerheblich.“

Ich hätte gern mehr über diese Albträume erfahren. Doch in diesem Moment bogen wir auf den Parkplatz ab.

Mark drückte mir ein paar Smartphones in die Hand. Weitere wanderten in seine Taschen. Dann liefen wir los. Forschen Schrittes gingen wir an der Ausgabestation für Besucherausweise vorbei und näherten uns dem Wachposten. Mark hatte wieder die Gestalt des militärischen Mannes angenommen, der am Vortag an meiner Tür geklopft hatte. Allerdings trug er anstelle der Uniform heute Anzug und Krawatte.

„Gib dich zuversichtlich“, warnte er mich.

„Brauchen wir keine Besucherausweise?“

„Nein. Pass auf.“

Aufmerksam beobachtete ich die Menschen um uns herum. Wer war echt, wer eine Illusion? Ohne, dass ich es bemerkt hatte, war ein weiterer Anzugträger zu uns gekommen. Er hatte graue Haare, ein kleines Bäuchlein und näherte sich, als ob ihm die Anlage gehörte. So sah ein hohes Tier aus. Das musste unser Kontakt sein. Oder vielmehr die Illusion unseres Kontakts.

Er nickte dem Wachmann zu. „Die beiden sind meine Gäste. Sie benötigen Ausweise für alle Bereiche."

„Aber die Vorschriften, Chef. Die beiden müssen sich zuerst vorn registrieren", stammelte der Angesprochene. Nach einem strengen Blick seines Vorgesetzten schob er dann allerdings doch zwei Plastikkärtchen über den Tresen.

Der „Chef" führte uns durch ein Gewirr aus Gängen. Ich war mir nicht mehr sicher, ob es sich wirklich um eine Illusion handelte.

„Woher weißt du, wo wir lang müssen?", flüsterte ich Mark zu.

„Das tue ich nicht. Ich kenne den groben Aufbau der Anlage, aber hier lasse ich einfach den Zufall entscheiden. Hast du schon Gremlins entdeckt?"

„Oops", sagte ich und zog mein Smartphone heraus. Dann öffnete ich die App. „Die Suchreichweite beträgt allerdings nur etwa 20 Meter. Ich bin mir ziemlich sicher, dass wir in die Leitwarte oder zu den Turbinen müssen. Die Biester haben eine Vorliebe für Technik."

Mark warf einen Blick auf mein Telefon. „Ernsthaft? Eine App? Damit hätte ich es auch ohne dich geschafft."

„Die Wege der Götter sind unergründlich. Aber wir müssen ja sowieso nah beieinanderbleiben."

Interessanterweise fragte niemand nach

unseren Ausweisen. Es reichte vollkommen aus, mit ernstem Gesichtsausdruck zielstrebig auszuschreiten. Gewiss hielt auch die Illusion des Werksleiters allzu neugierige Fragen von uns fern.

Als wir die Treppe ins Untergeschoss nahmen, hörte ich Stimmen. „Leise!“, zischte ich. „Da ist jemand.“

Es war eine Besuchergruppe, die an einer Führung teilnahm. Sie gingen durch den Flur, den wir gerade verlassen hatten. Wir hatten sie bereits in einem anderen Teil des Werks gesehen. Es waren etwa 15 Personen. Die Frau an der Spitze erklärte die Funktion der Pumpen und anderer Einrichtungen der Anlage. Es hörte sich an, als hätte sie das schon Tausende von Malen gemacht. Was mich aber wirklich aufhorchen ließ, war eine männliche Stimme: „Gremlin.“ Ich hatte es ganz deutlich gehört. Wir drückten uns an die Wand und lauschten.

„Bist du sicher, dass du die Gremlins aufspüren kannst?“, fragte der Mann gerade viel zu laut für meinen Geschmack. „Wir latschen jetzt schon eine halbe Stunde durch die Gänge.“

„Ich habe es dir doch gesagt“, antwortete eine Frau gereizt. „Ich finde die Biester, du schaltest sie aus. Und jetzt halt den Mund.“

Markt und ich tauschten einen Blick aus.

„Es gibt noch ein Team?“, fragte Mark ungläubig. „Davon haben unsere Freunde gar nichts gesagt.“

„Das klang nicht so, als wären die auf unserer Seite. Sie wollen die Gremlins ausschalten, nicht zurückschicken“, sagte ich. „Wir müssen schneller sein als die beiden. Hier und an den anderen Orten."

Mark kratzte sich gedankenverloren am Kinn. Sein Mund verzog sich zu einem fiesen Grinsen. „Oder wir entledigen uns der Konkurrenten endgültig."

Kapitel 5

„DU WILLST SIE DOCH NICHT ETWA UMBRINGEN?“, fragte ich erschrocken.

Mark sah mich an, als sei ich verrückt geworden. „Wie kommst du denn da drauf? Nein, ich will ihnen nur das Leben schwermachen. Als Illusionist wäre das ein Leichtes für mich.“

„Oh. Gut. Das ist in Ordnung“, sagte ich erleichtert. Immerhin wussten wir noch nicht einmal, ob es sich um Feinde, Rivalen oder Verbündete handelte. Vielleicht konnten wir im letzteren Fall sogar mit ihnen reden? Vermutlich nicht, denn sonst hätte Hotei mir bestimmt von ihnen erzählt. Wahrscheinlich hatte eine andere Gottheit sie beauftragt.

„Kannst du die Infoboxen eigentlich immer sehen oder nur kurzfristig?“, fragte ich Mark.

„Ich muss mich auf die Person konzentrieren.“

„Bei mir ist es genauso. Hoffen wir, dass es bei den beiden auch so funktioniert. Dann könnten wir schnell einen Blick auf sie werfen. Vielleicht könntest du deine Illusion zum Sicherheitsdienst schicken und ihn sagen lassen, dass zwei Verdächtige auf der Führung sind?“

Mark reckte den Daumen in die Höhe. „Gute Idee. Daran habe ich auch schon gedacht. So machen wir das. Du kannst derweil nach unten gehen und nach den Gremlins suchen. Ich kümmere mich um das Pärchen.“

„Hast du etwa noch nie einen Horrorfilm gesehen? Ich halte es nicht für eine gute Idee, uns zu trennen“, maulte ich.

„Das ist doch kein Horrorfilm! Das hier ist mehr wie Mission Impossible. Ich bin Tom Cruise, und du bist der komische Techniker.“

Ich warf meinem Begleiter einen schrägen Blick zu. Wenn einer der Nerd war, dann er. „Wie du meinst.“

„Genau“, beschloss er. „Ich tue meinen Teil. Ruf mich auf dem Notfalltelefon an, wenn du Hilfe brauchst.“

An Telefonen mangelte es uns ganz bestimmt nicht. Ich trug sechs bei mir. Seltsamerweise hatte Mark keine Kosten gescheut. Es handelte sich nicht um Einstiegsmodelle. Während ich die Treppe hinabstieg, gab ich Marks Telefonnummer in eines dieser Handys ein.

Mit dem Plastikausweis konnte ich problemlos die Tür zum Untergeschoss öffnen. Immer wieder warf ich einen Blick auf mein Smartphone und kontrollierte die Radar-App. An der linken Wand des Ganges verliefen Kabel- und Rohrbündel, rechts standen große Geräteschränke. Ich kam mir vor wie in einem Film aus den 1990ern. Überall wimmelte es nur so von Schaltern, Tastern und Messanzeigen. Als Gremlin hätte es mich unweigerlich zu diesen Schaltschränken hingezogen. Aber was wusste ich schon von den Wesen des elementaren Chaos?

Aus einem Seitengang kam ein Arbeiter, dem ich folgte. Er ging in einen riesigen Raum, von dem ich bereits ein Bild im Internet gesehen hatte. Sechs gewaltige Turbinen erzeugten hier Strom aus Wasserkraft. Sie erinnerten mich an riesige Swimmingpools. Unter einer Art Stahldach konnte ich massive Spulen erkennen. Unter der Decke des Raums gab es ein paar Fenster, hinter denen sich die Steuerpulte für die ganze Technik befanden. Die Männer und Frauen dort oben blickten neugierig zu mir herunter.

Jetzt hatte auch der Arbeiter bemerkt, dass ihm jemand gefolgt war. „Haben Sie sich verlaufen?“, fragte er. „Betriebsfremde haben hier keinen Zutritt.“

„Ich weiß“, sagte ich und wedelte mit meinem Ausweis vor ihm herum. „Herr Semonov hat mich gebeten, nach der Ursache der Probleme zu suchen.“

„Semonov? Wieso hat er mir nichts davon gesagt?“ Der Arbeiter zog sein Telefon aus der Tasche. „Ich rufe ihn kurz an und frage, was das soll.“

Geistesgegenwärtig aktivierte ich *Maschinenkontrolle:*

Einsatz der Fähigkeit ***Maschinenkontrolle*** *mit Telefon Huawei R90: erfolgreich*

Verfügbare Befehle:
– Einschalten
– Ausschalten
– Klingelton ändern

Rasch schaltete ich das Telefon aus. Wozu war die Sache mit dem Klingelton gut? Benutzte das noch irgendwer?

„Verdammtes Teil“, schimpfte der Mann und zeigte mir den leeren Bildschirm. „Dann frage ich ihn später. Aber wie wollen Sie das Problem lösen? Unsere besten Leute haben es bereits erfolglos probiert. Was können Sie, was die nicht können?“

Ich war nicht gerade ein begnadeter Schauspieler, doch nun wuchs ich über mich hinaus. In Gedanken stellte ich mir vor, einen NSC vor mir zu haben, den ich im Rahmen einer Quest zu etwas überreden musste.

„Erfolglos. So so. Mag das daran liegen, dass dieses Problem auf geheimnisvolle Weise auftritt und dann wieder weg ist?“, fragte ich. „Möglicherweise sogar jedes Mal an einer anderen Stelle?“

Ich wusste zwar nicht genau, wie die Gremlins sich manifestierten, aber mein Aufenthalt in Arkem hatte mir eine gute Vorstellung davon eingebracht.

„Ja“, antwortete der Mann verdutzt, „so könnte man das sagen.“

Ich zuckte mit den Achseln. „Nun, ich bin der, den man bei solchen Dingen ruft. Haben Sie zufällig X-Men 12 gesehen?“

Es war kaum vorstellbar, dass irgendjemand sich dieses Grauen angetan hatte — und wenn doch, dann würde er es wohl kaum zugeben. Der Arbeiter überlegte eine ganze Weile.

„Nein“, gab er dann zu.

„Nun, eine der Figuren beruht auf mir. Ich bin mir praktisch sicher, dass eine Art Poltergeist Besitz von der Anlage ergriffen hat“, sagte ich. „Keine Angst, ich fasse nichts an. Ich muss nur mit einem Messgerät an den Maschinen vorbeigehen. Es geht ganz schnell.“

Er sah mich an, als hätte ich den Verstand verloren. Dann fiel sein Blick auf mein Smartphone. „Damit wir uns verstehen: Fotografieren und Filmen sind hier streng verboten!“

„Das hatte ich nicht vor. Sie können mich gern begleiten.“

„Und Sie wollen sich wirklich nur umsehen?“, fragte er.

„Genau.“ Wenn ich wirklich einen Gremlin entdeckte, konnte ich immer noch improvisieren.

Schließlich gab er mir mit einem Wink zu verstehen, ihm zu folgen. Ein paar der anderen Leute warfen uns misstrauische Blicke zu.

„Vielen Dank“, sagte ich zu meinem Tourführer, nachdem ich alle Anlagen überprüft hatte. „Ich werde Semonov wissen lassen, dass hier unten alles in Ordnung ist.“

„Soll ich Sie hinbringen?“, bot er an.

Ich zückte meinen Ausweis. „Nein, ich komme schon zurecht.“

Bevor er lange darüber nachdenken konnte, verabschiedete ich mich und verließ den Raum. Vor mir lag ein Gang. Die wenigen Leute hier unten waren auf ihre Aufgaben konzentriert. Ich stolzierte einfach an ihnen vorbei. Ich ignorierte alle anderen — und sie handelten ebenso. An der Wand hing ein Plan mit den Flucht- und Rettungswegen. Ich nutzte die Chance, mir einen Überblick über den Grundriss zu verschaffen.

Kurz darauf blinkte in meiner App ein kleiner Punkt auf. Ich war erleichtert, denn es handelte sich um einen Raum, dessen Tür geschlossen war. Niemand würde einfach aus dem Gang hineinsehen können. Ich hatte keine Ahnung, was die Menschen gemacht hätten, wenn hier wirklich ein grüner Gremlin auftauchte. Ich würde die Sache rasch erledigen.

Nachdem ich geklopft hatte, drückte ich die Klinke hinunter. Die Tür war nicht abgeschlossen. Allerdings gab es in dem Raum keine einzige Maschine. Es handelte sich um ein Ersatzteillager. Ich näherte mich der gegenüberliegenden Wand. Leider hielt der Gremlin sich auf der anderen Seite auf.

Na toll. Warum konnten die Dinge nicht ein einziges Mal einfach sein? Seltsam, auf dem Plan hatte ich keinen solchen Raum gesehen. Wie kam ich dort hinein? Fragen konnte ich nicht. Das hätte nur den Verdacht der Angestellten erregt. Es gab auch keine sichtbare Tür.

Ich musste wohl oder übel zurück zum Treppenhaus und einen anderen Zugang ins Untergeschoss suchen. Als ich die Treppe ins Erdgeschoss verließ, wurde ich Zeuge, wie die anderen Abgesandten von zwei Wachleuten aus dem

Gebäude geleitet wurden. Das war die Gelegenheit, einen Blick auf ihre Infoboxen zu werfen. Der Mann, Bulldog, Level 75, hatte dunkelblonde Haare, war ungefähr in meinem Alter und trug Jeans und T-Shirt. Seine rothaarige Begleiterin war mit einem kurzärmligen Hosenanzug bekleidet. Tattoos zierten ihre Arme und ihren Hals. Ihr Name war Weasel90, und sie war auf Level 63. Leider enthielt die Box keine Angaben zur Klasse eines Spielers. Ich hatte also keine Ahnung, welche Fähigkeiten sie haben mochten. Doch ich konnte eine interessante Schlussfolgerung ziehen: Die fünf Abgesandten, die ich gesehen hatte, waren alle in etwa auf Level 65. Das bedeutete, dass die Pods mit dem ESGUMI 3.025 ungefähr zum selben Zeitpunkt ausgeliefert worden waren. Mein Level war im Vergleich mit meinen Schicksalsgenossen also weder extrem hoch noch besonders niedrig. Ich würde mich bei Hotei darüber beschweren. Immerhin hatte er es so dargestellt, als wäre ich besonders schnell aufgelevelt.

Es wäre besser gewesen, mich sofort zu verziehen, denn während ich meine Schlüsse gezogen hatte, war ich der Frau aufgefallen. Ihre Augen verengten sich, als würde sie ein Schild über meinem Kopf lesen. Dann sah sie erschrocken zu ihrem Partner und flüsterte ihm etwas zu. Ich tauchte hinter einer Ecke ab, aber es war zu spät. Verflixt und zugenäht! Ich würde später darüber nachdenken.

Mark kam mir auf dem Flur entgegen. „Die wären wir los", sagte er zufrieden. „Hast du schon einen Gremlin gefunden?“

„Ja. Allerdings weiß ich noch nicht, wie ich an ihn rankomme. Was hast du den Sicherheitsleuten erzählt?“

„Ich habe ihnen gar nichts erzählt. Es war der hochgeschätzte Leiter der Einrichtung“, korrigierte der Illusionist mich. „Er hat einen Anruf erhalten, dass zwei mutmaßliche Terroristen als Teil einer Besuchergruppe in einen Sicherheitsbereich eingedrungen seien.“

„Terroristen?“, fragte ich mit einem Räuspern. „Ist das nicht etwas zu dick aufgetragen? Dafür könnten sie im Gefängnis landen. Vielleicht dauert es eine Woche, bevor sie freigelassen werden. Wenn nicht noch länger.“

„Tja, dann ist das eben so. Eine Sorge weniger für uns.“

Ich runzelte die Stirn. „Das mag ja stimmen, aber was, wenn sie sich dumm anstellen und ihre Fähigkeiten vor den Augen von normalen Menschen einsetzen?“

„Wenn sie wirklich so dämlich sein sollten, haben sie es verdient, eingesperrt zu werden. Vielleicht sollte ich als Chef in der Sicherheitsabteilung vorbeischauen und mir die Namen und Adressen der Bösewichte verschaffen. Sicher ist sicher.“

Ich musste neidlos anerkennen, dass das keine schlechte Idee war.

Wir beschlossen auch, dass das Risiko einer Entdeckung mit jeder Minute stieg. Immerhin war der Chef an zwei Orten gleichzeitig. Nicht auszudenken, wenn jemand vom Wachpersonal das auf den Kameras bemerkte.

„Lass uns später darüber reden“, sagte ich. „Komm, wir müssen hier lang.“

Nach ein paar Metern entdeckten wir eine Tür, die mit einem Lesegerät gesichert war. Das Schild darüber machte deutlich, dass dahinter ein Sicherheitsbereich lag. Leider waren unsere Ausweise nicht mit den erforderlichen Zugangsrechten versehen.

„Willst du es probieren? Oder muss der Chef kommen?“, frotzelte Mark. „Ersteres wäre mir lieber — ich habe nicht mehr viel Mana.“

„Ich probiere es.“ Ich konzentrierte mich auf das Schloss und aktivierte die Fähigkeit.

Einsatz der Fähigkeit ***Maschinenkontrolle*** *mit elektrischem Schloss IS8001-N-K: erfolgreich*

Verfügbare Befehle:

– Einschalten

– Ausschalten

– Öffnen

Großartig. Besser konnte es nicht laufen. Es schien, als ob meine verbesserte Kontrolle über die Mechanismen der Uralten sich positiv auf die Realität auswirkte. Ich bestätigte meine Wahl, und das Schloss klickte.

„Es hat wirklich geklappt“, rief Mark erstaunt. „Ich hatte befürchtet, ich müsste die ganze Arbeit erledigen.“

„Das liegt vielleicht daran, dass meine Klasse

für Kämpfe prädestiniert ist“, gab ich zu bedenken. „Folge mir.“

Ich hoffte, dass die Security auch in diesem Bereich relativ lax war. Bisher hatten wir uns ungestört durch das Gebäude bewegen können. Aber das Schloss und das Schild deuteten Probleme an.

Der kurze Flur führte auf einen Steg, der in luftiger Höhe einmal rund um die Halle führte. Unter uns ging es 10 Meter in die Tiefe. Der ganze Raum mochte gut 20 Meter hoch sein. In der Mitte stand eine noch größere Version der Turbinen, die ich vorhin gesehen hatte.

„Darüber habe ich neulich einen Zeitungsartikel gelesen“, sagte Mark. „Das ist der Prototyp für ein neues Kraftwerk.“

„Kein Wunder, dass der Gremlin sich dort verbirgt“, nickte ich.

Hier gab es keine manuellen Schalter und Hebel. Alles war hypermodern — von den LCD-Bildschirmen bis zu den Touch-Bedienfeldern. Der kleine Punkt in der App war jetzt viel näher.

„Treffer!“, rief ich fröhlich. „Los, wir gehen nach unten.“

Allerdings hatten uns die Wachleute in der Halle bereits bemerkt.

„Ich kümmere mich um sie“, sagte Mark. „Schnapp du dir den Gremlin.“

„Aber wie…“

„Ich mache dich unsichtbar. Beeil dich lieber, denn lange kann ich diese Illusion nicht aufrechterhalten. Du musst es in sieben Minuten schaffen.“

Mit einem flauen Gefühl im Magen lief ich los. Tatsächlich bemerkten mich die ersten beiden Wachen nicht. Mark gestikulierte und schaute den Uniformierten vor sich streng an.

Ich näherte mich dem Versteck des Gremlins und streckte die Hand aus. Trotz meiner Unsichtbarkeit konnte ich meinen Körper sehen. Das galt zum Glück nicht für die Wachleute. Die Illusion ließ andere wohl eher über mich hinwegblicken. Echte Unsichtbarkeit war das meiner Meinung nach nicht.

Wie sollte ich vorgehen? Würde es reichen, einfach einen Blitz auf die Maschine zu schleudern? Das konnte ich mir kaum vorstellen. Außerdem würde ich damit garantiert Aufmerksamkeit erregen, Illusion hin oder her. Also kein Blitz. Aber was dann? „He, Gremlin", flüsterte ich, „zeig dich!" Keine Reaktion.

Das Gehäuse der Maschine besaß eine Tür, die ein ganz normales Schlüsselloch aufwies. Ich nutzte *Magnetismus,* um den Riegel zu öffnen. Hinter der Tür sah ich mehrere Mikrochips. Wo steckte der Gremlin?

Ich versicherte mich, dass Mark die Wachen nach wie vor beschäftigte. Tatsächlich standen mittlerweile vier Männer vor ihm, die ihn langsam, aber sicher Richtung Ausgang drängten.

Ich fuhr mit den Händen über die Chips. *Da!* An einem blinkte eine kleine lila LED auf. Die Farbe glich der Farbe der Chaosmagie in Arktanien aufs Haar! Ich wollte den Chip nehmen, aber ein lila Blitz stieß meine Hand ab.

„Hab ich dich!“, murmelte ich triumphierend.

Ich zog ein Handy aus der Tasche und legte es auf den Boden. Dann erschuf ich ein kleines Stromlasso und warf es in Richtung Chip. Ein Wutschrei ertönte. Ganz langsam zog ich das Lasso zu mir. Es durfte auf keinen Fall reißen! Schließlich erschien ein energiegeladener, lilafarbener Klumpen. Beim nächsten Schritt war ich mir nicht ganz sicher, aber es war wohl richtig: Ich führte den Gremlin mit dem Lasso in Richtung Telefon. Sobald ich nicht mehr daran zog, sprang das Wesen mit einem glücklichen Quietschen auf das Display hinab und wurde wie von einem Staubsauger verschluckt. Das Handydisplay blitzte auf, bevor Rauch aus dem Gerät austrat. War es das etwa gewesen? Tatsächlich:

Aufgabe „Frühlingsjagd auf Gremlins“ zu 20 % abgeschlossen

Belohnung: ein herzlicher Dank vom großen Gott Hotei

Ich drehte mich um. Mark winkte mir hektisch zu. Er sah wieder aus wie er selbst. Von den Wachen keine Spur.

„Wie bist du die Streithähne losgeworden?“, fragte ich, während wir die Treppe hochliefen.

„Gar nicht. Sie haben mich zu ihrem Boss gebracht.“ Mark sah gar nicht gut aus. Er wirkte wie jemand, der jeden Moment in Ohnmacht fallen würde. „Ich bin am Ende meiner Kräfte. Mit etwas Glück hält die Unsichtbarkeit noch zwei Minuten lang an. Bleib bloß in meiner Nähe, damit ich auch unsichtbar bin."

„Hast du die Systemmeldung auch bekommen", wollte ich wissen.

Er nickte erschöpft. „Ja. Und ich habe eine Belohnung erhalten."

Eine Belohnung? Wieso hatte er eine Belohnung kassiert?

Wir näherten uns der Tür, an der eine ganze Traube von Sicherheitsleuten stand. Sie versuchten, die angeblichen Terroristen aufzuhalten, die aus dem Büro des Sicherheitschefs getürmt waren.

Arm in Arm quetschten wir uns durch die Menge. Mittlerweile musste ich Mark fast tragen. Ich seufzte erleichtert, als wir den Parkplatz erreicht hatten.

„Das war schon fast zu einfach", sagte ich, als wir zum Auto gingen.

„Einfach?", stöhnte Mark, der sich auf den Fahrersitz fallen ließ. „Ich habe meinen kompletten Manavorrat aufgebraucht und all meine Fähigkeiten eingesetzt. Einige davon haben eine Abklingzeit von 24 Stunden!"

„Ja, du hast ganze Arbeit geleistet", gab ich zu und nahm auf dem Beifahrersitz Platz. „Illusionist ist eine coole Klasse! Ich wusste gar nicht, was man damit alles anstellen kann."

„Das stimmt. Ich wünschte nur, unsere gemeinsamen Freunde hätten uns vor den anderen Gremlin-Jägern gewarnt."

„Wie gut, dass wir nicht mit denen aneinandergeraten sind", stimmte ich zu. „Was ich schon gestern fragen wollte: Wieso nennst du sie unsere Freunde?"

Er runzelte die Stirn. „Na ja, wenn es wirklich Götter sind, möchte ich nicht ihre Aufmerksamkeit erregen, indem ich ihre Namen ausspreche. Das gilt auch, wenn es sich um eine KI handelt. Ich will einfach kein Risiko eingehen. Du hast ja selbst deine Erfahrungen mit den Göttern gemacht. Und was erst die Leute denken, wenn man davon erzählt! Man kann gar nicht vorsichtig genug sein."

Oh. Das hörte sich fast so an, als hätte er bereits mit mehreren Personen über seine Erlebnisse gesprochen. Vielleicht war er sogar schon anderen Abgesandten begegnet? Hatte er vielleicht ein dunkles Geheimnis? Andererseits hatte auch ich mit anderen über die Götter geredet. Und auch ich hatte ihm nicht alles erzählt.

Ich nickte. „Zum Glück haben die beiden sich in aller Öffentlichkeit über Gremlins unterhalten. Sonst hätten wir sie wohl kaum bemerkt."

„Genau!" Mark fuhr los. Das Kraftwerk wurde im Rückspiegel immer kleiner.

„Ich hätte mir gern eine Woche Zeit für diese Aufgabe gelassen. Aber das ist wohl ein Luxus, den wir uns nicht erlauben können", sagte er schließlich frustriert. „Es wird aber bis morgen dauern, bevor meine Fähigkeiten wieder aufgeladen sind. Wir sollten versuchen, die vier anderen Gremlins direkt nacheinander zu fangen. Allerdings ist einer davon über 1.000 Kilometer weit weg."

„Kannst du vielleicht einen Helikopter besorgen?", schlug ich vor.

„Warum nicht gleich einen Überschalljet?“, schnaubte Mark. „Ich mag vielleicht so meine Beziehungen haben, aber das übersteigt sogar meine Möglichkeiten. Andererseits... Vielleicht können wir einen Helikopterrundflug buchen.“

„Geld scheint für dich ja keine Rolle zu spielen“, stellte ich fest.

„Wie kommst du denn darauf? Ich verdiene nicht schlecht. Bestimmt würde Papa mit etwas leihen, aber...“

„Ich habe nur gedacht, bei diesem Auto musst du deine Fertigkeiten auch für halbseidene Zwecke einsetzen“, mutmaßte ich vorsichtig. „Als Illusionist kannst du doch bestimmt die eine oder andere Geldquelle anzapfen. Ich habe doch gesehen, was du drauf hast.“

Mark brachte den Wagen abrupt zum Stehen. „Pass bloß auf, was du sagst. Ich habe Leuten schon für weniger eine Backpfeife verpasst“, drohte er. „Mein Vater war beim Militär, mein Großvater war beim Militär. All meine Vorfahren. Wir würden nie etwas Illegales tun.“

Huch! Da hatte mein erster Eindruck mich stark getäuscht.

„Tut mir leid“, sagte ich beschämt. „Deine Idee mit dem Geldautomaten hat mich wohl auf die falsche Fährte geführt.“

„Das war doch rein hypothetisch!“

„Ach? Und das gerade war kein Einbruch?“

„Damit haben wir doch niemandem wehgetan“, sagte Mark und gab Gas. „Im Gegenteil. Wir haben einen Gremlin eingefangen, der in der ganzen Stadt für Stromausfälle gesorgt hat. Ich habe ein reines Gewissen."

„Du hast ja recht", gab ich zu. „Sorry. Ich habe dich falsch eingeschätzt."

„Ist schon gut", sagte er. „He, ich befürchte, wir haben einen Verfolger. Der schwarze Wagen klemmt schon seit dem Kraftwerk hinter uns. Wenn ich beschleunige, fährt er schneller, aber wenn ich bremse, überholt er nicht. Selbst gerade, als wir auf dem Randstreifen standen."

Faszinierend. Mark war zwar sauer auf mich gewesen, aber trotzdem hatte er die Umgebung im Blick behalten.

„Meinst du, es sind die zwei anderen?", fragte ich und sah mich um.

„Gut möglich. Aber wieso sollten sie uns folgen?"

Ich musste wohl von meinem Fauxpas berichten: „Eventuell hat die Frau meine Infobox gesehen, als sie von den Sicherheitsleuten abgeführt wurde."

„Und das sagst du mir erst jetzt?", schrie Mark mich an.

„Wir hatten doch so viel um die Ohren", erwiderte ich. „Soll ich versuchen, den Motor abzuschalten."

Mark nickte. „Tu es."

Doch bevor ich meine Fähigkeit einsetzen konnte, erschien ein Messer in der Luft vor mir. Die Klinge legte sich an meinen Hals und ritzte mir die Haut auf.

„Ich würde vorschlagen, ihr haltet euren Wagen

an, damit mein Freund aufholen kann“, ertönte eine weibliche Stimme vom leeren Rücksitz. „Danach werden wir entscheiden, was mit euch geschieht.“

Kapitel 6

WENIGSTENS HATTEN WIR JETZT EINE BESSERE VORSTELLUNG von der Klasse der rothaarigen Frau. Sie musste eine Assassinin oder etwas in der Art sein. Ich spürte, wie der Blutstropfen an meinem Hals herabrann. Meine Beine zitterten, meine Arme waren wie erstarrt. Ich wagte nicht, mich zu bewegen. Theoretisch hätte ich das Messer mit *Magnetismus* wegstoßen können, aber auch das war mir zu riskant. Wer wusste schon, wie stark sie war? Vielleicht besaß sie auch mehr als nur diese eine Klinge.

Mit *Magnetische Empfindlichkeit* hätte ich das herausfinden können — doch dazu hätte ich mich umdrehen müssen. Und daran hinderte mich das Messer an meiner Kehle.

„Du bist eine Assassinin?“, stellte Mark fest und warf einen Blick nach hinten. „Wir finden bestimmt eine Lösung, bei der niemandem etwas geschieht.“

„Pah! Das fällt dir ein bisschen spät ein, nicht

wahr?“ Die Stimme der Frau triefte vor Sarkasmus. „Immerhin habt ihr angefangen.“

Wir hatten den beiden zwar den Sicherheitsdienst auf den Hals gehetzt, aber weder hatten wir ihr Leben bedroht noch Gewalt angewendet.

„Halte da vorn an!“, befahl die Unsichtbare. Mark brachte den Wagen zum Stehen.

„Jetzt den Motor ausschalten und aussteigen“, kam der nächste Befehl. „Der Fahrer zuerst.“

Auch das tat Mark gehorsam. Wie schade, dass er nicht mehr genug Mana besaß, um uns unsichtbar zu machen. Ich überlegte, wie ich uns aus dieser Situation befreien konnte.

„Keine plötzlichen Bewegungen! Ich bin schneller als du“, warnte die Frau mich, bevor sie das Messer von meiner Kehle nahm und es sich in Luft auflöste. „Raus mit dir.“

Ich stieg aus dem Wagen. Unsere Kidnapperin war zwar noch unsichtbar, aber dank *Magnetische Empfindlichkeit* konnte ich genau sehen, wo sie sich befand. Sie trug nämlich jede Menge Messer am gesamten Körper verteilt. Jedes davon wurde mir schemenhaft angezeigt. Seltsamerweise sah ich weder ein Telefon noch Schlüssel oder Kleingeld, obwohl sie gewiss mindestens eins von diesen Dingen bei sich trug. Ich überlegte, ob ich sie mit *Blitzschlag* außer Gefecht setzen sollte, damit Mark und ich wieder ins Auto springen und fliehen konnten. Das Risiko wäre gering gewesen, denn Bulldog war noch nicht ausgestiegen. Dann entschied ich mich dagegen, denn ich wollte gern herausfinden, wer sie waren, für wen sie arbeiteten und was sie vorhatten. Hoffentlich waren die zwei Abgesandten überhaupt bereit, mit uns zu reden.

„Wen haben wir denn da?“, sagte der Mann mit grimmiger Miene und ballte die Hände. „Ihr Vögel habt uns die Tour vermasselt und uns fast in den Knast geschickt.“

Mark hob beschwichtigend die Hand. „Schuldig im Namen der Anklage. Und ich bereue nichts.“

„Du hast eine ziemlich große Klappe für so einen dürren Schlaks“, sagte Bulldog. Er schlug mit der Faust in die Tür von Marks Auto. Es blieb eine große Delle zurück. „Sei lieber nett zu mir, sonst nehme ich das nächste Mal deinen Kopf.“

„Ich tue mal so, als hätte ich das nicht gehört“, sagte mein Begleiter. „Sonst müsste ich dich ja verhaften. Du weißt doch bestimmt, dass ich Polizist bin — und gerade im Dienst, oder? Nach diesem kleinen Unfall brauche ich die Daten deiner Versicherung, damit ich den Schaden melden kann. Dann können wir artig *Ciao* sagen und wegfahren.“

Bulldog blickte drein, als würde er sich jeden Moment auf Mark stürzen. Ich war mir ziemlich sicher, dass Mark den Kürzeren ziehen würde. Unser Gegenspieler war ein echter Muskelberg. Leider besaß er keinen Humor. „Bist du doof?“, fragte er verwirrt.

Ich fand Marks Vorgehensweise auch nicht sonderlich diplomatisch. Diesen Charakterzug hatte er mit Ne-Tarok gemein, der ebenfalls nicht gelernt hatte, seinen Mund zu halten.

„Wieso?“, fragte Mark nonchalant zurück. „Ihr

und wir erledigen doch nur eine Quest. Im Spiel hättet ihr ebenso gehandelt. Wo ist das Problem?“

„Wir sind aber nicht im Spiel“, sagte die Stimme der Frau. Sie war noch immer unsichtbar. „Das hier ist das echte Leben. Hier ist alles sehr real — und sehr viel schmerzhafter.“ Wie zur Bestätigung erschien ein Messer in der Luft und verletzte Mark an der Wange.

Für mich gab es keinen großen Unterschied zwischen Arktanien und der Realität, aber ich war ja auch derjenige mit einer Schmerzeinstellung von nahezu 100 %. Oder hatte außer mir noch niemand die Parameter seines Pods überprüft? Das wäre doch Wahnsinn!

Mark zuckte mit den Schultern. „Ich habe nichts gespürt. Hast du irgendetwas gemacht?“ Vor unseren Augen schloss die Wunde sich.

„Regeneration“, knurrte Bulldog. „Da wüsste ich ein Gegenmittel.“

„Stopp“, befahl die Stimme der Frau. „Das ist keine Regeneration. Er ist ein Illusionist und versucht, uns hereinzulegen. Er hat seinen gesamten Manavorrat im Kraftwerk verbraucht. Es besteht kein Grund, Angst vor ihm zu haben.“

Bulldog schnaubte. „Angst? Vor dem da?“ Dann sah er mich an. „Du da, Falk, Level 67. Was ist deine Klasse?“

Als ob. Wir hätten abhauen sollen, als es noch ging. Diese Verhandlungen verliefen in die ganz falsche Richtung. Ich spielte im Kopf meine Möglichkeiten durch.

Bulldogs Wagen war ein recht neues Modell. Es

war vermutlich mit Fernstart, Diebstahlalarm und allen anderen Extras ausgestattet. Ich versuchte, meine Fähigkeit einzusetzen, aber es ging nicht. Das musste daran liegen, dass das blöde Ding weiter als fünf Meter weg war. Es waren wohl nur die Mechanismen der Uralten, die ich kontrollieren konnte, wann immer sie in meinem Blickfeld waren. Wie konnte ich mich unauffällig dem Fahrzeug nähern?

„Spuck es aus. Was für eine Art Zauberer bist du?“, fauchte Bulldog mich an. „Und welchem Gott dienst du?“

„Hä? *Dienen?*“, fragte ich verwirrt. „Ich bin nur ein Spieler, der die ein oder andere Quest erledigt.“

Schallendes Frauengelächter ertönte. „Das denkst du.“

Auf meinem geistigen Radar sah ich das Messer näherkommen. Es kostete mich große Überwindung, nicht auszuweichen, bevor sie mir einen weiteren Schnitt damit verpasste. Die blöde Kuh hatte eindeutig Spaß daran, ihre Geschicklichkeit und Unsichtbarkeit zur Schau zu stellen und anderen wehzutun. Ich tat so, als hätte ich panische Angst, und machte ein paar Schritte in Richtung des Autos.

*Einsatz der Fähigkeit **Maschinenkontrolle** mit Land Cruiser Prado: erfolgreich*

Verfügbare Befehle:

– Motor einschalten/ abschalten

– Alarm aktivieren/ deaktivieren

– Notfallmodus aktivieren/ deaktivieren

– Zentralverriegelung öffnen/ schließen

– Alarmsignal ändern

Geschafft! Wie schade, dass es keine Option zur Selbstzerstörung gab. Stattdessen wieder diese seltsame Funktion zum Ändern eines Tonsignals. Wozu?

„Morphius“, sagte Mark. „Mein Patron ist der Gott der Illusionen und Träume. Wenn ihr also nicht bis in alle Zeit von Albträumen gequält werden wollt, solltet ihr euch lieber benehmen.“

Hatte er den Verstand verloren? Wieso fachte er den Streit immer weiter an? Hm. Oder versuchte er, die beiden abzulenken, damit ich uns aus der Patsche helfen konnte?

Das klappte nicht besonders gut, denn jetzt widmete die Assassinin sich wieder mir: „Klasse und Gottheit, los. Oder muss ich dir erst ein Ohr abschneiden?“

Ich hing an meinen Ohren. Und mich interessierte, wie das Pärchen reagieren würde. „Elektrozauberer“, antwortete ich widerwillig. „Ich habe die Quest von der Schicksalsgöttin erhalten. Und ihr zwei?“

„Neutrale Spieler“, murmelte Bulldog. „Was machen wir mit ihnen?“

Das Schweigen schien sich endlos hinzuziehen. Da fiel mir auf, dass bisher noch kein einziges Auto vorbeigefahren war. So etwas wäre eine willkommene Ablenkung gewesen.

„Wir können keinen Konkurrenten brauchen“, stellte die Frau schließlich fest.

Mir dämmerte, dass ich kein guter Verhandler

war. Unsere Verfolger wussten mehr über uns, aber wir hatten nichts über sie erfahren. Mein Magnet-Radar zeigte mir, dass die Assassinin sich mit erhobenem Messer näherte. Die Zeit für Verhandlungen war vorbei. Wollte sie mich töten? Oder nur verletzen? Egal, so weit würde ich es nicht kommen lassen.

Ich aktivierte den Notfallalarm von Bulldogs Wagen und verriegelte die Türen. Sofort gab es ein wahres Feuerwerk an Lichtern und lauten Tönen, die unsere Gegner ablenkten. Ich nutzte die Gelegenheit, um *Blitzschlag* gegen die Frau zu wirken. Dabei hatte ich durchaus die Absicht, sie zu verletzen. Meine Intuition verriet mir, dass die Abgesandten möglicherweise bessere Verteidigungsmaßnahmen auffahren konnten als normale Menschen.

Der Treffer schleuderte sie gut zwei Meter nach hinten. Ein Schmerzensschrei ertönte, und sie wurde sichtbar. Sie lag zuckend auf dem Boden.

„Du Mistkerl!", schrie Bulldog und rannte die Fäuste schwingend auf mich zu. Tatsächlich machte er nur einen Schritt, bevor er drei Meter weiter und direkt vor mir wieder erschien. Dann traf seine Faust meine Brust.

Es fühlte sich an, als hätte ein Güterzug mich überrollt. Zumindest stellte ich es mir so vor. Hatte er mich aus den Schuhen gehauen? Ich schnappte nach Luft. Während ich am Boden lag, setzte ich *Blitzschlag* gegen ihn ein, aber der Angriff prallte an einer unsichtbaren Barriere ab.

Mark hatte sich bereits in Bewegung gesetzt und versuchte, unseren Wagen zu erreichen. Bulldog wollte ihm den Weg abschneiden, aber mein *Stromlasso* legte sich um sein Bein. Wie ein wilder Stier zog er mich mit sich, aber er hatte an Tempo eingebüßt. Mark sprang auf den Fahrersitz und verriegelte die Türen. Wie ein Berserker schlug Bulldog die Scheibe ein und zerrte meinen Begleiter durch das Fenster ins Freie.

Die rothaarige Assassinin hatte sich in der Zwischenzeit erholt. Zwar war sie für das bloße Auge wieder verschwunden, aber ich wusste genau, wo sie war. Zu unserem Glück hatte sie das noch nicht kapiert. Ihr Messerwurf verfehlte mich, denn ich nutzte *Magnetismus,* um näher an unseren Wagen zu kommen. Bulldog hatte Mark am Kragen seines Hemds gepackt. Dadurch konnte ich mit *Stromschlag* angreifen. Ich legte die volle Stärke hinein.

Leider erlitt auch Mark dadurch Schaden, aber darauf konnte ich keine Rücksicht nehmen. Bulldog fiel ohnmächtig zu Boden und begrub sowohl Mark als auch mich unter seinem massigen Körper.

Als ich mich aufgerappelt hatte, stand ich der Frau direkt gegenüber. Ich schaffte es im letzten Moment, ihr Messer mit *Magnetismus* aufzuhalten. Dafür traf mich ihr Tritt gegen das Schienbein, gefolgt von einem Faustschlag ins Gesicht.

Doch bevor sie erneut mit dem Messer zustechen konnte, sprang sie zur Seite und warf die Klinge in diese Richtung. Überrascht sah ich, wie mein Körper weglief. Das Messer steckte mir im Rücken. Wie gut, dass es nur eine Illusion war! Mark hatte das Bewusstsein wiedererlangt.

„Ins Auto, sofort“, zischte er und kämpfte sich hoch. „Ich bin völlig ausgebrannt. Keine Fähigkeiten mehr, kein Mana.“

Die unsichtbare Frau rannte noch immer meinem Alter Ego hinterher. Immer mehr Messer fanden den Weg in den Rücken meines Doppelgängers. Als wir losfuhren, verschwand die Illusion. Ich blickte mich um und sah, wie Bulldog sich wieder aufrappelte.

„Mist! Verdammte Scheiße“, fluchte Mark und trat das Gaspedal durch. Sein Gesicht war übersät von Kratzern und Schnittwunden. Seine Lippen waren blau angelaufen und zitterten.

In meinen Adern pulsierte das Adrenalin. Ich war überglücklich, dass wir unseren Feinden entkommen waren.

„Kopf hoch. Immerhin sind wir ihnen durch die Finger geschlüpft“, seufzte ich erleichtert. Meine Seite schmerzte, aber ich wagte es nicht, nachzusehen. „Ich glaube kaum, dass sie uns folgen können.“

„Ja“, krächzte Mark mit schmerzerfüllter Stimme. „Wir sind echte Helden. Aber ich wusste nicht, dass es so wehtut, ein Held zu sein. Im Spiel ist das alles viel erträglicher.“

„Tut mir leid. Aber anders konnte ich den Kerl nicht ausschalten.“

„Scheiß auf den Kerl und deinen Stromschlag! Ich rede von dem verdammten Messer.“ Er drehte sich ein wenig im Sitz. Direkt unter der linken Achselhöhle konnte ich den Griff eines Wurfmessers erkennen.

„Grundgütiger! Lass das bloß in der Wunde stecken“, riet ich ihm. Das hatte ich in Fernsehkrimis gelernt.

„Das ist mir klar“, fauchte Mark, während er sich Schweiß und Blut aus dem Gesicht wischte. „Wir müssen in die Notaufnahme. Und wir müssen Anzeige erstatten. Ich befürchte, mit dieser Verletzung bin ich ein paar Tage außer Gefecht gesetzt.“

„Du bist doch selbst ein Polizist. Kannst du nicht ein paar Fäden ziehen?“

„Leider nicht. Diese Dinge werden momentan sehr ernst genommen. Wir müssen uns eine glaubhafte Geschichte zurechtlegen. Einen Überfall oder so etwas. Ein wenig Zeit werden wir auf jeden Fall im Krankenhaus verbringen.“

Ich versuchte, ihn zu beruhigen. „Nimm es nicht so schwer. Die Hauptsache ist doch, dass das Messer keine lebenswichtigen Organe verletzt hat.“ Verspätet kam mir die Einsicht, dass sich das wohl weniger beruhigend angehört hatte, als ich beabsichtigt hatte.

Mark schien mir zuzustimmen, denn er nickte. Dann sah ich, dass es gar kein Nicken war, denn er hob ruckhaft den Kopf.

„Ich fühle mich nicht besonders gut. Du solltest lieber weiterfahren.“ Seine Stimme war kaum mehr zu verstehen. Die Lippen waren mittlerweile blassblau. „Ich muss mich... ein wenig... hinlegen.“

Er brachte den Wagen zum Stehen. Ich half ihm auf den Rücksitz.

„Ich bringe dich ins Krankenhaus. Das Navi

kennt den schnellsten Weg."

Ich hielt die Augen auf die Straße gerichtet. Was sollten wir bloß tun? Hoffentlich starb Mark nicht! Eigentlich waren Wurfmesser doch viel zu kurz, als dass sie schwere Verletzungen verursachen konnten, oder? *Oder?*

Bestimmt würde alles gut werden. Mark würde wieder gesund. Doch wie konnte ich allein die Gremlins fangen? Die anderen Abgesandten hatten die Aufgabe stark erschwert. Ich stand unter gewaltigem Zeitdruck. Konnte ich es ohne den Illusionisten überhaupt schaffen? Was, wenn ich mich einfach nicht mehr um die Quest kümmerte? Bestimmt wäre Hotei sauer auf mich. Ich überlegte fieberhaft.

Dann kam mir die Idee: Sergei. Er könnte Mark ohne langen Genesungsprozess heilen. Würde er das tun? Wollte ich überhaupt, dass die beiden einander kennenlernten? Während ich so schnell wie möglich weiterfuhr, bewertete ich im Kopf unsere Optionen.

„Ich habe eine Idee", sagte ich dann. „Ich kenne jemanden, der uns helfen kann."

„Einen Arzt oder Sanitäter?"

„Viel besser."

Bevor ich mehr erklären konnte, verlor Mark das Bewusstsein. Gleich würden wir eine belebtere Gegend erreichen. Ich verlangsamte das Tempo und entfernte die Scherben aus dem Fenster. Auf keinen Fall wollte ich unnötig Aufmerksamkeit erregen.

Nachdem das erledigt war, gab ich Sergeis Nummer in eines der Telefone ein, die Mark besorgt hatte. Hoffentlich konnte er rangehen. Hoffentlich war er in seiner Wohnung.

„Ja?“

„Andrew hier.“

„Andrew?“ Sergei klang, als würde er am liebsten auflegen.

„Ich bins, Falk“, erklärte ich. „Ich brauche dringend deine Hilfe. Es geht um deine besondere Fertigkeit.“

„Ich weiß schon, wer du bist“, knurrte er. „Ich bereue, dass ich dir geholfen habe. Du karrst bestimmt deine Verwandten an, damit ich ihnen helfe. Die Antwort ist *Nein.*“

„Warte! Es geht nicht um meine Verwandtschaft“, erwiderte ich rasch. „Ich habe einen Abgesandten bei mir. Er ist schwer verwundet. Nicht so schlimm wie ich, aber es ist heftig.“

Mit etwas Glück musste Sergei gar nicht auf den mächtigen Heilzauber zurückgreifen.

„Meine besondere Fertigkeit steht gerade nicht zur Verfügung. Aber eventuell reicht eine weniger durchschlagende Behandlung.“

Stimmt, seine mächtige Heilung hatte eine Abklingzeit von einer Woche. Hoffentlich war ein schwacher Heilzauber genug, um Mark zu heilen.

„Es ist wirklich wichtig“, flehte ich. „Und ich habe ein paar interessante Dinge über Menschen wie uns herausgefunden.“

„Okay. Komm her“, sagte Sergei und legte auf.

Die Fahrt verlief ohne besondere Vorkommnisse. Mark erlangte zwischendurch immer wieder für kurze Zeit das Bewusstsein. Etwa 90 Minuten später stellte ich den Wagen vor dem Haus, in dem Sergei wohnte, ab.

Er öffnete die Tür und kam zu uns. Nach einem kurzen Blick auf die Rücksitzbank fällte er eine Entscheidung: „Wir müssen ihn ins Haus tragen. Hier draußen erregt der Blitz des Heilzaubers unerwünschte Aufmerksamkeit. Es wäre gut, wenn du die Kamera an der Haustür und die da vorne deaktivieren könntest. Ich möchte ungern Schwierigkeiten bekommen."

Mark hob verwirrt den Kopf. „Wer ist das? Ist das der Arzt?"

„So in etwa", sagte ich. „Kannst du laufen?"

„Natürlich", sagte Mark im Brustton der Überzeugung. „Wo sind wir? Wieso riecht es hier nach Fusel?"

„Ich bin Chirurg", log Sergei. „Ich habe gerade meine Instrumente desinfiziert. Rein mit euch."

„Bist du sicher, dass du ihn heilen kannst?", vergewisserte ich mich. „Oder soll ich doch mit ihm ins Krankenhaus fahren?"

„Alles in Ordnung. *Kleine Heilung* sollte ausreichen, wenn ich sie mehrmals wirke. Seine Gesundheit ist im gelben Bereich. Es besteht keine Lebensgefahr."

„Gesundheit?", fragte Mark erstaunt. „Ist er auch ein Abgesandter?"

„Ein... was?" Sergei schien verwirrt. „Für so etwas haben wir keine Zeit. Rein mit dir!"

Ich schaltete die Kameras am Gebäude aus. Dann stützte ich Mark, der es garantiert nicht aus eigener Kraft geschafft hätte. Im Hausflur kam uns eine Mutter mit Kinderwagen entgegen. Wir betraten den Aufzug und fuhren in den dritten Stock. In Sergeis Wohnung setzten wir Mark auf das Sofa. Sergei zog das Messer vorsichtig aus der Wunde und drückte ein dreckiges Tuch auf die Stelle, um die Blutung zu stoppen.

„Was machst du denn da? Ich hole mir ja eine Blutvergiftung!“, beschwerte Mark sich und versuchte, die Hand mit dem schmutzigen Lappen wegzudrücken.

„Um eine Infektion musst du dir wirklich keine Sorgen machen. Aber wenn du mir das Sofa voll blutest, breche ich dir die Nase“, knurrte Sergei und drückte das Tuch fester auf die Wunde. „Sitz still, kleiner Mann.“

So zusammengesunken wirkte Mark tatsächlich wie ein Winzling.

Dann aktivierte Sergei die *Kleine Heilung* durch den Lumpen hindurch. „Im Namen der Göttin Lethara!“ Grünes Leuchten quoll aus seinen Händen.

„Die Elfengöttin Lethara?“, fragte Mark schon deutlich munterer — und ziemlich ungläubig. Das war kein Wunder, denn der unrasierte, nach Alkohol und Schweiß stinkende Kerl, der ihn gerade heilte, war vermutlich die letzte Person, die man mit den Waldelfen in Verbindung bringen würde. „Ich dachte immer, Elfen wären zart und feingliedrig.“

„Ich gebe dir gleich zart. Halt still!“, fauchte Sergei. „Sei lieber froh, dass deine Gesundheit noch nicht im roten Bereich war. Viel hat nicht gefehlt. Dann hättest du dir einen anderen Heiler suchen müssen. Ich verschwende die *Mächtige Heilung* nicht an jeden dahergelaufenen Schnösel.“

„Du kannst also wirklich unsere Gesundheitsbalken sehen?“, hakte ich nach.

Sergei zuckte mit den Schultern. „Ja. Hast du ein Problem damit? Du hast übrigens auch ganz schön was eingesteckt, wenn ich das sagen darf. Aber du steckst es ganz gut weg.“ In seiner Stimme schwang Respekt mit. „Wenn ich hier fertig bin, kümmere ich mich auch um dich.“

„Wir können nicht sehen, ob andere Schaden erlitten haben“, unterbrach Mark ihn. „Das ist ja eine tolle Fähigkeit. Was hast du eigentlich für eine Klasse?“

„Dass ich den Balken sehen kann und ihr nicht, wird wohl daran liegen, dass es euch nichts angeht.“ Mit diesen Worten verpasste er Mark einen harten Schlag gegen die Schulter. Der Illusionist stöhnte auf. „Du solltest dich lieber bei mir bedanken und dann die Klappe halten.“

Ich räusperte mich. „Ich habe einen Vorschlag für dich. Es geht um deine *Mächtige Heilung.*“

Kapitel 7

ICH BERICHTETE SERGEI VON NAUMOWS SOHN. Seine Reaktion fiel wie erwartet aus: „Nein. Ich verschwende keine *Mächtige Heilung* an einen reichen Emporkömmling, der sich selbst überschätzt und einen Unfall gebaut hat."

„Das wissen wir doch gar nicht", beschwichtigte ich ihn. „Gut möglich, dass er gar nicht schuld war."

„Als ob! Ein Lamborghini und ein Ford Focus krachen zusammen. Da muss ja der Ford die Schuld tragen", höhnte er. „Normalos wie du und ich gucken ja sowieso nie auf die Straße, oder?"

„Was, wenn es ein Taxi oder ein Car-Sharing-Wagen war? Die sind ja für ihren vorsichtigen Fahrstil bekannt", warf Mark ein. Ein böser Blick von Sergei brachte ihn zum Verstummen.

„Bitte, Sergei. Der Typ ist ultrareich. Du könntest alles verlangen. Alles." Ich kam mir vor wie der größte Schleimer aller Zeiten. „Bestimmt würde er eine Riesensumme an ein Kinderhilfswerk deiner

Wahl spenden. He, das würde Zigtausenden von Kindern helfen. Du müsstest keinen einzigen Spruch dafür opfern!“

„Und was fällt für dich dabei ab? Was bekommst du? Ein Prozent der Summe?“ Sergei sah mich scharf an.

„Nein. Was denkst du von mir?“, fragte ich empört. „Ich will kein Geld.“

Sergei grunzte. Seine Unzufriedenheit und Enttäuschung standen ihm ins Gesicht geschrieben. „Irgendetwas hast du doch garantiert davon. Spuck es aus.“

„Wir benötigen seine Hilfe“, gab ich zu. „Es hat etwas mit den Verletzungen zu tun, die Mark und ich erlitten haben. Wir sind im Auftrag der Götter unterwegs. Wir fangen die Gremlins, die in den Kraftwerken hausen, die Moskau versorgen. Du hast doch bestimmt etwas von den großflächigen Stromausfällen gehört? Die Gremlins stecken dahinter. Sie sind aus Arktanien geflohen. Als körperlose Wesen sind sie jetzt Teil des Chaos in unserer Welt. Wir müssen sie einfangen und zurückschicken.“

Erstaunlicherweise unterbrach Sergei mich nicht, sondern hörte zu. Keine Spur von Erstaunen war zu erkennen. Hatte er vielleicht ebenfalls eine Quest erhalten? Oder war ihm das alles völlig egal? Andererseits hatte er mich bei unserer letzten Begegnung mit Fragen gelöchert. Und er war überrascht gewesen, dass ich die Infoboxen sehen konnte. Hatte er damals schon die Gesundheit anderer Menschen sehen können? Oder vielleicht nur von Spielern aus Arktanien? Wer wusste das schon.

„Wir sind auf andere Abgesandte getroffen, die auch auf einer Quest waren. Es gab Zoff."

„Haben sie euch angegriffen?", fragte Sergei.

Mark und ich tauschten einen Blick aus. „Könnte man so sagen."

„Aha." Er wirkte skeptisch. „Und was hat das mit dem Crash-Kid zu tun?"

„Die Gremlins sitzen in Kraftwerken, in einem Flughafen und in einer Industrieanlage, die ungefähr 1.000 Kilometer von Moskau entfernt ist. Wir wissen nicht, wie wir es ohne Flugzeug vor den anderen Abgesandten dorthin schaffen können. Abgesandte ist wohl der Name für Spieler wie uns, die ihre Kräfte in der echten Welt einsetzen können", erklärte ich. „Naumow könnte uns eine große Hilfe sein. Außerdem kenne ich seinen Sohn aus dem Spiel. Er wirkt auch mich ruhig und besonnen. Ja, er ist mit einem goldenen Löffel im Mund zur Welt gekommen. Vielleicht war er sogar der Unfallverursacher. Aber ich bin mir absolut sicher, dass ihn dieses Ereignis zum Besseren verändert hat."

Sergei schien nicht überzeugt. Doch wenigstens zeigte er jetzt Interesse.

„Wen oder was spielt er in Arktanien? Vielleicht kenne ich ihn ja auch?"

„Ganz bestimmt hast du von ihm gehört", sagte ich.

Die wirklich guten Spieler hielten ihre Identität geheim. Es widerstrebte mir daher, diese Information auszuplaudern. Andererseits ging es um eine viel größere Sache.

„Und? Wer ist es?“, fragte Sergei ungeduldig.

„Er ist der Anführer der Unaussprechlichen, Antibiotic.“

Mark hatte schweigend auf dem Sofa gesessen und vorsichtig von seinem Tee geschlürft. Als ich die Unaussprechlichen erwähnte, verschluckte er sich. „Ernsthaft?“

Er hatte wohl nicht erwartet, dass ich Verbindungen zu einem der stärksten Clans Arktaniens hatte. Oder war er irgendwie mit Antibiotic oder seinem Clan bekannt?

„Die Truppe steckt in echten Schwierigkeiten“, stellte Sergei fest. „Der Clan-Krieg scheint nicht zu ihren Gunsten auszugehen. Soweit ich weiß, haben die Unaussprechlichen und ihre Verbündeten im Land der Gremlins gegen das Inferno gekämpft und werden von der Kirche des Kaiserreichs unterstützt. Denkt ihr, der Klerus hilft ihnen im Kampf gegen die verräterischen Stahlratten?“

„Das glaube ich kaum“, meldete Mark sich zu Wort. „Die Kirche lässt für sich kämpfen, aber sie hält doch nicht den Kopf für andere hin. Vermutlich gibt es als Lohn spezielle Quests, aber nichts, was ihnen gegen den Clan Geist der Jagd helfen würde.“

„Ist denn die Schlacht um Arkem beendet?“, wollte ich wissen.

„Ja“, bestätigte Sergei. „Die Kämpfer wurden mit gewaltigen Mengen an Erfahrungspunkten und kostbarer Beute belohnt. Tatsächlich sind die Unaussprechlichen der erste Clan, der freundschaftliche Beziehungen zu den Gremlins aufgebaut hat. Außerdem haben sie die erste große Schlacht gegen das Inferno gewonnen.“

„Mit der Unterstützung von ein paar anderen Clans“, warf Mark indigniert ein. „Denen gebührt auch Ansehen!“

Wen interessierte schon Ansehen? Wenn die Belagerung vorbei war, dann konnte ich endlich meine Belohnung kassieren! Ich musste dringend in meinen Pod.

Leider musste ich vorher ein paar Probleme in der echten Welt aus dem Weg räumen. Hoffentlich erklärte Sergei sich bereit, Antibiotic zu helfen. Und hoffentlich zeigte Naumow sich erkenntlich dafür. Ich schluckte, denn mir fiel ein, dass ich dann von meinen Fähigkeiten und den Abgesandten berichten musste. Ob Mark mich begleiten würde? Zumindest bis an das Tor des Anwesens? Obwohl... konnte ich Mark wirklich vertrauen? Wir hatten zwar ein gemeinsames Abenteuer hinter uns, aber seine Reaktion auf meinen Bericht hatte mich verunsichert. Was war mit Artjom? Ihm vertraute ich absolut. Doch er konnte nicht verhindern, dass Naumow mich kidnappte.

„Was in Arktanien geschieht, spielt keine Rolle. Wenn du seinem Sohn helfen kannst, wird Naumow in der Realität in deiner Schuld stehen“, sagte ich in dem Versuch, Sergei und mich zu überzeugen. „Ich habe sein Gesicht gesehen, als er mir den Pod mit seinem Sohn darin gezeigt hat. Er würde sein letztes Hemd geben, um ihn zu heilen.“

„So läuft das nicht“, stoppte Sergei meinen Redeschwall. „Ich kenne den Kerl nicht. Wieso sollte ich zu ihm gehen und ihm meine Bedingungen nennen? Er ist dein Freund. Okay. Dann soll er zu mir kommen. Er soll mir ein Angebot machen. Dann entscheide ich, ob mich sein Angebot überzeugt. Ach ja: Wenn ich herausfinde, dass du irgendwem von unserem kleinen Geheimnis erzählt hast, dann bekommst du es mit mir zu tun."

„Da kann ich nur zustimmen", meldete Mark sich zu Wort. „Naumow ist Geschäftsmann. Wer weiß schon, was er mit einer derart wertvollen Information tut. Er könnte versuchen, Sergei oder dich zu erpressen. Er könnte eure Familien bedrohen."

Das stimmte. „Wir müssen ja nicht sagen, wo Sergei wohnt oder wie er heißt. Wir können ein Treffen auf neutralem Boden vereinbaren. Ich und Mark — wenn er das will — würden für deine Sicherheit garantieren, Sergei."

Sergei sah Mark schief an. „Was meinst du mit *wenn er das will?* Das versteht sich ja wohl von selbst. Ich habe ihm vielleicht nicht das Leben gerettet, aber ohne mich würde er ein paar Wochen im Krankenhaus liegen. Wofür er sich übrigens noch immer nicht bedankt hat."

„Entschuldige", nuschelte Mark. „Ich danke dir von tiefstem Herzen für deine Hilfe. Ich verspreche dir, dass ich bei dem Treffen gut auf dich aufpassen werde. Wenn es brenzlig wird, kann ich eine Illusion wirken, damit du fliehen und deine Verfolger abschütteln kannst."

„Na, geht doch", seufzte ich. Ein riesiger Felsbrocken polterte mir vom Herzen. Das war besser gelaufen, als ich befürchtet hatte.

„Du denkst schon daran, dass meine Heilkraft erst in fünf Tagen wieder einsatzbereit ist?“, erinnerte Sergei mich. „Wie soll das funktionieren? Ihr braucht seine Hilfe doch schon morgen.“

Ich starrte ihn schockiert an. „Das stimmt“, sagte ich bedrückt.

„Ich für meinen Teil werde den Abend und die Nacht damit verbringen, mir die Zielorte anzusehen und einen Plan auszutüfteln, der uns hinein bringt“, sagte Mark. „Vielleicht schaffen wir es ja auch ohne Naumow.“

„Das bezweifle ich. Du hast deinen gesamten Manavorrat verbraucht — und das war nur ein Ziel. Wir bräuchten Manatränke in der echten Welt. Ob es wohl Abgesandte gibt, die Alchemisten sind? Aber was braucht man in unserer Welt zum Tränkebrauen?“

Sergei hob die Hand. „Ich bin auch Alchemist! Aber das wird nichts nützen. Ich brauche sehr spezielle Zutaten: Schneebeeren, Alraunwurzel oder Pfeilblatt. Natürlich habe ich schon einmal probiert, einen Heiltrank herzustellen. Aber mit anderen Zutaten funktioniert es nicht“, erklärte er. „Wenigstens hat das Gebräu als Schnaps getaugt.“

Es wunderte mich nicht, dass Sergei eine Brennblase besaß. Hatte er sich seit unserer ersten und letzten Begegnung am Vortag daran probiert? Oder schon vor längerer Zeit? Wieso hatte er mir nichts davon erzählt? Na ja, wir hatten alle unsere Geheimnisse. Das galt auch für mich.

„Müsst ihr nicht los?“, fragte Sergei. „Ich habe euch aus reiner Herzensgüte geheilt. Da solltet ihr so gut sein, und mir meine Ruhe lassen. Verschwindet. Und kommt nicht so bald zurück. Das hier ist keine Unfallklinik."

Er stand auf. Wir bedankten uns noch einmal und versicherten ihm, dass wir auf uns aufpassen und nach Möglichkeit einen normalen Arzt aufsuchen würden.

„Soll ich dich direkt zu Naumow fahren?", schlug Mark vor, als wir wieder im Auto saßen. „Ich warte draußen. Wenn es ein Problem gibt, helfe ich."

Das passte zu meinen Überlegungen. Ich zog mein Telefon aus der Tasche, um Naumow anzurufen. Allerdings quoll der Bildschirm über mit Nachrichten. Artjom hatte mehrfach versucht, mich zu erreichen. Und es gab eine Reihe von Chat-Anfragen. Eine stammte von Sophie, der Tochter des Anführers der Stahlratten. Etwa zehn Tage lang war ich in sie verliebt gewesen. Sie bat mich, sie zu treffen. Sie würde gern mit mir darüber reden, wie ich sämtliche Bande zu den Unaussprechlichen und Naumow selbst kappen könnte. Ihr Timing hätte nicht schlechter sein können. Tatsächlich hatte auch Naumow sich bei mir gemeldet. Er schien ungeduldig zu sein. Wie sagte man doch gleich? Wenn man vom Teufel spricht...

Ich rief Naumow von einem der Telefone an, die Mark gekauft hatte. Sobald er meine Stimme hörte, brach eine Flut von Fragen über mich hinein. Er wollte wissen, wo ich war, warum ich nicht in eines seiner Gästezimmer zog, wer mich angegriffen hatte und wie es um die Quest stand.

„Das würde ich gern unter vier Augen

besprechen“, sagte ich. Das musste ihn überrascht haben, denn in der Leitung herrschte Schweigen. „Ich könnte jetzt kommen“, schlug ich vor.

„Äh... Ja, natürlich“, sagte er nach einer kurzen Pause. „Soll ich einen Wagen schicken?“

„Nein, ich sitze gerade im Taxi. Ich brauche die Adresse.“

Ich hatte zwar eine ungefähre Vorstellung davon, wo das Anwesen war, aber die genaue Anschrift kannte ich nicht.

„Wie hast du Sergei eigentlich kennengelernt?“, wollte Mark wissen, als wir losfuhren. „Ich hätte ihn niemals für einen Heiler gehalten. Nicht einmal für einen Spieler.“

„Reiner Zufall. Er hat mich nach dem Anschlag gerettet“, sagte ich, ohne mehr über die Hintergründe zu verraten.

„Und er hat dir einfach so geholfen?“, wollte Mark wissen.

„So war es“, bestätigte ich.

„Schon komisch, oder?“, fragte Mark. „Du wirst angegriffen, schwer verletzt und ganz zufällig kommt Sergei vorbei und heilt dich. Das klingt für mich nach einem abgekarteten Spiel.“

Natürlich bestand die Möglichkeit, aber ich mochte es mir nicht vorstellen. Sergei wirkte nicht wie jemand auf mich, der sich dafür einspannen ließe. Er war ein sehr direkter Typ. Wenn er Beef mit jemandem hätte, würde es ein paar aufs Maul geben, fertig.

„Wir wohnen praktisch im selben Viertel. Da ist nichts komisch“, sagte ich. Mark schien nicht überzeugt.

In diesem Moment rief Artjom an. Ich ignorierte den Anruf, denn ich wollte nicht, dass Mark unser Gespräch mithörte. Stattdessen schickte ich eine kurze Nachricht, um ihn wissen zu lassen, dass es mir gut ging und ich mich später bei ihm melden würde. Der Rest der Fahrt verlief in nachdenklicher Stille. Wir hatten beide einiges, über das wir uns den Kopf zerbrechen konnten. Ich wusste von Hotei, dass es 30 bis 40 Abgesandte gab. Bulldog hatte uns als Neutrale bezeichnet. Es musste also mindestens zwei weitere Gruppierungen geben: Licht und Finsternis oder Gut und Böse. Und wir saßen zwischen den Stühlen. Konnte ich daraus irgendwelche Schlussfolgerungen ziehen? Vermutlich war Sergei als Heiler auf der Seite der Guten. Das würde bedeuten, dass Bulldog und Weasel zu den Bösen gehörten. Aber sicher war das noch nicht. Vielleicht gab es aber noch weitere Gruppen.

Ich blickte auf, als wir uns nicht mehr bewegten. Mark hatte ein paar Hundert Meter vom Tor zu der Wohnanlage geparkt, in der Naumows Anwesen stand. Wir vereinbarten, dass ich in einer Stunde zurück wäre. Wenn ich nicht auftauchte, würde er mich retten. Ich konnte mir allerdings nicht vorstellen, dass das nötig sein würde. Immerhin wollte ich Naumow die Möglichkeit bieten, seinen geliebten Sohn zu heilen. Welcher Vater würde das aufs Spiel setzen? Dennoch: Vorsicht war besser als Nachsicht.

Man ließ mich problemlos passieren. Als ich an Naumows Haus ankam, erwarteten seine

Sicherheitsleute mich bereits. Sie geleiteten mich in Naumows Büro.

„Endlich!", rief er. Der große grauhaarige Mann eilte hinter seinem Schreibtisch hervor und begrüßte mich mit festem Handschlag. „Ich hatte schon Angst, dass du komplett abgetaucht bist."

Seltsamerweise spürte ich keine Ehrfurcht vor dem erfolgreichen Geschäftsmann mehr. Bei unserem ersten Treffen war das noch anders gewesen. Nicht einmal der muskelbepackte Sicherheitsmann neben der Tür konnte daran etwas ändern.

„Wieso sollte ich mich vor dem großen Naumow verstecken?", antwortete ich ruhig.

„Vielleicht nicht vor mir. Aber du hast dich versteckt. Und zwar ziemlich erfolgreich, wenn ich dich nicht aufspüren konnte", sagte Naumow. „Wer ist hinter dir her? Und warum?"

„Den Grund kenne ich. Aber den anderen Teil der Frage kann ich nicht beantworten", antwortete ich ausweichend. „Das ist aber auch egal, denn ich bin wegen einer anderen Sache hier."

Naumow drückte auf einen Knopf, und eine verborgene Schranktür öffnete sich. Dahinter stand ein moderner Kaffeevollautomat. „Kaffee?"

Das war ein Angebot, das ich niemals ablehnte. Ich wusste bereits, wie gut sein Kaffee war. Allein dafür würde ich quer durch die Stadt fahren. Bei Sergei hatte es lediglich Tee gegeben — und Selbstgebrannten.

Kurz darauf nahm ich vorsichtig den ersten Schluck des göttlichen Tranks. Ich schloss die

Augen, um das Aroma zu genießen. Dann sah ich Naumow an.

„Was, wenn ich eine Möglichkeit gefunden hätte, deinen Sohn vollständig zu heilen?"

Er sah mich eine Weile schweigend an. „Das würde ich für einen wirklich schlechten Scherz halten", sagte er dann. Sein Blick war eiskalt geworden. Unterdrückte Wut blitzte in seinen Augen auf.

„Kein Scherz. Du hast mir von dem ESGUMI erzählt, mit dem das Gehirn stimuliert und manipuliert werden kann, um so eine Art Supersoldaten zu erschaffen", fuhr ich fort. „In der Zwischenzeit habe ich erfahren, dass es mehr Leute wie mich gibt."

Naumow sog die Luft durch die Zähne ein. „Ach?", fragte er lauernd.

„Das ist die Wahrheit! Eine dieser Personen hat Heilkräfte. Er wäre möglicherweise bereit, deinen Sohn zu heilen, wenn gewisse Bedingungen erfüllt werden."

Naumows Gesichtszüge entspannten sich. Er kehrte hinter seinen Schreibtisch zurück, setzte sich und faltete die Hände auf der Tischplatte.

„Gewisse Bedingungen? Wohl eher eine bestimmte Summe, oder?"

„Geld ist eher nebensächlich."

Ich aktivierte *Magnetische Empfindlichkeit* und blickte mich um.

„Ich will dir etwas demonstrieren", sagte ich entschlossen. Ich würde mit offenen Karten spielen — und mit einem Trumpf beginnen. „Bitte weise deinen Leibwächter an, mich nicht zu erschießen. Weder mit der Waffe im Holster an der linken Hüfte noch mit der, die er im rechten Schuh hat. Außerdem möchte ich dich bitten, die rechte Schreibtischschublade geschlossen zu halten. Die mit der Pistole meine ich."

Die Augen des großen Kerls neben der Tür weiteten sich. Auch Naumow war extrem angespannt. „Woher wusstest du das?"

„Ich sehe es. Keine Angst, es ist, wie gesagt, nur eine Demonstration." Trotzdem machte ich noch einen Schritt, um mehr Abstand zum Leibwächter zu gewinnen.

Mein Blick fiel auf ein etwa zehn Zentimeter hohes Modell des Eiffelturms, das auf dem Schreibtisch stand. „Pass gut auf", sagte ich und zog die Miniatur mit *Stromlasso* zu mir heran. Naumow sprang aus seinem Stuhl auf und ging in Deckung. Sein Beschützer zog eine Waffe und nahm mich ins Visier. Instinktiv schlug ich ihm die Pistole mit *Magnetismus* aus der Hand. Bevor er auf dumme Gedanken kam, ließ ich einen *Blitzschlag* vor ihm in den Boden fahren.

„Es reicht!", blaffte ich. „Es ist nur eine Demonstration. Niemand ist in Gefahr."

„Warte, Roman", befahl Naumow trotz seiner Nervosität. „Was ist das für ein Trick?"

„Das ist kein Trick. Das ist meine Fähigkeit", korrigierte ich ihn. „Ich bin ein Elektrozauberer. Ach ja, ich sehe, es sind Glückwünsche angebracht. Du hast Level 85 erreicht."

„Danke", sagte Naumow, bevor er erstaunt

innehielt. „Woher weißt du das? Das ist keine Stunde her.“

„Ich sehe es. Es ist so, dass ich nicht nur meine Kräfte in der echten Welt einsetzen kann, sondern auch einen Teil des Interfaces nutzen kann. Zum Beispiel lautet der Name deines Leibwächters im Spiel Shredder. Er ist auf Level 97. Also, beruhigt euch.“

Shredder sah mich nach wie vor misstrauisch an. Vorsichtig bückte er sich nach seiner Pistole. Vor lauter Nervosität wäre sie ihm fast entglitten. Wenigstens steckte er die Waffe nach einem kaum wahrnehmbaren Nicken von Naumow wieder weg. Das war auch gut so, denn ich hatte nicht mehr genug Energie für einen weiteren Schlag mit *Magnetismus.*

„Und es gibt wirklich noch mehr wie dich?“, kam Naumow auf meine frühere Offenbarung zurück.

„Genau“, bestätigte ich. „Aber bevor ich mehr ausplaudere, würde ich gern ein paar Dinge klarstellen.“

Wenn es um Verhandlungen ging, kannte Naumow sich aus. Er straffte sich und sah mich an. „Zum Beispiel?“

„Erstens: Unsere bisherige Vereinbarung ist null und nichtig. Ich habe keinerlei Verpflichtungen dir und deinem Clan gegenüber mehr. Zweitens: Ich werde den Großteil meines Wissens mit dir teilen. Aber im Gegenzug erhalte ich deine Hilfe in der echten Welt. Du wirst praktisch sofort damit anfangen. Und drittens: Alle Verhandlungen über die Behandlung oder Heilung deines Sohnes musst du mit meinem Bekannten direkt führen. Er ist derjenige mit den Heilkräften. Ich stelle euch nur einander vor."

„Diese Heilkräfte...", begann Naumow, „kannst du garantieren, dass Fjodor vollständig genesen wird?"

„Du bist doch sicher mit dem Zauber *Mächtige Heilung* vertraut? Den setzt mein Freund ein. Allerdings läuft noch die Abklingzeit, denn er hat mich vorgestern nach dem Angriff geheilt."

Der grauhaarige Mann ließ sich in seinen Stuhl sinken und blickte eine Weile ins Leere. „Deine Angreifer — sie haben dich fast getötet?", fragte er dann.

„*Fast* ist untertrieben", sagte ich mit einem Lächeln. „Mein Leben hing am seidenen Faden. Zum Glück kenne ich einen Heiler. Du musst keine Angst um dein Geld haben. Mein Bekannter wird die Begleichung deiner Schuld erst fordern, wenn dein Sohn vollständig geheilt ist. Er hat klargestellt, dass er sich nicht selbst bereichern will. Alles soll karitativen Zwecken gespendet werden."

Naumow sah mich schockiert an. Ein paar Sekunden später hatte er sich gesammelt. „Das heißt also, dass mein Sohn wieder ganz der Alte sein wird — in fünf Tagen?"

„Da bin ich mir sicher", erwiderte ich. „Vorausgesetzt, du kannst die Bedenken meines Bekannten ausräumen."

„Das wird kein Problem sein", bekräftigte Naumow. „Was brauchst du? Ich muss alles wissen."

Träum weiter. Auf keinen Fall würde ich all

meine Geheimnisse preisgeben. Ich würde ein paar Details für mich behalten. Wie gut, dass ich klargestellt hatte, dass Naumows Hilfe für Mark und mich nicht vom Erfolg der Verhandlungen zwischen Naumow und Sergei abhing. Natürlich wünschte ich mir, dass Naumows Sohn geheilt werden würde. Niemand hatte ein solches Schicksal verdient. Außerdem würde Naumows Geld vielen anderen Kindern helfen. Doch die Jagd auf die Gremlins hatte für mich Vorrang.

Ich fasste die Geschehnisse für ihn zusammen. Naumow erkannte sofort, dass er uns nicht beim Einfangen der Gremlins helfen konnte, sondern seine Kontakte spielen lassen müsste. Er würde uns Zugang zu den Verstecken der Grünhäute verschaffen und für Transportmöglichkeiten sorgen. Allerdings wollte er im Gegenzug mitkommen. Natürlich hatte ich in mehr oder weniger in der Hand, aber diesen Wunsch würde ich ihm gern erfüllen. Vermutlich wollte er sich mit eigenen Augen davon überzeugen, dass ich die Wahrheit gesagt hatte.

Tatsächlich schafften wir es, alle wichtigen Aspekte innerhalb der Stunde zu besprechen, die ich mir zugestanden hatte. Naumow hätte sich gern länger mit mir unterhalten, aber danach stand mir nicht der Sinn. Um meiner eigenen Sicherheit willen behielt ich meine neue Adresse für mich. Allerdings versprach ich ihm, am nächsten Tag um zehn Uhr wieder hier zu sein. In der Zwischenzeit konnte er mich über den Messenger erreichen.

Ich verabschiedete mich. Mark saß Nägel

kauend im Auto. Sobald ich eingestiegen war, ließ er den Wagen an und fuhr los. Ich beruhigte ihn und berichtete von den erfolgreichen Verhandlungen. Dennoch fuhr er ein paar Umwege, um sicherzustellen, dass uns niemand folgte. Mit seinen Illusionen veränderte er sogar das Aussehen des Wagens. Wie gut, dass Mark und seine Familie einem strengen Ehrenkodex folgten, denn als Illusionist hätte er auch ein Bilderbuchkrimineller sein können.

Es war ungefähr acht Uhr abends, als wir vor meiner Wohnung hielten. Es dämmerte, und ich musste das Licht einschalten. Nach einem kurzen Abendessen und zwei weiteren Tassen Kaffee war es Zeit: Ich stieg in den Pod. Ich musste unbedingt wissen, welche Belohnung ich für die Verteidigung von Arkem erhalten hatte!

Du hast die zweite Phase der Aufgabe „Verteidige Arkem" abgeschlossen.

Belohnung: +300.000 Erfahrungspunkte, +3000 auf dein Ansehen bei den Gremlins, Titel: Wächter des Wissens der Uralten

Wächter des Wissens der Uralten:

Du verstehst die Technologien der Uralten ganz intuitiv. Ein Blick reicht aus, damit du alle Funktionen nutzen kannst. Einmal pro Woche kannst du die Fähigkeit Maschinenkontrolle mit garantiertem Erfolg auf einen beliebigen Mechanismus der Uralten anwenden.

Das waren großartige Neuigkeiten! Eine

Erfolgsgarantie würde sich bestimmt als nützlich erweisen. Wie schade, dass ich alle mir bekannten Mechanismen während der Schlacht gegen das Inferno zerstört hatte. Doch nachdem ich eine Weile darüber nachdachte, kam es mir so vor, als habe man mich über den Tisch gezogen. Diese Dinge waren bereits Teil der Quest des Präsidenten gewesen. Meine Mühen im Kampf oder bei der Zerstörung des Portals waren nicht honoriert worden. Ich hatte praktisch umsonst gearbeitet!

Gut, ich war bis Level 69 aufgestiegen. Aber das kam mir viel zu wenig vor. Die anderen Abgesandten waren mir um einige Level voraus. Bulldog war bereits auf Level 75.

Ich unterdrückte meinen Ärger und zog mein Tablet heraus. Ich ließ Pinky wissen, dass ich nach wie vor in einer geschlossenen Instanz feststeckte. Ne-Tarok hatte mir eine lange Nachricht geschickt. Für seinen Einsatz bei der Verteidigung Arkems war er mit Belohnungen und Ehren überhäuft worden. Er genoss jetzt gottähnliches Ansehen bei den Gremlins. Ich war neidisch, doch dann fiel mir ein, dass er damit vielleicht zum neuen Ziel von Prinzessin Ar-Nortes Avancen werden würde. Ich war froh, dass ich sie los war. Und bei ihm wäre das ausgleichende Gerechtigkeit: viel Ehre, aber dafür die Prinzessin am Hals. Er schrieb, dass er in Arktanien Jagd auf Gremlins machte, die ins Chaos gegangen waren. Ob ihm das noch mehr Ansehen bei seinem Volk eintragen würde?

Ich wollte Mark in meine Kontaktliste aufnehmen, als mein Blick auf das kleine Symbol neben seinem Namen fiel. Mein Bekannter und Abgesandter des Gottes Morphius war ein Mitglied des Clans Geist der Jagd! Das machte ihn automatisch zum Feind der Unaussprechlichen und damit auch zu meinem Feind! Jetzt wusste ich auch, wieso er so seltsam auf meine Erwähnung von Antibiotic reagiert hatte. Ich hoffte nur, dass er sich nicht als falsche Schlange erwies. Wieso hatte er mir nichts gesagt?

Das war ein Punkt, über den ich mir am nächsten Tag Gedanken machen würde. Momentan hatte ich Dringlicheres zu tun, nämlich den Baum der Furcht zu bezwingen.

Ich beschwor Spin, gab ihm seine Wolfsgestalt und umschloss das *Herz des Schneesturms* mit der Linken, bevor ich mich in die Finsternis vorwagte.

Kapitel 8

ICH WAR AUF ALLES VORBEREITET, aber nicht auf ein Umherirren in pechschwarzer Finsternis. Sogar der von Spin ausgehende Lichtschein endete nach einer Armlänge. Kugelblitze halfen ebenfalls nicht, den Ort zu erhellen. Vermutlich ging es hier darum, die Angst vor der Dunkelheit zu überwinden. Dabei fürchtete ich mich gar nicht davor. Ich war lediglich besorgt, zu viel Zeit zu verlieren. Hier schien es keine Erfahrung und keine Beute zu geben. Nur grenzenlose Schwärze. Ich rechnete jeden Moment mit einer Systemmeldung, die mir mehr Informationen lieferte. Doch nichts geschah. War das ein Bug? Gab es vielleicht gar keinen Ausweg aus dem Baum der Furcht? Hatten die Entwickler noch keine Prompts eingebaut?

Fluchend stolperte ich weiter voran. Irgendwann schälte sich ein schemenhafter, menschlicher Umriss aus der Finsternis. Dazu gab es auch die erhoffte Meldung: *Nachtalb, Level 50*

Das sollte ich schaffen. Spin verbellte den Mob, doch leider ohne Erfolg. So ein Alb war nicht körperlich. Trotzdem fügte er Spin mit seiner Hand Schaden zu. Ein Hieb reichte aus, um meinem Haustier die Hälfte seiner Lebenspunkte zu stehlen. Mein *Blitzschlag* verpuffte wirkungslos. In dem kurzen Lichtschein bemerkte ich jedoch weitere Nachtalben, die sich näherten. Das war eine Übermacht, gegen die ich und Spin nicht bestehen konnten.

Leider bestand auch keine Möglichkeit, Spin in seine andere Gestalt zu verwandeln, obwohl die mir sehr viel nützlicher gewesen wäre. Wie konnte ich diese Mobs ausschalten?

Ich befahl Spin, hinter mir in Deckung zu gehen. Vielleicht konnte ich mit dem Shanbiao Schaden verursachen. Tatsächlich! Fürchteten die Alben sich vor Metall? Ein Treffer mit der Kettenwaffe fügte ihnen großen Schaden zu. Hurra!

Innerlich verfluchte ich mich dafür, dass ich mein Training mit der Waffe hatte schleifen lassen. Zum Glück beherrschte ich *Kopftreffer* noch. Damit gelang es mir, den ersten Alben auszuschalten. Leider wurde sein Platz sofort von einem Nachrücker eingenommen. Von allen Seiten wälzten die Mobs auf mich zu. Meine Stunden im *Virtual Warrior* hatten mich auf eine solche Situation vorbereitet. Mit *Kettenblock* hielt ich die Angreifer auf Abstand. Immer wieder ließ ich die Kette durch die Luft wirbeln und setzte sie gleichzeitig als Schild ein.

Eisen schien die einzige Waffe zu sein, die diese Kreaturen verletzen konnte. Noch schlimmer war jedoch, dass es kaum Erfahrungspunkte dafür gab. Das nervte mich gewaltig.

Irgendwann hatte ich den letzten Nachtalb ausgeschaltet und war wieder allein mit Spin in der Finsternis. Er rieb seine Nase an meinem Bein. Das war bisher noch nie vorgekommen. Entwickelte mein Tier etwa Gefühle für mich? Tatsächlich sah er mich mit treuen stahlblauen Hundeaugen an.

Ich rief seine Werte auf und stellte überrascht fest, dass er bereits Level 40 erreicht hatte. Er hatte sogar seine Attributpunkte auf eigene Faust verteilt:

Spin, Stromwolf, Level 40

Legendäres Haustier

Stärke: 90

Geschicklichkeit: 70

Intelligenz: 100

Mana: 820

Verfügbare Attributpunkte: 0

Attribute: Kann mit seinem ausgeprägten Geruchssinn unsichtbare Wesen in einem Radius von 6,5 m aufspüren.

Fähigkeiten:

Donnerbell (aktiv): Betäubt Gegner mit seinem wütenden Bellen und verursacht Schaden abhängig vom verfügbaren Manavorrat (300 Manapunkte)

Blitzschneller Angriff (aktiv): Verwandelt sich in einen Blitz, stürzt sich auf den Gegner und verursacht Stromschaden (100 Manapunkte)

Verteidigung (passiv): Versetzt Gegnern, die ihn berühren, einen Stromschlag (10 Stromschaden pro Berührung)

Er wirkte deutlich cleverer auf mich. Lag das an der gestiegenen Intelligenz? Bei mir spielten die Basisattribute keine große Rolle, aber vielleicht sah die Sache bei Haustieren anders aus.

„Keine Sorge, wir finden schon noch Mobs, denen du ebenbürtig bist“, tröstete ich ihn. Ich streichelte seine Mähne. Es fühlte sich an, als ob ich über eine statisch aufgeladene Wolldecke strich. Funken flogen. Dann tauchten wir wieder in die Dunkelheit ein.

Stolpernd blieb ich stehen. Ich hatte gerade rechtzeitig vor einer tiefen Schlucht gestoppt. Es ging endlos in die Tiefe. Gut möglich, dass sie im wahrsten Sinne des Wortes bodenlos war. Doch Spin war einfach weitergelaufen. Es sah fast so aus, als ob eine unsichtbare Brücke über den Abgrund führte.

Als ich mit dem Fuß tastete, spürte ich keinen Widerstand. Spin sah sich um. Er schien sich zu fragen, warum ich ihm nicht folgte. Doch ich wollte nichts riskieren. Vorsichtig lief ich am Rand der Schlucht weiter und suchte nach einer Brücke. 20 Minuten vergingen ohne ein Resultat.

„Kannst du etwa durch die Luft laufen?“, fragte ich mein Haustier. Spin schnaubte und schüttelte den Kopf — als wollte er mir antworten.

Ich überlegte. Der Abgrund schien nur für mich zu existieren. In Kinofilmen ging es immer darum, die eigene Furcht zu überwinden. Wenn ich furchtlos einen Fuß vor den anderen setzte, würde ich die Schlucht überqueren können. Oder auch nicht. Es gab keine Hinweise. Ich wusste noch nicht einmal, ob ich in die richtige Richtung unterwegs war. Musste ich überhaupt auf die andere Seite gelangen? Wieso, verdammt noch eins, gab es hier keine Systemmeldungen?

Ich wollte nichts riskieren, wenn mich das am Ende doch nur in eine Sackgasse führte. Sollte ich die Augen schließen und hoffen, dass die Luft mich trug? Wenn ich falsch lag, würde ich zu Tode stürzen. Andererseits wäre es ehrenhaft, es zu wagen. Immerhin war ich ein Graf, ein echter Mann von Ehre.

„Spin, wie machst du das?“ Natürlich erwartete ich keine Antwort. Wenn er bereits seine dritte Gestalt gehabt hätte, wäre es möglich gewesen, auf ihm über die Schlucht zu reiten. Aber vielleicht konnte er mir als eine Art Blindenhund dienen?

Ich forderte ihn auf, zu mir zurückzukehren. Dann legte ich ihm das Ende meiner Kettenwaffe ins Maul. Ich machte die Augen zu, drehte mich ein paar Mal, sodass ich die Orientierung verlor, und forderte ihn dann auf, mich zu führen: „Geh voran, Spin.“

Ich verscheuchte jeden Gedanken an einen Sturz in die Finsternis. Die Kette wurde straff. Ich machte den ersten Schritt. Dann noch einen und noch einen. Alles schien gut zu sein. Wie lange würde es wohl dauern, den Abgrund zu überqueren? Ich war mir nicht sicher.

Also lief ich sehr viel weiter, als ich vermutlich musste. Sicher war sicher. Irgendwann konnte ich es nicht mehr ertragen und öffnete die Augen einen Spalt. Ich stand mitten über der Untiefe. Doch ein paar Meter vor mir begann ein Steinpfad. Spin wartete bereits auf mich. Mit kleinen Schritten tastete ich mich über die Leere voran. Schließlich wagte ich einen Sprung, verfehlte aber die Kante. Da hing ich nun an der Kette, die Spin in seinem Maul hielt. Wie durch ein Wunder war ich nicht abgestürzt. Ein paar Sekunden später war ich wieder oben und hatte sicheren Boden unter den Füßen. Waren wir wirklich auf der anderen Seite? Oder hatte Spin mich im Kreis geführt? Die Karte war keine Hilfe, denn sie zeigte nur eine endlose Schwärze.

„Braver Junge", lobte ich Spin. „Ohne dich hätte ich es nicht geschafft."

Als ich einen letzten Blick in die Tiefe wagen wollte, stellte ich fest, dass der Abgrund sich geschlossen hatte. Ich konnte wohl zwei Phobien abhaken: Nyktophobie, die krankhafte Furcht vor Dunkelheit oder der Nacht, und Akrophobie, auch bekannt als Höhenangst.

Weiter ging es durch die Finsternis, bis wir schließlich ein leises Rascheln vor uns hörten, das an Intensität zunahm. Eine Berührung an der Hand ließ mich zurückschrecken. Eine Spinne! Dann gesellte sich eine zweite Spinne hinzu. Kurz darauf tummelten sich auf dem gesamten Boden unter meinen Füßen Spinnen in allen erdenklichen Farben und Größen. Es war, als wäre ein Terrarium aufgeplatzt. Wenn es hier Spinnen gab, würden über kurz oder lang auch Reptilien kommen, oder?

Interessanterweise griffen die Spinnen nicht an. Sie verursachten keinen einzigen Schadenspunkt. Vermutlich war das einfach nur eine Prüfung für Menschen mit Arachnophobie. Das stellte zum Glück kein Problem für mich dar. Unbekümmert stiefelte ich durch das Meer der achtbeinigen Biester. Tatsächlich kamen danach Schlangen an die Reihe. Sie waren zwar gefährlicher als die Spinnen, aber nur auf Level 10.

Mit *Blitznetz* konnte ich problemlos mehrere Schlangen gleichzeitig ausschalten. Auch Spin war eine große Hilfe gegen diese Mobs, denn sein passiver Stromschlag machte ihnen den Garaus. Nur ich stand nach wie vor ohne Defensivfähigkeit da.

Wie die Dunkelheit und die Spinnen brachten auch die Schlangen mir keine Erfahrungspunkte. So ging es weiter: Würmer, Krabben, Affen, Mäuse und Fledermäuse (die beide dank *Springmaus-Hammer* vor mir flohen). Die ganzen Viecher machten mir nichts aus. Ich benötigte noch nicht einmal das *Herz des Schneesturms.*

Nach den unzähligen mehr oder weniger harmlosen Mobs tauchte schließlich ein etwa 5 Meter großer Dinosaurier auf. Er war ziemlich schnell und sehr aggressiv. Als er sich aus der Dunkelheit auf mich stürzte, konnte ich gerade noch ausweichen. Sofort schleuderte ich ihm Blitze entgegen, aber das störte ihn nicht weiter. Dieser Mob war mit einem großen Vorrat an Gesundheitspunkten gesegnet. Allerdings schaffte Spin es, ihn mit seinem Donnerbell zu betäuben. Danach konnte ich den Dino problemlos ausschalten.

Leider gab es keine Beute und kaum Erfahrungspunkte. Ich sah mich um, aber es gab wohl nur diesen einen Dinosaurier. Das war ein klares Anzeichen dafür, dass die Entwickler hier noch lange nicht fertig waren. Die ganzen Phobien richteten sich zwar an die verschiedensten Spielertypen, aber die Sache war nicht durchdacht. Alles wirkte zufällig auf mich. Vieles war nur halbgar. Als eine Horde Clowns sich auf mich stürzte, wäre ich beinahe gestorben — vor Lachen. Doch ich fasste mich schnell und wehrte sie ab.

Praktisch alle Mobs griffen den Geist an. Körperlich stellten sie keine Gefahr dar. Doch dann begegnete ich einem über zwei Meter großen Dämon mit gewaltigen Hörnern: *Geisterdämon, Level 70.* Sein Erscheinungsbild passte nicht so recht zu Arktanien. Er war viel zu grotesk, zu irreal. Ich hatte das Gefühl, einem Schauspieler gegenüberzustehen, dem man zu viel Make-up und Pappmaschee ins Gesicht geklatscht hatte. Er erinnerte mich an schlechte Horrorstreifen aus den 90er-Jahren, einer Zeit vor anständiger CGI.

Ich wollte gerade angreifen, als der Dämon die Hände hob. In einer Stimme, die sehr wie Sky DuMont klang, stoppte er mich: „Warte mal, Falk. Ich will reden, nicht kämpfen."

Ich rief Spin zu mir. „Worüber?"

„Schließe dich dem Inferno an. Wir möchten dich als Abgesandten gewinnen. Im Gegenzug zeige ich dir den Ausgang und gewähre dir eine besondere Macht."

Ich blickte ihn verdattert an. „Wie bitte?"

Der Dämon breitete die muskulösen Arme aus. „Du kannst ein Halbdämon werden. Das verschafft dir enorme Vorteile gegenüber anderen Spielern: mehr Stärke, mehr Fähigkeiten, die Chance, die

Legionen der Hölle zu befehligen."

„Ich soll mich auf die Seite des Teufels schlagen?", hakte ich nach. „Das wäre gegen meine Religion."

„Religion?" Der Dämon wirkte überrascht. „Du warst seit zehn Jahren in keiner Kirche mehr. Außerdem ist das hier bloß ein Spiel. Das ist dir doch wohl klar, Andrew, oder?"

Diese Unterhaltung nahm seltsame Züge an. Bisher hatte kein NPC mich mit meinem echten Namen angesprochen. Und woher wusste er diese Sache mit der Kirche? Kein Wunder, dass dieser Schauplatz abgeriegelt war. Solche Dinge wären bei den Spielern alles andere als gut angekommen.

„Natürlich weiß ich, dass das hier ein Spiel ist. Aber ich will keine Risiken eingehen", erwiderte ich.

Immerhin hatte ich schon erlebt, welche Macht die Gottheiten Arktaniens in der echten Welt hatten. Ich war nicht daran interessiert, zur dunklen Seite überzuwechseln oder Teil der höllischen Heerscharen zu werden. Dieser Geisterdämon wusste schon zu viel über mein Leben. Sogar sein Äußeres schien meinen Erinnerungen entsprungen zu sein.

„Du trägst einen Fluch", stellte der Dämon fest. „Als Halbdämon kannst du ohne Probleme Teil einer Spielergruppe werden."

„Bisher bin ich auch so gut zurechtgekommen."

Der Dämon zuckte mit den Schultern. „Ohne meine Hilfe steckst du für alle Zeiten hier fest. Deine Patron-Götter können dir nicht helfen. Hotei ist ein niederer Gott. Er kann vielleicht Dinge sehen, aber er hat keine Macht über diesen Ort. Denn wir befinden uns hier gar nicht in Arktanien."

Das wurde ja immer bunter! Langsam beschlich mich ein ungutes Gefühl. Der Kerl wusste eindeutig zu viel.

„Dann finde ich eben selbst hinaus", sagte ich entschlossen.

„Du hast keine Chance. Im Baum der Furcht gibt es keine Ebenen. Es gibt keine echten Schauplätze. Das hier ist eine endlose Aneinanderreihung des fünfdimensionalen Raums, eingehüllt vom Chaos. Du wirst niemals in den Wipfel gelangen. Selbst wenn: Dort ist der Ausgang nicht. So wie es hier kein oben und kein unten gibt."

Interessant! „Also gibt es doch einen Ausgang?"

„Natürlich." Der Dämon grinste fies. „Aber für Spieler bleibt er auf ewig verborgen. Es gibt keine Systeminformationen. Gib auf! Schließ dich uns an. Du hast keine andere Wahl!"

Ich konnte mir den abgedroschenen Spruch, dass man immer eine Wahl hatte, gerade noch verkneifen.

„Winde dich ruhig noch ein wenig, bevor du das Angebot annimmst. Vielleicht möchtest du in der Zwischenzeit mit einem besonderen Gast sprechen? Sie kann es nämlich kaum erwarten..."

Auf einen Wink des Dämons trat eine mir sehr gut bekannte Dämonin mit Schlangenhaaren aus der Finsternis. Ihre eng geschnittenen schwarzen Kleider betonten den überaus attraktiven Körperbau. In den Händen hielt sie eine Flammenpeitsche. Selbstzufrieden lächelte sie mich an — wie eine Katze, die weiß, dass sie gleich eine Maus verspeisen wird. Unweigerlich machte ich einen Schritt zurück. Ich wollte nicht darüber nachdenken, welche Schmerzen sie mir zufügen würde.

Doch irgendetwas stimmte nicht. In der Infobox über ihrem Kopf stand lediglich *Geisterdämonin, Level 100.* Es musste sich um eine weitere Illusion handeln, die der Dämon meinen Erinnerungen entnommen hatte.

Ich wagte nicht, den Dämon anzugreifen. Sollte er versuchen, mich zu foltern, könnte ich noch immer mein eigenes Spielerleben beenden. Das würde mich vermutlich einige wertvolle Gegenstände und viele Erfahrungspunkte kosten, aber es würde mir auch viele Schmerzen ersparen. Ich überlegte, welche anderen Möglichkeiten es gab. Konnte ich den Dämon für meine Zwecke einspannen und entkommen? Ein kleines Wunder von Hotei wäre ganz gelegen gekommen. Ob es stimmte, dass er hier zum Zusehen verdammt war?

„Hast du Angst?" Die Dämonin ließ ihre geteilte Zunge über ihre blutroten Lippen schlängeln. „Bitte, sag mir, dass zu dich fürchtest."

Aus Spins Kehle stieg ein leises Knurren auf. Ich befahl ihm, hinter mir zu bleiben. Die Dämonen würden ihn binnen Sekunden zu Hackfleisch verarbeiten.

„Was hätte ich von dir zu befürchten, Hase?", fragte ich und zwinkerte der Dämonin anzüglich zu. „Wir sind doch praktisch ein Liebespaar."

Es schadete gewiss nicht, mir angenehmere

Dinge vorzustellen, die Lamia und ich tun konnten.

„Hast du dich wirklich so sehr nach der Berührung meiner Lippen gesehnt, dass du ganz Arktanien nach mir abgesucht hast?“, fuhr ich fort. „Wie süß, mein Schatz.“

Doch es nützte nichts.

„Du hast tatsächlich Angst vor ihr“, stellte der erste Dämon fest. „Soll ich sie dir hörig machen? Möchtest du gern über diesen Sukkubus als deine persönliche Lustsklavin bestimmen?“

Oh. Vielleicht nützte es doch etwas.

„Das kannst du tun?“, fragte ich mit gespieltem Interesse. „Wie funktioniert das mit dem Halbdämon?“

In der Handfläche des Verführers erschien ein goldener Becher.

„Du musst einfach nur freiwillig das Blut eines Dämons trinken.“

Ich griff nach dem Becher und stopfte ihn in mein Inventar. Wer wusste schon, wozu Dämonenblut nützlich war.

„Gut zu wissen. Aber nicht jetzt.“

Ich griff mit *Blitzschlag* an und befahl Spin, *Donnerbell* einzusetzen. Dann zog ich mein Shanbiao, um den Gegenangriff abzuwehren.

„Das wirst du noch bereuen!“, rief der Geisterdämon. Sein schwarzes Lachen ließ mich erschauern. „Dieses Mal wirst du Schmerzen erleiden, die jedes erträgliche Maß übersteigen!“

Ich hatte mich vielleicht auf einen Kampf gegen zwei Dämonen eingestellt, aber womit ich nicht gerechnet hatte, waren die Ranken, die aus den

Felsen in die Höhe schossen und sich um meine Beine und Arme wanden. Sekunden später hing ich mit schmerzhaft überstreckten Gliedmaßen in der Luft. Spin wollte mich verteidigen, doch ein Schlag der Dämonin ließ ihn in einer Lichtexplosion vergehen. Die nächsten 12 Stunden musste ich ohne ihn auskommen.

Die Dämonin krähte fröhlich und ließ die Peitsche knallen.

Ich loggte mich aus.

Wie üblich dauerte es eine Weile, bevor der Befehl wirkte. Ich schloss die Augen und spannte die Muskeln in Erwartung eines schmerzhaften Hiebs an. Hoffentlich stand ich das durch. Immer wieder musste ich daran denken, wie sich 97 % Schmerz anfühlen würden. Ich wollte nicht spüren, wie Lamia oder ihr Ebenbild mir Arme und Beine ausrissen. Es würde wohl keinen Unterschied machen, ob das Schmerzniveau 97 oder 100 % betrug. Oder vielleicht doch? Die Sekunden verrannen so langsam, wie das Glas eines alten Kirchenfensters nach unten tropfte.

Die Flammenpeitsche hinterließ eine brennende Furche von meiner linken Hüfte quer über die Brust bis zur rechten Schulter. Ein zweiter Hieb formte ein X auf meinem Körper. Der Schmerz war unvorstellbar. Doch bevor meine Nervenbahnen den Befehl ausführen und meine Stimmbänder zum Schreien animieren konnten, endete das Spiel.

Schwer atmend kam ich im Pod zu mir. Ich fragte mich, ob der Dämon die Wahrheit gesagt hatte. Gab es wirklich keinen Ausweg aus dem Baum der Furcht? Das durfte nicht sein!

Ich öffnete den Deckel des Pods. Als ich mich aufsetzte, jaulte ich auf, so sehr spürte ich den Phantomschmerz. So schlimm war es noch nie gewesen! Ich schluckte und tastete nach meiner Brust. Zu meinem Schrecken war echtes Narbengewebe zu sehen. Die Peitsche aus dem Spiel hatte Spuren in der Realität hinterlassen! Das war kein Phantomschmerz, das waren echte Verbrennungen. Panisch stand ich auf, als eine Systemmeldung in der Luft erschien:

Quest fehlgeschlagen: Frühlingsjagd auf Gremlins

Du hast eine neue Quest erhalten: Hasch den Gremlin

Aufgabe: Fange die drei verbliebenen Gremlins, bevor die dunkle Seite sie findet (Stand: 0 zu 0).

Belohnung: keine

Strafe bei Fehlschlag: Abstieg um 5 Level

Verdammt! Unsere neuen Freunde hatten es in der Nacht geschafft, einen der Gremlins zu töten. Zumindest hatte ich verstanden, dass das ihr Ziel war. Aus der Beschreibung war außerdem klar ersichtlich, auf welcher Seite Weasel und Bulldog standen — auf der der Finsternis. Die neue Aufgabe, die Mark und ich erledigen sollten, hatte es in sich. Vor allem, wenn wir es nicht schafften.

Kapitel 9

ICH STAND VOR DEM SPIEGEL und starrte auf die Narben, die sich über meinen Oberkörper zogen, als mein Telefon klingelte.

Es war Mark. „Hast du auch eine Systemmeldung erhalten?"

„Ja", bestätigte ich.

„Was sollen wir jetzt tun?"

„Wir folgen weiterhin dem Plan", entschied ich. „Naumow hat versprochen, uns Zugang zu allen Einrichtungen zu verschaffen. Mit etwas Glück sind wir vor den anderen da. Oder hast du etwas gegen seine Beteiligung? Immerhin befinden sich sein und dein Clan ja im Krieg."

Mark räusperte sich. „Was das betrifft... Also, ich habe nicht erzählt, dass ich zum Geist der Jagd gehöre, weil es für die Quest keine Rolle gespielt hat. Als es dann wichtig wurde, war es zu spät. Du kannst dir sicher sein, dass es unsere Beziehung kein bisschen beeinträchtigt. Niemand in meinem

Clan weiß von den Abgesandten.“

„Kannst du denn auch den Mund halten, was Naumows Identität betrifft?“

„Den Mund halten? Wieso?“

„Na ja, deine Clan-Anführer werden ja wohl kaum wissen, wer Antibiotic im echten Leben ist oder wer den Clan unterstützt.“

Mark lachte. „Das ist doch ein offenes Geheimnis. Die großen Clans werden allesamt von Leuten geführt oder gesponsort, die Mittel und Wege haben, solche Dinge herauszufinden. Viele von ihnen kennen sich sogar privat. Sie sind im selben Golfklub und sprechen am Abschlag über ihre Erfolge in Arktanien.“

An diese Möglichkeit hatte ich gar nicht gedacht. Aber natürlich ging es für diese Leute nur um Geld, nicht ums nackte Überleben. Viele von ihnen hatten Geld im Überfluss, sodass die Clanaktivitäten ein eher unbedeutendes Hobby waren, eine Liebhaberei.

„Wie läuft es eigentlich zwischen dem Geist der Jagd und den Stahlratten?“, wollte ich wissen.

„Hallo? Hast du mal ein Auge auf mein Level geworfen? Woher soll ich etwas über die Bündnisse wissen, die meine Clan-Anführer schmieden?“

„Es wäre ja möglich gewesen, dass du etwas aufgeschnappt hättest“, sagte ich.

„Warum interessierst du dich denn für die Stahlratten?“, hakte Mark nach. „Gut, sie haben die Unaussprechlichen ans Messer geliefert. Aber das kann dir als Nichtmitglied doch eigentlich egal sein, oder?“

„Nun, wie soll ich es sagen. Sie haben mich um ein Artefakt betrogen, als ich sie um Hilfe gebeten hatte. Jetzt versuchen sie, mich zu erpressen. Sie drohen, mir den Geist der Jagd auf den Hals zu hetzen. Ich kann mich praktisch nicht mehr frei in Arktanien bewegen. Jederzeit muss ich mit einem Hinterhalt rechnen."

„Daran trägst du aber auch Mitschuld", warf er ein. „Wie bist du bloß auf die Idee gekommen, anderen von deiner epischen Quest zu erzählen?"

Na toll! Musste er unbedingt Salz in die Wunde streuen? Ich hatte damals vorschnell gehandelt. Ich dachte, Freunde von Artjom wären auch meine Freunde. Außerdem hätte ich allein keine Chance gegen den König der Toten gehabt. Welche Alternativen hätte es gegeben? Andererseits hatte diese verräterische Bande letztendlich doch dazu beigetragen, dass ich das Artefakt in die Finger bekommen hatte.

„Ich war neu im Spiel und dumm und brauchte die Hilfe", gab ich beschämt zu. Tatsächlich schien ich ständig in Situationen zu geraten, die ich allein nicht stemmen konnte. „Aber das ist jetzt nicht wichtig. Wir müssen uns um die Gremlins kümmern. Ich hoffe wirklich, dass wir morgen alle davon fangen können, ohne mit der dunklen Seite aneinanderzugeraten. Ich möchte ungern Level verlieren."

„Ich habe über Weasel nachgedacht: Ihre Unsichtbarkeit unterliegt garantiert Beschränkungen — wie meine Illusionen. Sonst hätte sie sich doch direkt in das Kraftwerk schleichen können.

Wozu der Aufwand mit der Besucherführung?“

„Das ist ein guter Punkt“, sagte ich.

„Nachdem wir wissen, dass wir Konkurrenz haben, können wir uns darauf vorbereiten“, stellte Mark fest. „Wir schaffen das schon!“

Wir redeten noch eine Weile. Nach unserem Gespräch fiel mir ein, dass ich Artjom versprochen hatte, ihn anzurufen. Er nahm nicht ab. Vermutlich lag er in seinem Pod.

Ich zog es vor, mich ein paar Stunden aufs Ohr zu hauen. Ich benötigte dringend Hoteis Rat. Ohne ihn würde ich nicht aus dem Baum der Furcht kommen. Es behagte mir nicht, dorthin zurückzukehren, wo der Geisterdämon auf mich wartete. Das würde ein schmerzhafter Tod werden, der sich ziemlich sicher auf meinen echten Körper auswirken würde.

Kaum hatte mein Kopf das Kissen berührt, schlief ich auch schon ein. Nach einer viel zu kurzen Nacht wachte ich auf. Natürlich musste ich sofort an die Gefahren im Baum der Furcht denken. Vor allem die Dämonin mit ihrer Flammenpeitsche jagte mir Schauer über den Rücken.

Das machte mich wach genug, um nach meinem Telefon zu greifen. Boris hatte geschrieben. Leider hatte er nichts über den Baum der Furcht herausgefunden. Naumow bestätigte seine Unterstützung, und Artjom bat dringend um meine Hilfe bei einem wichtigen Termin am nächsten Abend. Wurde er etwa bedroht? Vielleicht von den Stahlratten? Andere Feinde hatte Artjom meines Wissens nicht. Oder ging es um seine neue Freundin mit dem großen Haus auf dem Land? Ich wollte mehr über diesen Termin erfahren und rief ihn an.

„Ja?“, hörte ich seine verschlafene Stimme nach einer Weile. „Hast du dich doch entschlossen, mit mir zu sprechen?“

„Guten Morgen, Schlafmütze. Du bist mehr oder weniger im Bilde. Gestern musste ich dich wegdrücken, weil ich nicht vor Mark über Vertrauliches sprechen wollte.“

„Schon gut“, erwiderte Artjom. „Ich weiß, dass ich dir in der Realität keine große Hilfe bin. Los, erzähl schon: Was ist in dem Kraftwerk passiert?“

Ich fasste die Geschehnisse kurz zusammen — trotzdem dauerte es fast 20 Minuten. Es war erstaunlich, wie viel im Laufe eines Tages passierte.

„Verdammte Kacke!“, rief Artjom aufgeregt und auch ein wenig besorgt. „Habe ich das richtig verstanden? Es gibt mehrere Abgesandte, die unterschiedlichen Göttern folgen und sich untereinander bekriegen?“

„Wenn nicht sogar noch mehr dahintersteckt“, sagte ich.

„Ich bedaure immer wieder, dass in meinem Pod keines von diesen experimentellen ESGUMIs steckt“, beschwerte er sich. „Ich würde dir liebend gern helfen.“

„Gemessen an der Anzahl der Spieler liegt die Zahl der Abgesandten im Promillebereich — wenn überhaupt“, erinnerte ich ihn. „Es wurden Hunderttausende von VR-Pods verkauft, aber es gibt maximal 40 Abgesandte. Außerdem wissen wir nicht, ob jeder mit einem solchen Modul auch seine Kräfte und Fähigkeiten in der echten Welt nutzen kann. Nimm Naumows Sohn: Naumow hat doch das ESGUMI, das wir geklaut haben, garantiert in Fjodors Pod eingebaut. Bis jetzt hat es ihm nichts genutzt. Vielleicht dauert es aber auch nur eine Weile, bevor sich eine Wirkung zeigt."

Artjom schien nachzudenken. „Darum geht es bei meiner Anfrage. Ich vermute, dass ich so ein Ding in die Finger kriegen könnte."

„Wo hast du es entdeckt? Und wieso willst du dir das freiwillig antun?" Ich war entsetzt. „Das ist auf mehr als eine Art riskant! Irgendwann wird das Militär etwas davon erfahren. Mit den virtuellen Göttern ist auch nicht zu spaßen. Hotei hat erzählt, dass die Auswahl der Abgesandten nicht zufällig erfolgt."

„Und Hotei hat uns bei dem Diebstahl geholfen", warf Artjom ein. „Es kann also nicht ganz so wichtig sein, wer ein ESGUMI bekommt. Ganz ehrlich: Es weiß niemand, dass ich mich dafür interessiere. Ich bin doch nicht blöd. Ich habe mir ein Prepaid-Telefon besorgt, dass nicht zu mir zurückverfolgt werden kann. Auf dem Trödel und Onlinemarktplätzen werden defekte oder gestohlene Pods in Einzelteilen verkauft. Es gibt einen Anbieter, der ungefähr 40 von diesen Modulen besitzt. Es sind unterschiedliche Versionsstände. Wenn wir ins Geschäft kommen, kann ich mir aussuchen, welche Version ich haben will."

„Und du denkst wirklich, da ist ein passender Baustein dabei?"

„Die Chancen sind nicht hoch, aber ich will es

versuchen."

Ich hätte ihm die Sache gern ausgeredet, konnte aber seinen Wunsch verstehen. Ich an seiner Stelle hätte wohl ebenso gehandelt.

„Okay. Wenn du das wirklich durchziehen willst, gibt es noch eine andere Möglichkeit: Du kannst dir das ESGUMI aus dem Pod in meiner Wohnung holen", schlug ich vor.

„Das halte ich für eine ganz schlechte Idee. Hast du vergessen, dass du fast getötet worden wärest? Die Kerle haben garantiert jemanden an deiner Wohnung postiert. Nein, ich brauche eine andere Quelle."

Beide Optionen waren riskant. Wenn Mark uns helfen würde, stiegen die Chancen.

„Na gut", stimmte ich widerwillig zu. „Wir machen es so: Ich bitte Mark, uns mit seinen Illusionen zu helfen, damit wir ungesehen in meine Wohnung kommen. Ich weiß nicht, ob er von den ESGUMIs weiß, aber das finde ich heraus."

„Du scheinst ihm ja voll und ganz zu vertrauen."

„Nein, ich vertraue niemandem in dieser Welt", stellte ich klar. „Du bist natürlich die Ausnahme. Boris ist auch nah dran, obwohl er nichts von den Abgesandten weiß. Mark wirkt in Ordnung auf mich — von seinem kruden Humor einmal abgesehen. Außerdem gehören wir beide zur neutralen Gruppierung. Er steht garantiert nicht auf der Seite der Bösen. Die Sache ist die: Er kann unsere Gesichter verschleiern, sodass niemand uns erkennt. Wenn das mit der Wohnung nicht klappt, probieren wir es bei deinem Händler."

„In Ordnung“, stimmte Artjom freudig zu. „Sind deine Verbrennungen mittlerweile abgeheilt?“

Ich betastete meine Brust und stöhnte auf. „Nein. Das braucht wohl eine Weile.“

„Es hätte ja sein können, dass die Narben eher psychosomatisch sind. So ähnlich wie Stigmata.“

„Ich vermute, dass es an der hohen Schmerzeinstellung meines Pods liegt“, sagte ich. „Ganz ehrlich: Ich habe Angst davor, dass da bald 100 % stehen. Werde ich dann in meinem Pod sterben, wenn ich im Spiel draufgehe? Was, wenn mir in Arktanien ein Dämon den Arm ausreißt?“

„Vielleicht passiert ja auch das genaue Gegenteil und du bekommst bei 100 % ein Respawn-Tattoo in der Realität und wirst unsterblich“, versuchte Artjom mich aufzumuntern. „Alles ist möglich.“

Wir diskutierten noch ein paar Optionen, die wir hatten. Dann versprach ich, mich am Abend wieder bei ihm zu melden. Anschließend überlegte ich, ob ich *Blitzschlag* und *Magnetismus* irgendwie nutzen konnte, um eine Art Schutzschleier um mich zu errichten. Wenn ich in der echten Welt eine Möglichkeit fand, konnte ich mir die Suche nach Schriftrollen oder Lehrmeistern für Elektrozauberer in Arktanien sparen. Leider fehlte mir die Zeit.

Pünktlich um 9:30 Uhr stand Mark vor meiner Tür. Er hatte wieder die Gestalt des Soldaten angenommen, um seine Identität vor Naumow und dessen Leuten zu verbergen.

„Dich kennt er ja schon“, spottete er, als wir unterwegs waren. „Du solltest dir mehr Gedanken über die Konsequenzen deines Handelns machen."

„Als ob ich eine Wahl gehabt hätte!"

„Dann möchte ich vorschlagen, dass wir während unserer Zusammenarbeit darauf achten, möglichst immer eine Wahl zu haben. Ich will nicht immer die Kohlen aus dem Feuer holen müssen."

„Verstanden", sagte ich.

Vor Naumows Haus standen zwei Autos, vor denen Naumow selbst und mehrere Sicherheitsleute auf uns warteten. In seinem Nadelstreifenanzug wirkte der grauhaarige Mann fast wie ein Aristokrat.

„Das ist mein Bekannter, Mark", stellte ich den Illusionisten vor. „Er gehört ebenfalls zu den Abgesandten."

„Wladimir", stellte Naumow sich vor und reichte Mark die Hand. Ich war gespannt, ob unser Gönner etwas bemerken würde, denn die Hände der Illusion waren viel größer und kräftiger als Marks eigene Hände. Doch Naumow reagierte nicht.

„Wohin geht es zuerst?", fragte er in seiner direkten Art. „Ruza, Dubna oder Flughafen? Die Fabrik kommt bestimmt erst zum Schluss dran, oder?"

„Das Kraftwerk in Dubna können wir uns sparen", teilte ich ihm mit. „Die Gegenseite war schneller dort. Es bleiben die drei anderen Orte."

„Dann sollten wir mit dem Kraftwerk in Gorbovskaya starten. Dort werden wir nicht auf Probleme stoßen", entschied Naumow. „Das Kraftwerk ist in privater Hand. Ich musste lediglich andeuten, an einer Investition interessiert zu sein. Sie haben mich sofort eingeladen. Wir können uns die gesamte Anlage ansehen und beliebige Fragen stellen.“

Ach, Geld öffnete eben doch alle Türen! Es musste schön sein, reich zu sein.

„Dann mal los“, sagte Mark. „Wir folgen euch.“

„Prima“, sagte Naumow, bevor er sich noch einmal an Mark wandte. „Ich habe gar nicht gefragt — welche Fähigkeiten hast du eigentlich?“

„Das sind Dinge, die noch nicht einmal die Abgesandten einander fragen“, sagte der Illusionist griesgrämig und stieg in den Wagen.

„Ist das so?“, fragte ich neugierig, nachdem ich auf dem Beifahrersitz saß.

„Ja, das ist so. Zumindest ab jetzt“, sagte Mark. „Ich habe die Regel soeben aufgestellt. Wir sollten uns daran halten. Alle sollten sich daran halten. Immerhin könnten wir die ersten Menschen einer neuen Spezies sein. Der Beginn einer neuen Schöpfung!“

„Ich will mit neuen Schöpfungen nichts am Hut haben“, erwiderte ich. „Ich will einfach nur überleben. Dir ist schon klar, dass du deine Fertigkeiten früher oder später anwenden musst?“

„Ja, aber ich muss sie niemandem unter die Nase reiben oder irgendetwas erklären“, sagte Mark bestimmt. „Ich werde einfach Unsichtbarkeit auf den Bereich wirken, in dem du den Gremlin fängst. Quasi die Illusion, dass nichts geschieht.“

„Naumow kann ganz schön hartnäckig sein. Du wirst kaum um eine Vorführung herumkommen“, stellte ich fest.

„Dann erschaffe ich eben seinen Doppelgänger.

Aber mehr ist nicht drin. Ich muss sparsam mit meinem Mana umgehen."

Den Rest der Fahrt genossen wir die Stille. Ob Mark wohl über die neue Schöpfung nachdachte, deren Teil er sein wollte? Meine Gedanken drehten sich um den Baum der Furcht. Auf Hotei konnte ich mich dort wohl nicht verlassen. Nachdem wir seine erste Quest vermasselt hatten, war er wohl nicht gut auf uns zu sprechen. Andererseits durfte er es sich auch nicht mit der Schicksalsgöttin verscherzen, in deren Auftrag ich unterwegs war. Auf keinen Fall würde ich vor ihm katzbuckeln und seinem *Ta-ta* applaudieren. Ich war fest entschlossen, dem Baum auf eigene Faust zu entkommen. Ich würde improvisieren müssen. Mir kam eine Idee. Vielleicht war es gar nicht so schlecht, dass ich viele Attributpunkte in meine Intelligenz investiert hatte. Für meinen Plan musste ich die Sim-Karte und das WLAN-Modul aus einem Smartphone ausbauen. Zum Glück gab es mehr als genug Videoanleitungen dazu im Internet. Ich machte mich noch während der Fahrt an die Arbeit. Am Ende hielt ich ein Telefon in der Hand, dass keine Verbindung zum Internet aufbauen konnte. Das hatte fast 90 Minuten gedauert. Kurz darauf bogen wir auf den Parkplatz des Kraftwerks ein.

„Wie sieht dein Plan aus?", wollte Naumow wissen. „Wie findest du die Gremlins?"

Mark und ich tauschten einen Blick aus. „Es wäre besser, nicht zu laut darüber zu sprechen. Immerhin können einige der Abgesandten sich unsichtbar machen. Wir wollen doch nicht deren

Aufmerksamkeit auf uns lenken, oder?“

Naumow nickte verständnisvoll. „Ich verstehe.“

Ich zeigte ihm die App auf meinem Telefon. „Damit finde ich sie. Das funktioniert mehr oder weniger automatisch.“

„So einfach?“ Er schien überrascht.

„Du darfst nicht vergessen, in wessen Auftrag wir hier sind“, erinnerte ich ihn. „Der Erkennungsradius beträgt allerdings nur ungefähr 20 Meter. Also müssen wir vermutlich schon in jeden Winkel des Werks. Besonders große Chancen haben wir in der Leitwarte und bei den Turbinen. Die Ziele lieben komplexe Technologien.“

Flotten Schrittes näherten Mark, Naumow, zwei Bodyguards und ich uns der Hauptpforte. Ich aktivierte *Magnetische Empfindlichkeit* und sah mich um. Gleichzeitig achtete ich auf Infoboxen, die mir mögliche Abgesandte verraten würden. Leider war Arktanien eine sehr beliebte Welt, sodass wir bereits auf dem Parkplatz fünf Spielern zwischen Level 10 und 40 begegneten. Ich war mir ziemlich sicher, dass es sich nicht um Abgesandte handelte, denn deren Level lag eher im Bereich von 70. Ob es viele Abgesandte gab, die nach den Gremlins suchten? Oder waren es nur Bulldog und Weasel auf der einen und Mark und ich auf der anderen Seite? Ich musste schmunzeln, als ich über einer deutlich übergewichtigen Frau den Spitznamen *Baby69* entdeckte und über einem hageren Mann mit Nickelbrille den Namen *AlphaDad.*

Mark hatte die beiden wohl ebenfalls bemerkt, denn er beugte sich zu mir herüber. „Was die Leute sich ausdenken. Kaum zu glauben. Du solltest vor allem auf die Unsichtbare achten. Den Rest behalte ich im Auge."

Das war leichter gesagt als getan. Die Assassinin durfte nicht zu weit weg sein, damit ich sie bemerken konnte. Und sie musste ihre Messer bei sich tragen.

Wir näherten uns der Pforte, als ein Mann auf uns zukam. Es handelte sich um den stellvertretenden Werksleiter. Er nickte dem Posten zu und führte uns aufs Gelände. Wir mussten uns nicht ausweisen oder registrieren.

„Was möchten Sie zuerst sehen? Soll ich Sie herumführen? Oder wollen Sie einen Blick in die Bücher werfen?" Er war überaus eilfertig. Er wuselte aufgeregt um Naumow herum und pries die Vorzüge des eigenen Unternehmens.

„Ich würde mir gern ein Bild vom Zustand der Turbinen und der Leitwarte machen", sagte Naumow.

„Natürlich", kam die Antwort. Wir folgten dem stellvertretenden Leiter durch die Anlage. Naumow heuchelte Interesse, während ich mich auf die App konzentrierte und gleichzeitig nach unsichtbaren Angreifern Ausschau hielt. Zu meinem eigenen Erstaunen erkannte ich einige der Apparaturen und Mechanismen aus dem Wasserkraftwerk wieder. Wenn das so weiterging, wäre ich am Ende des Tages ein Fachmann in diesen Dingen! Im Herzen des Kraftwerks verrichteten zwölf kleinere Turbinen ihren Dienst. Sie hatten keine Ähnlichkeit mit den sechs großen Geschwistern vom Vortag. Eine

Stahlhaube bedeckte kleine Kammern in der Mitte.

Meine App spürte sofort einen Gremlin in einer davon auf. Ich gab Mark ein Signal und packte Naumow kurz am Arm. Wir hatten verabredet, dass er zusehen durfte, wenn wir den Gremlin fingen. Also blieb unsere kleine Dreiergruppe neben der Turbine stehen, während von Mark erschaffene Doppelgänger mit den anderen weiterliefen. Naumow blieb vor Erstaunen jedes Wort im Halse stecken.

„Illusionen“, klärte ich ihn kurz auf. „Der Gremlin steckt hier drin.“

Wir gingen ein wenig dichter heran, damit ich einen Blick durch die Inspektionsluke werfen konnte. Der lila Punkt kreiste um die Hauptachse des Wandlers. Wieso hatte das noch niemand bemerkt? Oder konnte nur ich diese Punkte sehen?

„Wie wirst du ihn herauslocken?“, wollte Naumow wissen. „Und wie schafft ihr es, dass uns die vielen Arbeiter nicht bemerken? Sehen etwa alle diese Illusion?“

„So ist es“, beantwortete ich den zweiten Teil der Frage.

„Was ist mit den Kameras? Wirkt die Illusion auch auf sie?“

Das war eine gute Frage. Mark hatte es mir so erklärt: Wenn jemand das Monitorbild betrachtete, würde er die Illusion sehen. Doch die Aufzeichnungen auf den Festplatten zeigten, was wirklich geschah. Deshalb hatten wir beide vereinbart, dass ich alle Kameras mit meiner Fähigkeit abschalten würde.

„Nein, aber ich habe sie deaktiviert“, antwortete

ich.

Mit *Stromlasso* griff ich nach der lila Kugel, aber der Gremlin wich mir aus. Ich probierte es sofort noch einmal, doch erst beim vierten Versuch erwischte ich den Unruhestifter. Zum Glück waren die Gremlins im Chaos rein instinktgesteuert und konnten keine Pläne machen oder die Absichten anderer durchschauen. Ich zog den noch immer heftig zappelnden Gremlin aus der Turbine, legte ein Handy auf den Boden und schickte ihn hinein. Wie beim letzten Mal qualmte die Elektronik. Der Gremlin verschwand, und eine Systemmeldung erschien:

Aufgabe „Hasch den Gremlin“ (Stand: 1 zu 0)

„Mehr passiert nicht?“, fragte Naumow erstaunt.

„Zum Glück“, erwiderte ich und hob das zerstörte Telefon auf. „Kommt, wir müssen wieder die Stelle der Illusionen einnehmen.“

Ich freute mich, dass alles so reibungslos geklappt hatte. Das erinnerte mich an die guten alten Rollenspiele am PC: Dungeon betreten, Questgegenstand schnappen, verschwinden. Das würde mir auch bei den anderen Gremlins gefallen.

Zehn Minuten später war die Führung vorüber. Wir dankten dem stellvertretenden Werksleiter. Naumow bat ihn, ihm die Bilanzen und weitere Unterlagen per Kurier zuzuschicken, damit er sich in Ruhe damit befassen konnte.

Mark und ich wären am liebsten ohne jeden

weiteren Smalltalk aufgebrochen, aber wir ließen Naumow die Zeit, die er benötigte. Anschließend fuhren wir zum Flughafen. Meine Vermutung war, dass der Gremlin den Funkverkehr zwischen Tower und Flugzeugen störte. Ich war gespannt, ob ich recht hatte. Doch auf halbem Wege dorthin erschien eine weitere Systemmeldung:

Aufgabe „Hasch den Gremlin“ (Stand: 1 zu 1)

Der Flughafen verschwand von der Liste der Ziele.

„Warum schlafen die Bösewichte eigentlich nie bis in den Nachmittag?“, beschwerte Mark sich. „Das wäre doch mal eine angenehme Abwechslung.“

Kapitel 10

PER LICHTHUPE FORDERTEN WIR DIE WAGEN VOR UNS AUF, ANZUHALTEN. Wir informierten Naumow, dass der Gremlin am Flughafen bereits ausgeschaltet worden war. Wir mussten trotzdem dorthin, denn Naumow hatte am Flughafen einen Helikopter gemietet. Ich hoffte, dass wir dort nicht auf die Konkurrenz stießen. Mir war ein wenig mulmig zumute, denn das würde mein erster Flug mit einem Helikopter sein. Überhaupt flog ich nicht gern. Mark war dagegen Feuer und Flamme.

„Ich bin noch nie mit so einem Ding geflogen“, sagte er aufgeregt. „Das kleinste bisher war ein zweisitziges Flugzeug.“

„Womit habe ich das verdient?“, stöhnte ich. „Du bist ein echter Adrenalin-Junkie.“

„Schon möglich“, antwortete Mark. „Ich mag Snowboarding, Surfen, Parkour, Motorsport und vieles mehr. Aber nicht als Zuschauer. Ich muss schon selbst aktiv sein!“

Ich schaute mit einer Mischung aus Bewunderung und Skepsis zu ihm. Extremsportarten waren doppelt so gefährlich für jemanden, der so untrainiert aussah wie Mark. Ich beschloss, die Fahrt zu nutzen, um ihm die Fragen zu stellen, die ich bisher aufgeschoben hatte.

„Ich würde gern über zwei Dinge mit dir sprechen“, begann ich. Erschrocken stellte ich fest, dass der Helikopterlandeplatz bereits in Sichtweite war. „Hast du schon einmal den Begriff ESGUMI gehört?“

„Äh... nein.“

„Das ist ein Modul im VR-Pod. Es verbindet dein Gehirn mit der virtuellen Welt.“

„Interessant“, nickte Mark. „Ich habe mich nie für Elektronik interessiert. Ist das wichtig für unsere Mission?“

„Nicht direkt. Aber dieser Baustein ist für unsere Fähigkeiten verantwortlich. In meinem Pod steckt eine experimentelle Version des ESGUMI, die dritte Generation. Normalerweise wird die erste Generation verbaut.“

Mark saß eine Weile nachdenklich da. „Und du denkst... bei mir ist auch so ein neues Ding drin?“

„Vermutlich, auch wenn ich es nicht genau sagen kann.“

„Dann soll ich das deiner Meinung nach wohl überprüfen, oder?“, sagte er. „Kein Problem. Wieso hast du nicht schon eher gefragt?“

„Ehrlich? Ich habe länger nicht mehr an das ESGUMI gedacht“, gab ich zu. „Aber einer meiner Freunde hat es heute erwähnt und ein Experiment vorgeschlagen."

„Ein Experiment? Geht es darum, so ein Modul auch in seinen Pod einzubauen?"

„Du hast es erfasst", antwortete ich.

Mark stellte den Wagen neben dem von Naumow ab.

„Und du hast so ein Ding in Reserve?"

„Irgendwie schon. Es ist das Modul aus dem Pod in meiner eigenen Wohnung."

„Aha. Also brauchst du einen Illusionisten, der dir hilft, in die Wohnung zu kommen. Schon klar." Er lachte. „Ich habe seit einer Weile das Gefühl, dass du etwas von mir willst."

Da lag er goldrichtig, das ließ sich nicht beschönigen.

„Aber du hast auch etwas davon. Und wir wären dir etwas schuldig."

„Keine Sorge, ich bin dabei", sagte Mark. „Lass uns diesen Gremlin fangen. Dann fahren wir zu deiner Wohnung."

„Was den Gremlin betrifft", begann ich, doch dann klopfte jemand an die Scheibe. Naumow deutete auf seine Armbanduhr. Jede Minute zählte!

„Reden wir später weiter", sagte ich. „Erst die Arbeit..."

Der Helikopter war auf Hochglanz poliert. Hellblau und gelb blitzte der Lack in der Sonne. Dennoch, er wirkte nicht gerade vertrauenerweckend. In das kleine Ding sollte ich einsteigen? Wie gesagt hatte ich keine Flugangst. Aber das schien sich gerade zu ändern. Mir wurde immer flauer.

„Für wie viele Leute ist der gebaut?“, fragte ich lauernd.

„Drei und den Piloten“, antwortete ein Mann besten Alters mit einem Schnäuzer, der mich an Mario aus dem Videospiel erinnerte. Allerdings war der Bart grau und er hatte kaum mehr ein Haar auf dem Kopf.

Skeptisch blickte ich zu Naumows Bodyguards hinüber. „Was ist mit denen?“

„Die folgen uns in einem zweiten Helikopter“, antwortete Naumow.

Ich überlegte, ob ich vorschlagen sollte, dass Naumow sich einen Heli mit seinen Leuten teilte, aber das wäre undankbar gewesen.

„Sind in der letzten Stunde schon andere Helikopter in Richtung unseres Ziels geflogen? Oder starten demnächst welche dorthin?“, fragte ich den Piloten.

„Nein. Bei drei Maschinen ist heute die Wartung fällig. Die fliegen nirgendwohin. Diese zwei sind die einzigen, die flugbereit sind. Wieso fragst du?“

„Ich bin bloß neugierig“, seufzte ich erleichtert. Unsere Gegenspieler hatten keine Chance, rechtzeitig ans Ziel zu kommen.

Mark reckte einen Daumen. Er hatte wohl denselben Gedanken.

„Gibt es noch mehr Helikopter oder Privatflugzeuge hier am Flughafen?“, hakte ich nach.

„Das hier ist ein internationaler Flughafen.“ Der Pilot sah mich misstrauisch an. „Natürlich gibt es hier jede Menge Privatflugzeuge. Aber keines davon kann dorthin fliegen, wo wir landen werden. Das ist eine Flugverbotszone für Starrflügler. Der nächste Anbieter für Heliflüge ist gute 200 Kilometer entfernt."

„Danke."

„Also, sollen wir dann los? Oder gibt es noch mehr zu besprechen?", drängelte der Pilot.

Naumow, Mark und ich stiegen ein, sodass ich keine Gelegenheit hatte, mit Mark unter vier Augen zu sprechen. Während des gesamten Flugs versuchte Naumow, mich und Mark über unsere Fähigkeiten auszuquetschen. Mark ignorierte ihn, indem er wie gebannt aus dem Fenster starrte. Der Ausblick war wirklich fantastisch. Auch ich konnte den Blick nicht von der Landschaft und den Gebäuden unter uns abwenden. Der Helikopter flog deutlich niedriger als ein Flugzeug, sodass viel mehr Details zu erkennen waren.

Naumow war daran jedoch nicht interessiert. Seine Fragerei war verständlich, aber sie nervte auch. Vor allem war ich nicht sicher, welche Motive er hatte. Bestimmt hatte er eine komplett andere Sicht auf die Dinge als ich oder Mark. Nach einer Stunde Flugzeit landeten wir schließlich auf einer kleinen Lichtung unweit der Fabrik. Wieder wurden wir bereits erwartet und ohne Umschweife durch die Pforte geführt. Auch hier war es der stellvertretende Direktor, der noch unterwürfiger als sein Gegenpart aus dem Kraftwerk wirkte. Er führte uns in das luxuriös ausgestattete Büro seines Vorgesetzten und kümmerte sich höchstpersönlich um Kaffee und Gebäck.

Ich fragte Naumow, ob er auch hier den Investor

spielte.

„Nicht nötig“, erklärte der. „Die Fabrik gehört mit bereits. Ich habe sie gestern gekauft. Technisch ist das hier mein Büro, auch wenn noch nicht alle Eintragungen abgeschlossen sind.“

„Einfach so?“, fragten Mark und ich wie aus einem Munde.

„Natürlich.“

„Ich dachte, das ist ein großer Konzern. Benötigen solche Geschäfte nicht viel Zeit?“, rief Mark erstaunt. „Wie geht so etwas?“

„Du weißt schon, dass das hier ein Automobilwerk ist, oder?“, antwortete Naumow mit einer Gegenfrage.

„Natürlich“, erwiderte Mark. Ich dagegen hatte mich so sehr auf die Gremlins konzentriert, dass ich nicht einmal auf die Idee gekommen war, mich näher mit der Fabrik zu beschäftigen.

Naumow rückte seine Krawatte gerade. „Automobilhersteller in unserem Land verdienen praktisch kein Geld. Sobald ein annehmbares Angebot vorgelegt wird, überschreiben sie den Laden schneller, als die Tinte unter dem Vertrag trocknet.“

„Was willst du damit anfangen?“

„Wie gesagt, die Vertragsdetails werden noch abgestimmt.“ Er lächelte. „Es wird sich zeigen, dass der bisherige Eigentümer die Bilanzen frisiert hat, woraufhin ich mein Angebot zurückziehen werde.“

„Und wenn die Bücher korrekt sind?“, fragte ich.

„Das sind sie nie“, versicherte Naumow mir. „Das ist hier gar nicht möglich, denn ansonsten wäre das Unternehmen längst pleite."

Naumow widmete sich dem Kaffee und fragte unseren Gastgeber über die Prozesse und Probleme bei der Produktion aus. Angeblich lief alles bestens, woraufhin sich Naumows Mine verdüsterte. Nach ein paar verbalen Drohungen rückte der stellvertretende Leiter mit der Wahrheit heraus. Das war auch gut so, denn es hätte uns einen halben Tag oder länger gekostet, jeden Winkel mit der App zu durchsuchen. Wenn wir erst wussten, wo die Maschinen Probleme machten, konnten wir gezielt suchen.

Keine 30 Minuten später liefen wir in Begleitung unseres Gastgebers durch die Werkshalle. Wie am Morgen suchte ich nach unsichtbaren Gefahren, während Mark nach Infoboxen Ausschau hielt. Doch wir blieben ungestört. Dabei war die Suche alles andere als einfach. Nach einer Weile entschlossen wir uns zu einem kurzen Mittagessen. Immer wieder fuhren wir von einem Werksteil zum nächsten. Schließlich spürten wir den Gremlin auf.

Seltsamerweise hatte er keine der großen Fertigungsmaschinen als Heimstatt auserkoren, sondern es sich in einem Wasserspender in einem der Büros gemütlich gemacht. Es war reiner Zufall, dass ich ihn bei einem Toilettengang in der Nähe der Projektleitung fand. Ich überlegte kurz, ob ich ihn heimlich einfangen sollte, aber das wäre Mark gegenüber unfair gewesen. Ich würde ihm meinen Plan offenbaren müssen — und einmal mehr in seiner Schuld stehen. Wieso war ich ständig auf andere angewiesen?

„Ich habe ihn!", rief ich Mark zu, der am

Treppenaufgang auf mich wartete.

Auf unseren Wunsch hin räumte der stellvertretende Werksleiter das Büro, bevor er selbst mit Naumows Beschützern den Raum verließ. Nachdem nur wir drei anwesend waren, musste Mark keine Illusion wirken.

Ich öffnete die Abdeckung des Wasserkühlers und zog die lila Kugel mit *Stromlasso* heraus. Der Gremlin wirkte ziemlich klein. Vielleicht hatte er sich deswegen für eine kleine Maschine entschieden.

„Ab ins Telefon damit. Wir sollten rasch hier abhauen“, sagte Mark.

Ich verfrachtete den Gremlin in das Smartphone, aber es erschien keine Systemmeldung.

„Was ist denn jetzt los?“, fragte mein Mitverschwörer. „So ein Dreck!“

„Alles ist gut“, beruhigte ich ihn. „Das Telefon hat keine Internetverbindung. Ich habe während der Fahrt das WLAN-Modul und die Sim-Karte entfernt.“

„Aber wieso?“

„Ich benötige diesen kleinen Kerl in Arktanien.“

„Aber wieso?“, wiederholte er eindringlicher. „Was soll das?“

Naumow verfolgte unseren kleinen Streit neugierig. Widerwillig erklärte ich Mark die Sache: „Ich muss den Gremlin mit in meinen Pod nehmen.“

„Zum dritten Mal: wieso?“ Marks Nerven schienen überstrapaziert zu sein.

„Er könnte die Lösung für mein Problem in Arktanien sein. Ich stecke an einem unfertigen Ort fest. Der Eingang ist verborgen, der Ausgang ebenso.

Allerdings können Gremlins die Ausgänge von Instanzen spüren. Wenn ich ihn also mitnehme, kann er mich vielleicht hinausführen."

Marks Augen verengten sich, aber ich hielt dem Blick stand.

„Das klingt so unglaublich, dass ich geneigt bin, dir zu glauben."

„Ich habe noch nie von dieser Eigenart der Gremlins gehört", mischte Naumow sich ein. „Das würde sie zum perfekten Begleiter für jede Instanz machen. Bist du dir wirklich sicher?"

„Natürlich", sagte ich. Wieder einmal hatte ich keine andere Wahl. „Es liegt daran, dass jede Instanz ein eigenständiger, vom Chaos umgebener Raum ist. Lediglich eine fragile Brücke verbindet diesen Raum mit Arktanien. Da die Gremlins dem Chaos entstammen, können sie diese Verbindung spüren."

„Wie interessant", murmelte Naumow. Er schien bereits zu überlegen, wie er diese Information gewinnbringend ausschlachten konnte.

Mark drohte mir spielerisch mit der Faust.

„Na gut, du Mistkerl. Aber ich begleite dich bis zu deinem Pod. Ich will sicherstellen, dass der Gremlin dort landet, wo er hingehört. Wir müssen die Quest abschließen. Dafür bist du mir etwas schuldig. Und ich rede nicht von einem Kaffee."

Ein Seufzer der Erleichterung entwich mir. „Alles, sofern es nicht gegen das Strafgesetzbuch verstößt. Falls doch, finden wir bestimmt eine Möglichkeit."

Eine halbe Stunde später waren wir in den beiden Helikoptern auf dem Rückweg nach Moskau.

„Großer Gott“, stöhnte Mark plötzlich. „Was, wenn der Gremlin Gefallen an den vielen elektronischen Geräten des Helikopters findet?“

Erschrocken blickte ich auf das Telefon in meiner Hand, dessen Display lila pulsierte.

„Dieser Gremlin ist klein und inaktiv. Falls er ausbüxen sollte, kann ich ihn sofort einfangen. Keine Sorge“, sagte ich. Innerlich hoffte ich, dass ich recht behalten und meinen Plan in die Tat umsetzen können würde. Doch von diesem Augenblick an wendete ich den Blick nicht mehr vom Display ab.

„Äh... Da vorn ist irgendetwas am Himmel“, stellte Mark fest.

Tatsächlich kam ein dunkler, rasch größer werdender Fleck auf uns zu. Als er nah genug war, konnten wir deutlich einen olivgrünen Militärhubschrauber erkennen.

„Ich dachte, das hier ist eine Flugverbotszone?“, sprach ich den Piloten an.

„Ist es ja auch“, antwortete er besorgt. „Und es gibt hier auch keine Militärflugplätze.“

Der andere Helikopter schwebte unbeweglich in der Luft, die Nase auf uns gerichtet. Wir setzten unseren Flug fort, als ein Feuerball auf uns zuschoss. Zwei weitere Feuerbälle wurden auf Abfangkurs abgefeuert.

Mit einem Schrei riss der Pilot am Steuerknüppel und tauchte zur Seite ab. Gerade noch rechtzeitig! Unseren Begleitern in Heli 2 erging es sehr viel schlechter. Einer der anderen Feuerbälle traf den Hauptrotor, der in einem Funkenregen explodierte. Wie ein Stein fiel das Fluggerät dem

Boden entgegen. Anders als ein Flugzeug konnte ein Helikopter ohne Triebwerk nicht landen. Fassungslos mussten wir zusehen, was geschah.

„Was war das?“, kreischte der Pilot in sein Mikrofon.

„Ein Feuerball“, sagte ich emotionslos. Mir war so kalt, als wäre ich in Eiswasser untergetaucht worden.

„Ein *was*?“, schrie der Pilot.

„Eine experimentelle Rakete“, sagte ich, um das übernatürliche Phänomen zu erklären.

„Das sind unsere Gegenspieler“, sprach Mark das Offensichtliche aus.

„Danke, Captain Obvious“, sagte ich. „Tu etwas. Du bist der Illusionist an Bord!“

„Ich bin Captain Obvious?“ Mark schien gekränkt zu sein. „Ich arbeite daran.“ Er packte den Piloten an der Schulter: „Geradeaus weiterfliegen. Ich habe die Sache im Griff.“

Eine perfekte Kopie unserer Maschine flog ein Stück vor uns, während der echte Heli unsichtbar wurde. Hoffentlich behielt der Pilot die Nerven.

„Worauf wartest du? Hol sie mit *Blitzschlag* vom Himmel“, forderte Naumow nervös, während er hektisch auf seinem Telefon herumtippte. Verfasste er gerade sein Testament?

„Sie sind zu weit weg“, antwortete ich.

Ich bemerkte Schweißperlen auf Marks Stirn. Er konnte die Illusion nur über einen gewissen Abstand aufrechterhalten, was bedeutete, dass die Helikopterillusion direkt vor uns flog.

„Ich kann ihnen nicht entkommen“, stöhnte

unser Pilot. „Diese Maschine ist für Rundflüge gebaut."

„Wieso hast du keinen Kampfhubschrauber gemietet?", fuhr Mark Naumow an.

„Und wo, bitte schön?", antwortete der Angesprochene verärgert. „Es war schon schwierig genug, überhaupt einen Heli aufzutreiben. Wir sind in Russland, nicht in Europa, wo man innerhalb einer halben Stunde jemanden findet, der einen ans Ziel bringt."

„Die da haben es ja auch geschafft", erwiderte Mark.

„Das geht nur, wenn *die da* Kontakte bei den Luftstreitkräften haben", servierte Naumow ihn ab. „Wenigstens scheint der Helikopter unbewaffnet zu sein. Sonst hätten sie wohl kaum Feuerbälle eingesetzt." Er sah mich an. „Über welche Verteidigungsfähigkeiten verfügst du eigentlich? Kannst du sie abfangen oder umleiten?"

Ich fluchte innerlich. „Gar keine."

„Dann sind wir erledigt", stellte Naumow niedergeschlagen fest, schickte seine Nachricht ab und lehnte sich mit geschlossenen Augen in den Sitz.

Zwei weitere Feuerbälle schossen an uns vorbei, bevor ein dritter die Kabine berührte und uns ordentlich durchschüttelte. Ich krallte mich an meinem Sitz fest. Dabei entglitt mir das Telefon mit dem Gremlin und rutschte unter den Pilotensitz.

Ich wollte danach greifen, aber der Sicherheitsgurt verhinderte es. Im nächsten Augenblick ertönte ein fröhliches Kichern, und alle Instrumente erloschen. Wir stürzten dem Boden entgegen. Ein weiterer Feuerball zuckte über uns hinweg. Ich wusste nicht, ob ich dem Gremlin dankbar sein sollte, denn dieses Projektil hätte uns garantiert getroffen. Andererseits verlängerte der Absturz unser restliches Leben wohl nur um wenige Sekunden.

Ende von Buch 5

Neue Vorbestellungen!

Urlaub in Pakyrion LitRPG-Serie
von Astrid Wolpers & Steffen Kempf

Awaken Online LitRPG-Serie
von Travis Bagwell

Die Kalandaha Chroniken LitRPG-Serie
von Jens Forwick

Saga Online LitRPG-Serie
von Olver Mayes

Zum Aussterben verdammt
von James D. Prescott

Ein Student will leben LitRPG-Serie
von Boris Romanovsky

Survival Quest LitRPG-Serie
von Vasily Mahanenko

Galaktogon LitRPG-Serie
von Vasily Mahanenko

Welt der Verwandelten LitRPG-Serie
von Vasily Mahanenko

Der Alchemist LitRPG-Serie
von Vasily Mahanenko

Clan der Bären LitRPG-Serie
von Vasily Mahanenko

Todgeweiht (Freiherr Walewski: Der Letzte seines Stamms)
LitRPG-Serie
von Vasily Mahanenko

Der dunkle Paladin LitRPG-Serie
Von Vasily Mahanenko

Außenseiter LitRPG-Serie
Von Alexey Osadchuk

Spiegelwelt LitRPG-Serie
von Alexey Osadchuk

Das letzte Leben Progression-Fantasy Serie
von Alexey Osadchuk

Kräutersammler der Finsternis LitRPG-Serie
von Michael Atamanov

Unterwerfung der Wirklichkeit LitRPG-Serie
von Michael Atamanov

Die Allianz der Pechvögel LitRPG-Serie
von Michael Atamanov

Perimeterverteidigung LitRPG-Serie
von Michael Atamanov

Der Weg eines NPCs LitRPG-Serie
von Pavel Kornev

Die Triumphale Elektrizität Steampunk-Serie
von Pavel Kornev

Phantom-Server LitRPG-Serie
von Andrei Livadny

Der Neuro LitRPG-Serie
von Andrei Livadny

Disgardium LitRPG-Serie
von Dan Sugralinov

Nächstes Level LitRPG-Serie
von Dan Sugralinov

Projekt Stellar LitRPG-Serie
von Roman Prokofiev

Der Spieler LitRPG-Serie
von Roman Prokofiev

Der Nullform RealRPG-Serie
von Dem Mikhailov

Der Krähen-Zyklus LitRPG-Serie
von Dem Mikhailov

Herrschaft der Clans — Die Rastlosen LitRPG-Serie
von Dem Mikhailov

Sperrgebiet LitRPG-Serie
von Yuri Ulengov

Im System LitRPG-Serie
von Petr Zhguyov

Die Kampfstrategien der Nadelstich-Enthusiasten
LitRPG-Serie von Alexander Romanov

Aufgetaut (Unfrozen (LitRPG-Serie
von Anton Tekshin

Alpha Rom LitRPG-Serie
von Ros Per

Das Netz der verknüpften Welten LitRPG-Serie
von Dmitry Bilik

Einzelgänger LitRPG-Serie
von Alex Kosh

Der verzauberte Fjord Romantische Fantasy
von Marina Surzhevskaya

Vielen Dank, dass *Einzelgänger* gelesen hast!

Weitere deutsche Übersetzungen unserer LitRPG-Bücher werden schon bald folgen!

Um weitere Bücher dieser Reihe schneller übersetzen zu können, brauchen wir Deine Unterstützung! Bitte schreibe eine Rezension oder empfehle *Einzelgänger* Deinen Freunden, indem Du den Link in sozialen Netzwerken teilst. Je mehr Leute das Buch kaufen, desto schneller sind wir in der Lage, weitere Übersetzungen in Auftrag geben und veröffentlichen zu können.

Bitte vergessen Sie nicht, unseren Newsletter zu abonnieren:
http://eepurl.com/dOTLd1

Sei der Erste, der von neuen LitRPG-Veröffentlichungen erfährt!
Besuche unsere englischsprachen Twitter- und Facebook LitRPG-Seiten und triff dort neue sowie bekannte LitRPG-Autoren:
https://twitter.com/MagicDomeBooks

Deutsche LitRPG Books News auf FB liken:
facebook.com/groups/DeutscheLitRPG

Erzähle uns mehr über Dich und Deine Lieblingsbücher, schau Dir die neuesten Bücher an und vernetze Dich mit anderen LitRPG-Fans.

Bis bald!

www.ingramcontent.com/pod-product-compliance
Lightning Source LLC
LaVergne TN
LVHW010050170826
845678LV00012B/2100

* 9 7 8 8 0 7 6 9 3 2 7 1 5 *